À PROPOS DE L'AUTRICE

Melissa Oliver écrit ses romances historiques depuis le sud-est de Londres, où elle vit avec son mari et ses trois filles, qui partagent sa passion pour les châteaux anciens et l'histoire. En 2020, elle gagne le Romantic Novelists' Association's Joan Hessayon Award consacré aux nouveaux auteurs pour ses débuts dans le monde littéraire grâce à son roman *The Rebel Heiress and the Knight* (*L'Héritière indomptable*, publié en novembre 2021 en France chez Harlequin). Lorsqu'elle n'écrit pas, elle aime voyager, peindre, se rendre dans les musées et les galeries d'art.

La rédemption d'un chevalier

MELISSA OLIVER

La rédemption d'un chevalier

Traduction française de
PHILIPPE BARBIER

Les Historiques

HARLEQUIN

Collection : LES HISTORIQUES

Titre original :
HER BANISHED KNIGHT'S REDEMPTION

HARPERCOLLINS FRANCE
83-85, boulevard Vincent-Auriol, 75646 PARIS CEDEX 13
Service Lectrices — tél. : 01 45 82 47 47 — www.harlequin.fr
ISBN 978-2-2804-6031-6 — ISSN 1159-5981

Composé et édité par HarperCollins France.
Imprimé en décembre 2021 par CPI Black Print (Barcelone)
en utilisant 100% d'électricité renouvelable.
Dépôt légal : janvier 2022.

FSC www.fsc.org
MIXTE
Papier issu de sources responsables
FSC® C159065

Pour limiter l'empreinte environnementale de ses livres, HarperCollins France s'engage à n'utiliser que du papier fabriqué à partir de bois provenant de forêts gérées durablement et de manière responsable.

Prologue

En l'an de grâce 1206, dans les environs de La Rochelle dans le Poitou qui dépendait, alors, de la couronne d'Angleterre

Elle allait mourir. C'était ses derniers instants…

Isabel ouvrit la bouche pour crier, mais aucun son ne franchit le seuil de ses lèvres. On eût dit qu'elle avait perdu la voix après avoir été le témoin de tant d'horreurs. Sa mère, seule, aurait pu la consoler et l'apaiser, mais elle était très loin, au-delà des mers.

Couchée sur le dos, au sol, elle tremblait de tous ses membres alors qu'une brute d'homme se penchait au-dessus d'elle. Il n'avait pas eu de peine à la rattraper quand elle s'était élancée à travers le bois pour fuir la scène de carnage qu'elle venait de vivre.

Mon Dieu, faites que cela s'arrête, prononça-t-elle en son for intérieur en se cachant les yeux pour ne plus voir le visage en sueur qui s'approchait du sien.

Elle attendait, serrant les dents, mais rien ne se passait, aussi retira-t-elle les poings de ses yeux pour découvrir que son prédateur grimaçait étrangement en laissant échapper des mots incompréhensibles.

Ses yeux se révulsèrent tandis qu'il se mettait à pencher

d'un côté puis de l'autre, jusqu'à ce qu'il s'écroulât à terre avec un bruit sourd.

Ce fut alors qu'elle le vit : un garçon de quelques années son aîné, les yeux écarquillés, une épée à la main dont il avait dû se servir pour frapper l'homme.

— Ça va, mademoiselle ? demanda-t-il. Je m'appelle William Geraint. Il ne vous a pas blessée, n'est-ce pas ?

Sa voix était si douce et chaleureuse qu'Isabel se sentit aussitôt en confiance avec lui en dépit de ce qu'elle venait de subir.

— Il vaut mieux ne pas s'éterniser ici, reprit-il en avançant d'un pas vers elle pour l'aider à se relever.

Comme elle se tournait vers les chariots renversés et les corps inanimés des gens avec lesquels elle cheminait un peu plus tôt, le jeune garçon secoua la tête en signe de dénégation.

— Ne regardez pas dans cette direction, dit-il.

Un silence inquiétant régnait sur la clairière où avait eu lieu l'attaque. Il semblait que tous ceux avec qui elle voyageait fussent morts.

— Savez-vous qui s'en est pris à vous ?

Isabel leva les yeux sur le jeune garçon, qui devait avoir à peu près treize ans, comme son frère aîné. Ses prunelles étaient d'un bleu intense tel qu'elle n'en avait jamais vu et leur expression était empreinte de bonté.

Elle ne pouvait pas répondre, cependant, à sa question. Elle ne l'osait pas.

— Était-ce un guet-apens ?

Elle se contenta d'acquiescer de la tête et essaya de dissimuler son émotion, mais ses membres qui s'étaient mis, soudain, à trembler d'une manière incontrôlable trahirent malgré elle sa profonde anxiété.

— Me direz-vous votre nom ?

Comme Isabel restait muette en même temps qu'elle s'efforçait de chasser de son visage toute expression qui pût la trahir, William laissa échapper un soupir en passant la main dans ses cheveux en désordre.

— Qu'importe, fit-il, mais vous ne pouvez pas rester ici. Vous allez venir avec moi et je demanderai à messire Perceval ce qu'il convient de faire à votre sujet.

Isabel eut un mouvement de recul. Elle ne connaissait pas ce garçon. Il était hors de question qu'elle l'accompagnât. Elle n'avait aucune preuve, en effet, qu'il ne fût pas, lui aussi, un ennemi de son père.

Comme s'il ressentait l'appréhension de la petite fille, William reprit sur un ton calme et apaisant :

— N'ayez pas peur. Messire Perceval est un homme bon. Il vous viendra en aide. Je n'en doute pas. De toute façon, vous ne pouvez pas rester ici. C'est trop dangereux.

Certes, elle ne pouvait pas demeurer à côté de ce carnage. Elle détourna le regard pour ne plus voir les corps ensanglantés qui gisaient au sol et réprima un haut-le-cœur.

— Je suis désolé, murmura le jeune garçon en lui tapotant l'épaule. Venez. Je vais vous conduire en sécurité.

Elle hésita un instant puis ramassa sa sacoche de cuir et saisit timidement la main qu'il lui tendait. Aussitôt un sourire se dessina sur les lèvres du jeune garçon.

— Allons-y, fit-il en l'entraînant à travers le bois jusqu'à son cheval qu'il avait attaché par la bride à une branche.

Il l'aida à monter sur l'impressionnant animal et prit ensuite place devant elle avant de s'éloigner bien vite de toutes ces dépouilles jonchant le sol.

En appuyant la tête contre le dos de William, Isabel éprouva un immense soulagement alors que la peur s'évacuait lentement de son corps pour être remplacée par une insondable fatigue.

Les battements de son cœur associés au martellement des sabots du cheval la calmèrent de telle manière qu'elle ne tarda pas à s'endormir profondément…

Quand la fillette rouvrit les yeux, c'était le crépuscule et elle était couchée sur une paillasse.

Isabel se redressa et regarda autour d'elle ce qui ressemblait à une cellule de moine. Elle avait été transportée dans une petite pièce voûtée chauffée par une cheminée dans laquelle crépitait un feu.

Elle se frotta les yeux et, ceux-ci s'habituant à la pénombre, elle aperçut le jeune garçon qui l'avait secourue.

L'épaule appuyée au chambranle de la porte, il lui tournait le dos tandis qu'il s'entretenait avec quelqu'un. Soudain, cependant, il se retourna comme s'il avait senti le regard d'Isabel, et en deux enjambées fut à son chevet.

— J'attendais que vous vous réveilliez pour vous dire au revoir, fit-il en s'agenouillant devant elle.

Non, s'il vous plaît, ne partez pas !

Des larmes jaillirent des paupières de la petite fille alors qu'elle s'accrochait au bras de William.

— Il faut vous montrer courageuse, dit-il. Vous allez rester ici sous la protection du père Clément. Il vous conduira dans un couvent de religieuses voisin où l'on s'occupera de vous et…

Devant les sanglots ininterrompus d'Isabel, le jeune garçon se tut. Elle avait cru qu'elle pouvait lui faire confiance, mais elle s'était trompée. Il allait l'abandonner et elle se retrouverait de nouveau seule, ne pouvant compter que sur elle-même.

— Allons, petite demoiselle, reprit William comme les sanglots de la fillette redoublaient. Je suis sûr que tout ira bien pour vous.

Isabel, incapable de prononcer un mot, fit non énergiquement de la tête.

— Pourquoi ne me dites-vous pas votre nom ? Nous pourrions retrouver votre famille et demander à ce qu'on vienne vous chercher.

Elle ouvrit la bouche pour parler, mais la referma aussitôt.

Elle avait promis à son père de ne dire à personne qui elle était ni où elle allait, quelles que fussent les circonstances dans lesquelles elle se trouvât.

Son père lui avait même fait jurer sur la Bible qu'elle resterait muette comme une carpe si on l'interrogeait.

— J'espère que vos parents ne comptaient pas parmi les malheureux qui ont été tués, fit William en ouvrant de grands yeux.

Isabel n'avait pas de parents parmi l'escorte qui l'accompagnait en France, mais celle-ci était entièrement composée de serviteurs détachés de la domesticité de son père.

Elle remua de nouveau la tête en signe de dénégation tout en resserrant son étreinte autour du bras de William.

— Je ne peux pas vous emmener, damoiselle, dit William. Messire Percy ne m'a autorisé qu'à vous conduire ici et à retourner au plus vite auprès de lui.

Il se tut un instant avant de reprendre :

— Je ne suis qu'écuyer, mais je fais de mon mieux pour devenir digne, un jour, d'être adoubé.

Un sourire se dessina sur les lèvres du jeune garçon comme il se représentait la cérémonie où, enfin, il deviendrait chevalier.

Isabel cessa de pleurer et, voyant William se relever, elle lui tendit la main pour qu'il l'aidât à faire de même.

— Je dois partir, mais avant que je ne vous quitte, promettez-moi d'être aussi courageuse qu'il est de mon devoir de l'être.

Cette fois, la petite fille acquiesça, mais les larmes se remirent à couler le long de ses joues.

— Ayez foi en notre Seigneur, damoiselle, dit-il en essuyant ses larmes. Un jour, tout ceci ne sera plus qu'un mauvais souvenir. J'en ai la certitude. Et n'oubliez pas que vous aurez toujours un ami en moi. Gardez bien en mémoire mon nom : je suis William Geraint.

Elle aurait voulu crier : « Ne me laissez pas seule ici ! » Mais elle ne le pouvait ni ne l'osait.

Isabel savait que le seul moyen de le retenir auprès d'elle eût été de lui révéler son nom, mais elle avait promis à son père de se taire. Il serait affreusement déçu si elle ne tenait pas parole.

Ne lui avait-il pas spécifiquement recommandé de ne donner sa confiance à personne ?

« Nous sommes entourés de trop d'ennemis. Ne fais confiance à personne. M'entends-tu, ma petite ?

— Oui, papa.

— Bien. N'oublie jamais ce que je t'ai dit. Une promesse est un engagement solennel. Il ne doit pas être rompu. »

Elle laissa retomber ses épaules en se remémorant cet échange.

Son destin, semblait-il, était de s'en remettre aux recommandations de ce jeune écuyer. De toute façon, son père la rechercherait certainement et elle retournerait avec lui en Angleterre.

Comme elle aimerait revoir le château de ses ancêtres…

Isabel laissa son regard errer sur la pièce dépouillée. Sa vie avait été bouleversée en l'espace de quelques instants et le jeune écuyer, qui lui avait permis d'échapper à la mort, avait probablement raison : elle serait en sécurité ici.

Avant qu'il ne partît, cependant, elle voulait lui faire don d'un objet qui lui était précieux. Ce serait la marque de sa gratitude.

Alors que William se tournait vers la porte, elle défit prestement la cordelette de cuir attachée autour de son cou et à laquelle était suspendu un pendentif, qu'elle récupéra au creux de sa paume.

D'un bond, elle rejoignit le jeune garçon et tira sur sa tunique pour l'obliger à se retourner. Elle lui glissa alors l'objet dans la main.

— Que faites-vous ? dit-il. Vous n'avez rien à me donner.

Peut-être, mais elle aimait donner aux autres, et puis il avait de si beaux yeux…

Par ailleurs, elle ne jugeait pas prudent d'avoir ce même pendentif en double, son frère jumeau étant conservé dans sa sacoche. En se séparant de celui-ci, elle réduisait le risque de se faire dérober l'autre, qu'elle porterait dorénavant autour du cou.

Elle prit la main de William dans la sienne et la pressa affectueusement pour l'encourager à conserver ce qu'elle venait de lui offrir. On ne refusait pas un cadeau. Sa mère aurait considéré que c'était manquer d'éducation.

Maman… Oh ! maman…

La fillette ravala sa salive et, pensant à son frère qui n'aimait pas la voir geindre, s'interdit de recommencer à pleurer.

— Très bien, fit l'écuyer en desserrant son poing pour regarder le pendentif. Si vous tenez vraiment à ce que je le garde.

Il contempla un instant le joli bijou fait d'argent et d'un gros rubis.

— Je le conserverai précieusement. Il faut que je parte, maintenant. Bonne chance, petite fille.

Isabel garda les yeux fixés sur les dalles du sol tandis que William sortait prestement de la chambre.

Une fois seule, elle plongea le visage entre ses mains et se mit à pleurer à chaudes larmes.

Chapitre 1

Printemps 1218

William Geraint remarqua le vieil homme dès qu'il entra dans la taverne.

Ce n'était pas un habitué de ce lieu de débauche que William avait pris l'habitude d'appeler son second chez-lui. D'instinct, il s'adossa à son siège et avança la main sous la table pour saisir la poignée de sa dague. L'homme scrutait la salle de son regard de fouine qu'il arrêta, enfin, sur le chevalier.

Qui était-ce ? Et, surtout, que voulait-il ?

L'étranger traversa la salle et vint s'installer en face de William, posant sur la table son chapeau orné de plumes. Il observa avec insistance le visage du chevalier avant de prendre la parole :

— Cela vous dérange-t-il si je m'assieds ici ? fit-il en français avec un accent anglais bien reconnaissable.

Un compatriote… La méfiance de William n'en fut que plus grande. Peut-être n'était-il pas seul ? Des comparses attendaient-ils dans l'ombre à l'extérieur de l'auberge ?

Pour que cet homme se fût rendu dans ce coin perdu de France et dans cette même taverne, c'était qu'il avait une bonne raison de le rencontrer. Il était là pour lui, assurément, sinon il ne se serait pas installé à sa table alors que l'affluence était faible dans l'auberge.

— Il m'importe peu que vous vous asseyiez ici ou là, répondit-il avec un haussement d'épaules, pourvu que vous ne me dérangiez pas.

— Je n'en ai aucune intention… Je suis ici car on m'a dit que j'y trouverais un homme dont le talent dans l'art de manier les armes était devenu légendaire. Un homme que sa réputation précède, mais qui préfère, depuis deux ans, vivre dans ces lieux reculés.

— Personne ici ne répond à cette description.

— Vraiment ? Et si je donnais à cet homme un coffre rempli de pièces d'argent ainsi qu'un document l'exonérant de toutes ses fautes afin qu'il puisse retourner en Angleterre ?

William fut immédiatement sur ses gardes. Il avait passé ces dernières années en France, où il vivait en louant ses services d'homme d'armes. Mais en vérité, depuis la mort de Jean sans Terre, il n'avait jamais cessé de servir le régent d'Angleterre, Guillaume le Maréchal, auquel il transmettait des informations dans l'intérêt de la couronne.

Prétendument en disgrâce, il menait d'autant mieux sa mission. Rares étaient ceux qui avaient connaissance du rôle qu'il jouait. Aussi était-il particulièrement méfiant à l'égard de ce vieil Anglais qui semblait en savoir trop sur lui.

— Qu'attendriez-vous de cet homme, si tant est qu'il existe ?

— J'aurais besoin de lui pour trouver quelque chose ou, plutôt, quelqu'un, et de façon urgente.

— Je ne vois pas de qui vous voulez parler, répondit William en faisant la moue. Vous n'êtes pas à la bonne adresse.

— Je ne partage pas votre jugement. J'ai fait d'amples recherches, ici et en Angleterre. Or, je ne doute pas d'être au bon endroit et en conversation avec celui que je recherche. Vous êtes messire William Geraint.

L'étranger prononça ces derniers mots avec un sourire narquois.

William serra la poignée de sa dague tandis qu'il répondait d'une voix grave :

— Si j'étais vous, je partirais sur-le-champ et retournerais d'où je viens. À condition, bien sûr, que vous teniez à la vie.

— Avant de me menacer, attendez, messire William, de savoir pourquoi je suis là, fit le vieil Anglais en levant la main dans un geste d'apaisement. Il y a longtemps que vous n'êtes pas allé à la cour, et vous ignorez ce qu'il s'y dit à votre sujet ainsi que sur messire Perceval d'Halsted dont, si je ne me trompe, vous étiez autrefois l'écuyer. On rapporte qu'il y a plus de dix ans, ici, en France, vous avez sauvé la vie d'une petite fille.

— Et alors ? lança William d'un air désinvolte, reconnaissant implicitement qu'il était bien l'homme que l'étranger recherchait. Je n'ai fait que mon devoir.

Le ton de sa réponse ne laissait pas deviner toutes les heures où il avait pensé à l'enfant et à ce qu'elle avait pu devenir.

Il s'était en effet représenté souvent la fillette avec ses yeux immenses, à l'expression terrifiée lorsqu'il l'avait arrachée à son terrible sort.

Depuis ce jour, il n'avait cessé de se demander ce qu'elle devenait. Le souvenir de son visage triste et de son air perdu dans la cellule monastique austère où il l'avait laissée le hantait. Il voulait croire, tout de même, que l'existence lui avait souri au cours des dix années qui venaient de s'écouler.

En sauvant cette enfant, il avait fait preuve de beaucoup de sang-froid, ce pour quoi messire Perceval l'avait récompensé. Il aimait à se remémorer cette époque de sa vie qui ressemblait à une aventure sans fin, pleine de rebondissements et d'immenses satisfactions.

C'était l'opposé de ce qu'il vivait à présent, phase sombre et ténébreuse de son existence.

Machinalement, William tira de dessous sa tunique la cordelette de cuir qui pendait à son cou et exposa le pendentif de rubis et d'argent que lui avait donné la petite fille et qu'il n'avait, depuis lors, jamais cessé de porter.

L'Anglais murmura des mots inaudibles alors que, le regard fixé sur le pendentif, il plissait les paupières. À n'en point douter, il avait reconnu le bijou.

William s'en aperçut, mais il était trop tard pour dissimuler l'objet.

— Ni vous ni messire Perceval, j'en suis sûr, ne connaissiez l'identité de l'enfant, remarqua l'étranger. Sa famille était en disgrâce et ne se rendait jamais à la cour du roi Jean. Ma maîtresse, dame Adélaïde de Clancey, n'a appris que récemment qu'elle était toujours en vie, alors qu'on la croyait morte depuis longtemps. C'est messire Perceval lui-même, de retour de la Terre Sainte, qui le lui a appris.

— Comment vous appelez-vous ? demanda William, intrigué par ce que venait de lui apprendre l'Anglais.

— Eustache Rolleston. Pour vous servir, messire William.

— Si je comprends bien, vous attendez de moi que je retrouve cette petite fille qui, aujourd'hui, est une femme ?

Il fit non de la tête en reprenant :

— Je suis désolé, mais vous n'avez pas frappé à la bonne porte.

— Au contraire. Je ne doute pas que vous soyez l'homme de la situation. Messire Perceval, d'ailleurs, me l'a confirmé, même si la mémoire lui fait à présent défaut et qu'il ne se souvient de rien de l'incident, sinon que vous vous êtes montré très chevaleresque en arrachant l'enfant aux dangers qui pesaient sur elle dans les environs de La Rochelle.

Le peu d'informations donné par messire Perceval augmenta la méfiance de William, qui vit dans cette confusion des souvenirs une manière de le mettre en garde contre l'intrus qu'il avait en face de lui.

— Vous vous trompez, monsieur, répondit-il. On fait appel à mes services pour différentes missions, mais jamais pour aller à la recherche de disparus. En particulier quand je n'ai aucune idée de l'endroit où ils peuvent se trouver.

William se pencha au-dessus de la table en ajoutant :

— Et rien, pas même l'argent, ne me fera prendre un engagement contraire à mes habitudes.

Ce n'était pas l'entière vérité, mais le chevalier voulait tester son interlocuteur. Il était curieux de savoir, en particulier, à quel point la maîtresse de celui-ci était impatiente de retrouver la fille et, au fond, combien il pourrait tirer de son éventuelle coopération.

— Ces documents vous convaincront peut-être du contraire, répondit Eustache Rolleston en posant sur la table un parchemin scellé. Vous reconnaîtrez le sceau de Guillaume le Maréchal, protecteur du dauphin Henri. Ci-joint, une lettre de dame de Clancey concernant les détails de ma mission. Quant à votre rémunération, je suis certain que nous pouvons convenir d'une somme qui vous donnera pleinement satisfaction. En tout cas, je n'ai pas de doute que vous puissiez retrouver cette enfant, même si, aujourd'hui, elle est une femme.

— Comme je vous l'ai déjà dit, ce n'est pas le genre d'engagement que je suis accoutumé à prendre.

Rolleston haussa le sourcil d'un air circonspect.

— Trouvez la fille, ramenez-la ici, et vous obtiendrez une entière rémission pour ce qui s'est passé à Portchester. Vous serez ainsi rétabli dans votre honneur. La somme que vous recevrez, en outre, pourrait permettre à votre famille ainsi qu'à vous-même de reprendre votre place à la cour. Je pense à vos sœurs et à votre mère qui est veuve. Même votre jeune frère, qui est écuyer, pourrait en profiter. Dépêchez-vous de retrouver la jeune fille et vous retournerez à une vie normale.

William dévisagea l'Anglais qui, décidément, en savait un peu trop sur lui. Il avait dû enquêter à son sujet pour connaître tous ces détails sur sa famille. Cependant, il n'avait pas été informé par Guillaume le Maréchal que son honneur lui avait déjà été rendu à la suite de la bataille de Lincoln et qu'il avait obtenu le pardon de toutes ses erreurs.

Si ce retour dans les grâces du pouvoir royal n'avait pas été publié, c'était sur la demande de William lui-même. Il s'étonnait, toutefois, que cet homme qui prétendait représenter les intérêts du protecteur du jeune Henri ignorât sa situation. C'était bien la preuve qu'il n'avait pas sa confiance.

Une raison supplémentaire de se méfier de lui…

— Vous attendez de moi que je retrouve une femme qui pourrait tout à fait être mariée et avec enfants.

William porta à ses lèvres le hanap d'étain placé devant lui et but une longue gorgée d'ale avant de reprendre :

— Et je suppose que vous comptez sur moi pour la conduire jusqu'à vous de gré ou de force ?

En posant cette question, William pensait à toutes les situations dans lesquelles pouvait se trouver la jeune femme, et aucune ne lui semblait bonne pour elle.

— Oui, messire William. Nous sommes prêts à l'accueillir quel que soit son état pourvu que ce fût bien elle.

— Et qui est-elle précisément ?

Eustache Rolleston fixa un moment le jeune homme avant de répondre :

— Elle est l'héritière du fief de Clancey, terres et château, son père et ses frères étant tous morts. Dieu ait leurs âmes.

Rolleston fit un signe de croix avant de poursuivre :

— Il est donc urgent de retrouver cette jeune femme et de la ramener à sa mère. Si la fillette que vous avez secourue est bien le rejeton du sire de Cloncey, elle a toute sa place au château du même nom au côté de sa mère. Il faut que vous sachiez que cette dernière est soutenue par Geoffrey Fitzwalter, son cousin par alliance.

— Vous ne m'avez pas dit son nom, Rolleston, remarqua William. Comment s'appelle-t-elle ?

— Isabel de Clancey, répondit l'homme en désignant du doigt le pendentif à son cou. Vous portez sur la poitrine un bijou issu du trésor des de Clancey. Elle vous l'a sans doute donné pour que vous puissiez le rapporter à sa famille et attester qu'elle était bien en vie. Il est grand temps d'accomplir sa volonté, messire William.

Chapitre 2

Certains jours elle se sentait capable de tordre le cou à Héloïse !

On célébrait l'une des plus grandes fêtes du village de Saint-Jean-de-Côle et, pourtant, au lieu de l'aider à l'organisation de l'événement, sa sœur avait passé toute la journée à se pomponner pour être la plus belle, le soir venu, quand on danserait sous le marché couvert.

Comme toujours, elle avait laissé tout le travail à Isabel, qui s'essuyait le front du dos de la main après avoir déposé sur les tables les grandes corbeilles de sa mère adoptive, remplies de petits pains chauds et de pains d'épices.

D'un geste absent, elle se signa comme pour s'absoudre d'avoir médit de sa sœur et chassa toutes les mauvaises pensées de son esprit mais, tout de même, Héloïse, certains jours, exagérait. Son attitude devenait intolérable.

C'est qu'il restait encore beaucoup à faire pour la soirée et elle n'aurait pas refusé un peu d'aide. Mais il ne servait à rien de rêver. Ce n'était pas de sa sœur qu'elle recevrait cette assistance.

Depuis le jour où elles avaient été retirées du couvent par les Meunier, leurs parents adoptifs, le rôle des deux fillettes avait été clairement défini. Isabel était la sérieuse, la sensée, l'assidue et la consciencieuse, alors qu'Héloïse était…

Elle était belle, certes, très belle même, mais tout à la fois indolente et capricieuse.

Si les deux enfants avaient été adoptées, c'était essentiellement parce que, en raison de sa cécité croissante, la femme Meunier ne pouvait plus s'occuper du moulin ni de la boulangerie. Elle n'avait besoin que d'une fille pour la seconder et son choix, ainsi que celui de son mari, s'était porté sur la ravissante Héloïse, mais celle-ci avait tant insisté pour que sa compagne d'infortune fût également adoptée que le couple s'était conformé à son désir en accueillant Isabel dans leur foyer.

Elle leur en était, d'ailleurs, très reconnaissante, car elle aimait sa vie à Saint-Jean-de-Côle. Du moins la préférait-elle cent fois à celle qu'elle avait eue chez les sœurs.

Elle traversa le petit pont de pierres, qui ne comptait qu'une arche au-dessus de la Côle, rivière dont les eaux, à cette saison, s'écoulaient tranquillement, et rejoignit la rive opposée. C'était là que se trouvait le village et, tout en marchant, elle échangea des salutations avec les villageois qu'elle croisait.

— Bonjour, Blanche ! fit-elle en souriant. Comment allez-vous ?

— Beaucoup mieux, Isabel. Votre baume m'a fait le plus grand bien. Je n'ai plus de démangeaisons.

— Oh ! J'en suis heureuse. C'est l'association de la camomille, du souci et de la menthe qui a soulagé votre peau, mais la prière y a contribué aussi.

— L'une et l'autre sans doute, répondit Blanche en souriant à son tour. Vous n'oublierez pas de remercier Sibylle de ma part.

— Je n'y manquerai pas. J'espère vous voir, ce soir, à la fête.

Sibylle, la guérisseuse du village qui avait appris à Isabel l'art de soigner avec les plantes, serait enchantée d'apprendre que le baume que la jeune fille avait confectionné sur ses recommandations avait été efficace. Isabel, pour sa part, en éprouvait une très grande satisfaction. En dehors du travail qu'elle accomplissait au moulin et à la boulangerie, l'activité qu'elle préférait consistait à faire des baumes et des onguents qu'elle employait, ensuite, pour soigner les personnes qui le lui demandaient.

Isabel, en approchant de la place du village, se demanda, comme il lui arrivait souvent, quel genre de vie elle aurait eue si elle était arrivée saine et sauve à destination lors de ce voyage fatal qu'elle avait accompli dans son enfance ?

Non qu'elle eût du regret car sa vie à Saint-Jean-de-Côle était une vraie bénédiction, mais elle ne pouvait s'empêcher d'imaginer ce qu'elle serait devenue si les circonstances avaient été autres.

Son existence ici était assurément simple et sans complications par rapport à celle que, autrement, elle aurait sans doute eue. Et même si elle travaillait dur au moulin, elle rendait grâce à Dieu pour la relative liberté dont elle jouissait. Mais il n'y avait pas que cela…

À Saint-Jean-de-Côle, elle se sentait en sécurité.

Au début, après qu'elle avait échappé à la mort, elle avait espéré que son père viendrait la chercher à l'abbaye aux Dames, où elle avait été conduite. Ne lui avait-il pas promis de venir à son secours si elle n'arrivait pas à bon terme ?

Il était convenu qu'il se rendrait en France et la retrouverait pour la ramener en Angleterre. Mais il n'en avait rien fait et les prières d'Isabel n'avaient pas été exaucées.

Heureusement, après toutes ces années, elle avait trouvé le bonheur dans ce joli village du Périgord où elle avait le sentiment que ceux qui avaient voulu la tuer, et qui peut-être lui voulaient toujours du mal, ne la trouveraient pas.

Elle avait tout fait pour que cela n'arrivât pas, comme de cacher son véritable nom même à sa famille d'adoption.

Elle releva la tête en voyant approcher un grand et beau jeune homme qui venait vers elle en boitant.

— Bonjour, Gauthier, lança-t-elle.

— Bonjour, Adélaïde, répondit-il en souriant. Me permettez-vous de porter votre corbeille jusqu'à la place ?

Isabel lui rendit son sourire en faisant un signe de dénégation. Le jeune homme l'avait appelée par le prénom de sa mère, qu'elle s'était attribué par sécurité même après toutes ces années.

— Grand Dieu, non, répliqua-t-elle. Que dirait Sibylle si elle apprenait que, après tous nos efforts pour vous rétablir, je vous avais laissé vous fatiguer en portant une charge trop lourde ?

Un voile de contrariété glissa sur le seul œil visible du jeune homme, l'autre étant recouvert d'un bandage.

— Je vais mieux, rétorqua-t-il. Grâce à tous vos soins, je ne suis plus invalide.

— Je le sais, fit Isabel en tirant affectueusement sur la manche de sa tunique. Je plaisantais.

Il laissa échapper un soupir en se passant la main sur le front.

— Pardonnez mon impatience, surtout après tout ce que vous avez fait pour moi, mais parfois je voudrais que ma guérison soit plus rapide. J'en ai assez de n'être bon à rien.

Il revint à l'esprit d'Isabel le souvenir de cette matinée de printemps où des villageois avaient trouvé Gauthier dans la forêt, inconscient et présentant de graves blessures. Grâce à la science de Sibylle et à l'obstination des deux femmes, elles avaient réussi à le sortir de sa léthargie et à le mettre sur le chemin de la guérison.

Cependant, en raison de la blessure qu'il avait reçue à la tête, la mémoire ne lui était pas entièrement revenue. Il se souvenait, heureusement, de son nom et gardait conscience de l'importance que devait revêtir à ses yeux un certain ruban rouge décoloré qu'il avait conservé précieusement autour du cou.

Le pauvre portait au visage une cruelle cicatrice qu'avait dû lui causer une lame ou quelque autre objet tranchant.

— Tout ira mieux avec le temps, Gauthier, lui assura Isabel. Il vous faut simplement prendre patience. Je ne doute pas que votre état s'améliore au fil des jours et que vous ne tardiez à vous sentir bien.

— J'apprécie votre optimisme, répondit Gauthier en se penchant pour déposer un baiser sur la joue de la jeune fille, et je vous remercie pour tout ce que vous avez fait pour moi. Vous êtes vraiment une amie. J'espère vous voir, ce soir, à la fête.

Le jeune homme dépassa Isabel et s'éloigna en s'efforçant de marcher sans claudiquer tandis que la jeune fille, troublée par ce qui venait de se passer, posait sa corbeille à terre et passait la main sur sa joue, là où il l'avait embrassée.

Elle s'était donnée à fond dans les soins qu'avec l'aide de Sibylle elle avait prodigués à Gauthier. Sa nature combative lui avait interdit de le laisser dépérir, comme il en avait pris le chemin dans les premiers jours où elle s'était occupée de lui.

Il devait vivre…

Elle voulait le sauver…

Exactement de la même façon que, autrefois, un jeune écuyer aux beaux yeux bleus l'avait sauvée… Un jeune homme pour lequel elle n'avait jamais cessé d'éprouver de la reconnaissance, même après toutes ces années, et qu'elle n'oubliait jamais dans ses prières.

Elle espérait que le pendentif qu'elle lui avait offert l'avait, d'une certaine manière, protégé et qu'il avait réussi à devenir chevalier comme il en avait le désir.

Quand l'occasion lui en avait été donnée, Isabel, en

souvenir de cet événement, avait été heureuse de sauver Gauthier d'une mort quasi certaine. Certes, ce n'était pas tout à fait les mêmes circonstances. Elle n'avait fait que le soigner mais, sans elle et Sibylle, il ne se serait peut-être jamais remis.

La jeune fille se passa de nouveau la main sur la joue et laissa échapper un soupir.

Si elle voulait profiter de la soirée, il fallait maintenant qu'elle terminât tout ce qu'elle avait à faire.

Isabel n'avait guère reçu d'aide de la journée, et pourtant il avait fallu décorer le marché couvert et tout y préparer pour la fête, sans compter le ménage dans l'église en prévision des vêpres.

De retour au moulin, elle avait rapidement fait un peu de toilette et s'était changée avant d'aller rejoindre sa famille qui était déjà à la fête. Du moins espérait-elle être présentable alors qu'elle franchissait la Côle pour la énième fois depuis le début de la journée et pressait le pas vers la place du village. Si elle ne se dépêchait pas, elle allait manquer l'événement !

Elle longea vivement l'étroite rue pavée, saluant les passants sur son chemin, tout en s'assurant qu'elle ne perdait pas les fleurs dont elle avait orné ses cheveux et que maintenait en place un léger foulard noué autour de sa tête.

Elle sortit, enfin, de l'obscurité qui régnait entre les deux rangées de maisons à pans de bois dont les toitures se rejoignaient au-dessus de la rue, et parut sur la place qui, en comparaison, paraissait très vaste.

Il y régnait une atmosphère enchanteresse, avec le soleil couchant qui disparaissait derrière les proches collines en caressant de ses rayons ambrés le toit de la halle et les murs de l'église.

Des tréteaux avaient été dressés, qui ployaient sous le

poids des récoltes généreuses de la fin d'été. Les colonnes de pierre qui supportaient la charpente de la halle étaient drapées de guirlandes de fleurs, de même que les voûtes qui reposaient sur ces piliers, si bien qu'on eût dit une succession de dais aux innombrables teintes.

Isabel avait, du moins, la satisfaction de constater que ses efforts n'avaient pas été vains. Tout le village était réuni ici. Ce n'était que rires, conversations joyeuses, cris d'enfants, chopes d'étain se rencontrant dans un bruit mat, éclats de voix, tout cela dans une atmosphère de liesse générale.

Les musiciens ne tarderaient pas à faire résonner leurs instruments et l'on danserait peut-être l'estampie, qui était de plus en plus populaire.

Isabel sourit en apercevant Gauthier, qui se trouvait assis à côté d'Héloïse et de ses nombreux autres admirateurs. La jeune fille laissa échapper un soupir et se mordit la lèvre. Ce n'était pas de la faute d'Héloïse, après tout, si elle attirait autant les garçons.

Gauthier, à cet instant, croisa son regard et répondit à son sourire tandis qu'il se levait et s'approchait d'elle en boitillant.

— Vous voici enfin, lança-t-il.

— Oui, fit-elle avec un petit rire navré. Vous parlez comme si j'avais fait exprès d'être en retard.

— Non, Isabel, pas le moins du monde. Je suis parfaitement conscient de tout ce que vous avez accompli pour que cette fête soit réussie. Vous ne ressemblez pas à certaines qui se contentent d'y prendre part et n'ont en rien contribué à son organisation.

— Il y en a qui doivent travailler pour vivre et d'autres qui sont nés pour…

— Pour être oisifs ? dit Gauthier en guise de conclusion. Bref, je suis heureux que vous soyez arrivée.

— Moi aussi.

Isabel balayait du regard l'assistance réunie sous la halle quand quelqu'un attira son attention. Ce n'était pas seulement parce que l'homme se tenait en retrait dans un angle du marché couvert, ni parce qu'il était étranger au village, mais plutôt en raison de la façon dont il regardait avec insistance Héloïse.

D'où venait-il et que voulait-il ?

— Gauthier… As-tu déjà vu cet homme là-bas ?

Ce dernier se retourna et observa en plissant les paupières l'individu que lui indiquait Isabel.

— Non, jamais… Je ne sais pas qui c'est. Sans doute a-t-il entendu parler de nos fêtes, qui sont toujours très réussies grâce à ceux qui les ont préparées ! Et en disant cela, je pense à une personne en particulier. Tu viens t'asseoir avec Héloïse et les autres ?

— Vas-y. Je vous y rejoindrai dans un moment.

Isabel marcha vers un alignement de tréteaux et y prit une belle pomme bien rouge dans laquelle elle mordit, mais jamais elle ne quitta des yeux l'étranger qui l'intriguait.

Quelque chose chez cet homme lui paraissait étrangement familier et, pourtant, elle avait la certitude de ne l'avoir jamais vu. Elle le regarda avec d'autant plus de préoccupation quand elle vit l'individu chauve qui l'accompagnait s'adresser à ses parents adoptifs.

Isabel ne put résister au besoin de se rapprocher d'eux, tout en restant parfaitement discrète. Elle ne voulait pas se faire remarquer par l'étranger, mais avait besoin d'en savoir davantage à son sujet.

Elle ignorait de quelle nature avait été l'échange entre les deux hommes et ses parents, mais l'anxiété qu'elle lisait sur le visage des Meunier montrait qu'il n'était pas sans importance. L'étonnement d'Isabel fut plus grand encore quand elle vit qu'on était allé chercher Héloïse, laquelle se tenait à présent près de ses parents.

Dans ce cas, pourquoi ne la priait-on pas aussi de s'associer à cette discussion ? À en juger par l'expression des Meunier, qui semblaient médusés, celle-ci n'était pas anodine. Le bel étranger, le plus jeune qui avait quelque chose de familier, se mit à parler à Héloïse, qui porta la main à sa bouche comme pour étouffer un cri de surprise, la mine ravie.

S'agissait-il d'un nouveau prétendant ? Cela expliquerait pourquoi il s'était adressé à leurs parents. Peut-être venait-il de leur faire sa demande ?

S'étonnant du cheminement de sa pensée, Isabel sourit en secouant la tête. Elle était sur le point de s'éloigner quand son attention fut captée par un objet dont la simple vue lui coupa le souffle.

Le jeune homme, qui conversait toujours avec ses parents et sa sœur, venait de tirer de dessous sa tunique une cordelette à laquelle pendait un rubis cerclé d'argent en forme de losange qu'Isabel reconnut tout de suite.

Il s'agissait du pendentif qu'elle avait donné, douze ans plus tôt, au jeune écuyer qui lui avait sauvé la vie. Elle l'avait en double, mais ne le portait jamais de crainte de se trahir, car il s'agissait d'un bijou de famille qui pouvait permettre de l'identifier.

En tout cas, si cet homme était en possession de son pendentif, il ne pouvait s'agir que de William Geraint. À moins, bien sûr, qu'il ne le lui eût dérobé.

Elle ne pouvait le croire, cependant. Tout le monde ignorait qu'elle fût encore en vie et personne n'aurait pu deviner qu'elle vivait dans ce village perdu au fin fond du Périgord. Si William Geraint était là, cela voulait dire qu'il la recherchait.

Devait-elle comprendre que son père s'inquiétait, enfin, de son sort et avait le désir de la faire revenir en Angleterre ? Il n'était pas exclu, non plus, qu'il envisageât de la conduire à son promis, comme il avait été initialement prévu, mais en ce qui la concernait cette option n'était plus à l'ordre du jour.

Lorsqu'elle avait été envoyée en France alors qu'elle n'était qu'une enfant, elle était censée vivre dans la famille de son futur époux jusqu'à ce qu'elle eût atteint l'âge convenable pour devenir sa femme. Et, à présent, elle était assurément en état de l'épouser. Il ne serait donc pas étonnant que son père eût ce projet pour elle.

Or, après toutes ces années, le seul homme qui fût vraiment en mesure de la retrouver était là. Enfin, s'il s'agissait bien de lui.

Isabel, qui se demandait si elle devait ou non aller auprès de lui pour s'assurer de son identité et l'accueillir comme il se devait, fut sujette au doute tandis qu'il lui venait à l'esprit qu'il la confondait certainement avec Héloïse.

Il était exaspérant de constater que, même quand quelqu'un était envoyé spécifiquement pour la retrouver, il la confondait avec une autre. Était-elle toujours aussi transparente et inconsistante que lorsqu'elle n'était qu'une petite fille et que son père pas plus que ses frères ne la voyaient ?

Mais ce n'était pas parce que son père, soudain, voulait la voir retourner dans le giron familial qu'elle devait lui obéir.

Certainement pas…

Isabel ne voulait pas perdre la précieuse liberté dont elle jouissait désormais et, plus encore, elle redoutait de se retrouver face aux dangers auxquels, autrefois, elle avait échappé.

Au fond, elle ne voulait pas renouer avec son passé.

Elle aurait voulu quitter la fête maintenant, mais la jeune fille craignait qu'on ne le remarquât si elle se retirait déjà. Elle venait à peine d'arriver. Ce serait suspect si elle disparaissait tout à coup. Pour passer inaperçue et s'éclipser le moment venu, le mieux était de se comporter normalement.

Elle ne ferait naître, ainsi, aucun soupçon et pourrait partir discrètement sans attirer l'attention de quiconque.

Le bel étranger, d'ailleurs, se retirerait peut-être après qu'il aurait constaté qu'elle ne vivait pas à Saint-Jean-de-Côle ?

S'agissait-il ou non de William Geraint, le vaillant écuyer qui, autrefois, lui avait sauvé la vie ?

William laissa échapper un soupir d'exaspération.

Il n'allait pas encore échouer !

Il avait pourtant l'impression qu'il était de nouveau dans une impasse. Quelque chose dans le comportement de la jeune fille qu'on lui avait présentée n'allait pas. Comme toutes les autres qu'il avait vues auparavant, elle faisait trop d'efforts pour le convaincre qu'elle était bien celle qu'il recherchait.

Assurément, la belle Héloïse Meunier n'était pas entièrement sincère. Elle jouait un rôle.

Sacrebleu !

Il avait pourtant eu l'espoir que dans ce joli village du Périgord, après des mois de recherches, il allait enfin retrouver Isabel de Clancey. Mais il se heurtait de nouveau à un mur.

Il voulait toutefois avoir la certitude que la jeune personne qu'il avait sous les yeux n'était pas l'enfant qu'il avait autrefois sauvée.

— Ce que je ne comprends pas, damoiselle, c'est que vous ne gardiez aucun souvenir du jour où je vous suis venu en aide.

— C'était une expérience si terrible que je l'ai chassée de ma mémoire, répondit Héloïse en se mettant la main sur le front.

— J'aurais cru que cela avait été pour vous un moment assez poignant pour que vous vous en souveniez toute votre vie. Ne me dites pas qu'il ne vous reste pas quelque impression ou sentiment dans le coin de votre tête.

— Je n'ai pas beaucoup de souvenirs de mon enfance et, comme vous l'avez fait remarquer, cet épisode était si poignant que je l'ai enfoui au fond de ma mémoire.

— Vraiment ? fit William, dubitatif.

— Tout ce dont je me souvienne, c'était de votre gentillesse, messire, quand vous m'avez menée à l'abbaye aux Dames, répondit Héloïse en minaudant. Ensuite, je garde aussi le souvenir d'avoir été conduite quelques années plus tard dans un prieuré, ici, où les Meunier m'ont adoptée.

— Je vois, dit William d'un air entendu.

— Mais je n'ai jamais douté, messire, que vous reviendriez un jour pour me chercher. Je savais, au fond de mon âme, que j'aurais un destin particulier.

Héloïse battit des paupières en ajoutant :

— J'avais l'intuition que je serais amenée à avoir une autre existence que celle qui m'avait été imposée.

Plus elle parlait, plus William était convaincu qu'elle ne pouvait correspondre à la petite fille qu'il avait sauvée. Comme toutes les autres, cette jeune beauté essayait de le tromper.

Il fit non de la tête d'un air absent. Seigneur, il était fatigué de cette longue quête à la recherche d'Isabel de Clancey, qui n'aboutissait à rien. Cette mission qu'il n'avait pas vraiment désirée mais qu'il avait fini par accepter commençait de l'exaspérer. Et, de plus, il était épuisé après ces longs mois à cheval dans la torpeur de l'été.

Il s'était souvent demandé pourquoi il n'avait pas refusé de s'engager dans cette aventure incertaine et finissait toujours par convenir que ce n'était pas seulement l'argent qui l'avait motivé.

Une raison supérieure l'avait poussé à accepter. Il avait cru trouver là le moyen d'apaiser sa mauvaise conscience au sujet d'une petite fille effrayée qu'il avait été contraint de laisser dans un monastère, douze ans plus tôt, alors qu'il n'était encore qu'écuyer.

Au cours des années qui avaient suivi, il avait souvent pensé à elle en formulant le vœu qu'elle eût survécu.

La recherche avait été ardue et d'autant plus désagréable que, après avoir quitté La Rochelle, il avait eu toutes les raisons de croire qu'il était suivi à distance par les hommes de Rolleston.

Il n'avait pas été long à leur fausser compagnie, mais cette façon de le surveiller l'avait exaspéré. Or, son exaspération n'était pas encore arrivée à son terme car en se rendant à l'abbaye aux Dames, où le père Clément lui avait dit qu'il enverrait sa petite protégée, il avait appris qu'elle n'y était plus et qu'on n'avait même pas gardé la trace de son passage dans les registres.

Sa quête s'était ensuite poursuivie en s'engageant toujours sur de fausses pistes, et il semblait qu'aujourd'hui encore il se soit fourvoyé.

La mère d'Héloïse ne s'arrêtait plus de parler.

— Eh oui, ma chérie, disait-elle. Tu ne ressemblais à aucune autre petite fille. Tu étais très au-dessus de la moyenne. On devinait, en effet, que tu aurais un destin particulier. C'est pourquoi nous t'avons adoptée, enfin, toi et ta sœur…

— Pardon ? fit William, soudain très intéressé.

— Ce jour-là, reprit la femme Meunier, nous avons adopté deux petites filles.

— Deux sœurs avez-vous dit ?

— Non… C'est-à-dire qu'elles le sont devenues en entrant dans notre famille.

— Et la deuxième de vos filles s'appelle… ?

— Adélaïde.

N'était-ce pas le prénom de la mère d'Isabel de Clancey ? songea William en son for intérieur.

— Où pourrais-je la trouver ? demanda-t-il d'un air

impassible pour ne pas faire naître de suspicion. Prend-elle part à la fête ?

— Oui, certainement. Je n'ai pas une très bonne vue, mais je suppose qu'elle n'est pas loin.

Se tournant vers Héloïse, elle lui demanda :

— As-tu vu ta sœur ?

— Non…

S'adressant à William, la jeune fille reprit :

— Je ne comprends pas, messire, pourquoi vous voulez la voir.

Le chevalier, qui ne semblait pas avoir entendu la remarque d'Héloïse, balaya du regard l'assistance avant de porter de nouveau son attention sur cette dernière.

— Je vous souhaite une bonne soirée et espère reprendre notre conversation demain, dit-il avec une indifférence non dissimulée.

— Moi aussi, messire.

Sans attendre, William tourna les talons. Il ne savait pas pourquoi, mais il avait l'intuition que cette Adélaïde serait la bonne. Isabel de Clancey aurait simplement choisi de se faire appeler par le prénom de sa mère et non le sien.

Il s'approcha d'une fillette adossée à l'une des colonnes de pierre, qui frappait dans ses mains au rythme des instruments de musique et qui, constatant qu'il venait vers elle, leva les yeux sur lui et lui sourit.

— J'aimerais te poser une question, petite, dit-il. As-tu vu Adélaïde ? Sa mère ne sait pas si elle est déjà arrivée à la fête. Or, elle n'aimerait pas qu'elle la manque.

— Elle est déjà là, répondit l'enfant avec un petit rire. Elle est en train de danser.

William fit volte-face pour regarder dans la direction que la petite fille lui indiquait du doigt.

— Merci beaucoup. Tu es bien mignonne.

Il vint se placer près du groupe de danseurs et attendit une occasion pour se mêler à eux.

La chance lui sourirait peut-être cette fois, et il s'agirait bien de celle qu'il recherchait depuis six mois !

Un danseur se retira et William fut invité à occuper la place vacante, ce qu'il fit sans hésiter. Il allait se retrouver à un moment ou à un autre à danser avec la jeune fille qu'il soupçonnait d'être Isabel de Clancey, et sa mission toucherait, enfin, à son terme.

Ciel !

Elle aurait mieux fait de rester chez elle ou, du moins, de fuir dès qu'elle avait senti les yeux de l'étranger sur elle.

Ne venait-il pas de s'introduire dans le cercle des danseurs qu'elle formait avec deux douzaines de garçons et de filles du village ?

Et, de nouveau, il ne cessait pas de l'observer.

Elle espérait qu'en gardant la tête baissée et en évitant de croiser son regard il finirait par s'en aller, mais chaque fois qu'elle cédait à la tentation de voir s'il s'était ou non retiré, Isabel le surprenait en train de la fixer avec une telle effronterie qu'elle en avait le sang aux joues.

Elle essayait de contrôler ses émotions, particulièrement quand les évolutions de la danse les conduisaient à être tout proches, mais elle n'était alors que trop consciente de sa grande taille, de ses larges épaules, de la force qui se dégageait de lui ainsi que de sa virilité.

Il passa dans son dos, s'éloigna, puis ils revinrent l'un vers l'autre. Elle ne pouvait rien faire d'autre que continuer à feindre de ne pas l'avoir reconnu en attendant de s'esquiver à la première occasion.

Plus il la regardait, plus elle était gagnée par la peur de révéler qui elle était. Or, cette crainte, loin de la museler, produisit l'effet contraire et, à son grand dam, elle lui adressa la parole :

— Vous me regardez, messire, d'une manière tout à

fait inconvenante, remarqua-t-elle comme il venait de glisser le bras sous le sien.

— Pardonnez-moi. J'ignorais qu'il y eût une autre façon de regarder une jeune fille.

Isabel réfléchit à la repartie qu'elle allait lui faire, mais elle jugea imprudent de répondre sur le même ton comme si elle acceptait qu'il lui contât fleurette. Si elle devait converser avec lui, elle préférait que ce fût dans un registre plus anodin.

— Vous n'êtes pas d'ici, messire ? fit-elle d'un air indifférent.

— Non, je ne le suis pas, répondit-il alors qu'ils se retrouvaient dos à dos.

Quand il fut de nouveau en face d'elle, Isabel lui demanda avec une légère inflexion ironique dans la voix :

— Vous nous avez rejoints pour vous exercer à la danse ?

Elle avait conscience de n'être pas très aimable mais, vraiment, ce jeune homme la mettait mal à l'aise, dans la mesure où sa présence évoquait des souvenirs qu'elle aurait préféré oublier.

— Je ne pense pas avoir besoin d'entraînement.

— Vous êtes très sûr de vous, messire.

Pour confirmer ce qu'elle venait de dire, il continua de danser avec elle au lieu de suivre le mouvement et de passer à la prochaine danseuse.

— Vous ne manquez pas de culot, messire, reprit-elle. Et je vous prie d'arrêter de me fixer ainsi.

Elle prononça ces mots en passant lestement devant lui avec un claquement des talons.

— Je vous demande pardon, répondit-il d'un air étonné. À aucun moment je n'ai voulu vous mettre mal à l'aise.

— Vraiment ?

— Non, je vous l'assure, répondit-il en souriant.

Isabel ne pouvait nier qu'il y eût quelque chose d'attirant

en lui quand il souriait ainsi avec une étincelle espiègle dans son regard d'un bleu profond.

— Mais alors, pourquoi me regardiez-vous avec autant d'insistance ?

Ils furent séparés par les mouvements de la danse et durent attendre de se retrouver côte à côte pour reprendre leur conversation.

— J'essaie tout simplement de m'assurer que vous êtes bien une personne que j'ai rencontrée brièvement il y a de longues années.

— Oh ? Mais je ne vous ai jamais vu, messire, répliqua-t-elle trop précipitamment avant d'être de nouveau entraînée par le mouvement de la danse.

Elle passa entre les bras de plusieurs danseurs avant de revenir, enfin, avec lui.

— J'aurais plutôt tendance à penser le contraire, répondit-il. Votre regard ne me semble pas étranger. Loin de là même.

Seigneur !

Ses yeux allaient-ils la trahir ? Verts mais semés de paillettes or et noisette, ils la distinguaient du commun des mortels d'autant plus que l'un des deux présentait une tache sombre au cœur de l'iris, ce qui donnait l'impression qu'il n'était pas de la même teinte que l'autre.

Cette anomalie l'avait desservie dans son enfance. Même son propre père la soupçonnait d'être maudite en raison de cette affliction.

— Je pense que vous vous trompez, messire, reprit-elle.

Il pencha la tête de côté en la regardant avec un petit sourire énigmatique.

— Je n'en suis pas sûr, fit-il en lui tenant la main au-dessus de la tête pour la faire tourner sur elle-même. Je pense même avoir parfaitement raison.

— Je vous en prie, messire, cessez de me mentir.

— Je ne vous mens pas. Plus je vous regarde, plus je

suis convaincu que vous êtes la jeune fille qu'autrefois j'ai secourue.

Ils se séparèrent de nouveau, gagnèrent les extrémités du cercle puis revinrent l'un vers l'autre au sein de la grande ronde formée par l'ensemble des danseurs.

— Comment vous appelez-vous ? demanda-t-elle en fronçant les sourcils.

— William Geraint. Pour vous servir, damoiselle. Mes amis m'appellent Will, tout court.

— Je ne suis pas de vos amis.

Il la considéra un instant avant de déclarer :

— Quelque chose m'intrigue chez vous.

— Ah bon ? Qu'est-ce ?

— Le fait que vous ne cherchiez pas à savoir la raison de ma venue dans votre village.

Ils avaient les mains jointes au-dessus de la tête d'Isabel et étaient trop proches l'un de l'autre pour qu'elle ne se sentît pas scrutée jusqu'au fond de l'âme.

— Je vous assure que c'est le dernier de mes soucis.

— Ce n'est donc pas moi qui vous rends aussi nerveuse ?

— Je n'ai aucune raison de l'être puisque je ne vous connais ni d'Ève ni d'Adam.

— Soit, mais permettez-moi encore une fois de n'être pas d'accord avec vous.

Le ton léger avec lequel il parlait commençait d'énerver Isabel. Elle avait l'impression qu'il la provoquait pour la faire parler.

— Vous pouvez ironiser autant que vous le voulez, ça n'a aucun effet sur moi.

— Je veux bien vous croire, mais voudriez-vous tout de même me faire le plaisir de m'écouter ?

Il souleva un sourcil d'un air interrogatif alors qu'elle le contournait.

— Il y a douze ans, je sauvais une petite fille au milieu d'un épouvantable carnage.

Il s'interrompit un instant pour observer la réaction d'Isabel avant de poursuivre :

— Elle était terrifiée par ce dont elle venait d'être le témoin, mais a été conduite par mes soins dans un monastère où elle se trouvait en parfaite sécurité.

Il souleva sa tunique en reprenant :

— En signe de reconnaissance, elle m'avait donné ce bijou.

Il présenta à Isabel le rubis cerclé d'argent qu'elle lui avait confié des années auparavant.

— Elle l'a fait en gage de remerciement et d'amitié.

Isabel ravala sa salive et passa le bout de la langue sur ses lèvres pour les humidifier.

— C'était gentil de sa part. Je suis certaine que cette fillette, qui doit être une jeune femme aujourd'hui si elle est toujours en vie, vous était infiniment reconnaissante, sinon elle ne vous aurait pas fait don d'un bijou aussi précieux. Mais, je suis au regret de vous dire que je n'ai rien à voir avec cette personne.

— Vraiment ? chuchota-t-il à son oreille alors qu'ils passaient l'un à côté de l'autre dans un mouvement circulaire. Pourtant je persiste à croire, damoiselle, que cette petite fille, c'était vous.

En entendant ces mots, elle faillit perdre l'équilibre.

— Pardon ? fit-elle quand elle fut remise de son émotion. Je vous assure, messire, que je ne suis pas une damoiselle.

Une sorte de rictus se dessina lentement sur les lèvres de William, et elle comprit qu'elle s'était trahie en laissant transparaître son émotion.

— Je ne suis que la fille d'un minotier et certainement pas le genre de jeune femme que vous recherchez.

Un large sourire s'épanouit sur le visage du chevalier.

— Tiens ? Et à quoi ressemblerait cette femme selon vous ?

Cette fois, Isabel eut envie de lui écraser le pied de son talon.

— Je ne pense pas être assez exceptionnelle pour susciter l'intérêt d'un homme au point qu'il consacre tout son temps à me rechercher au fin fond du Périgord sous le prétexte qu'il m'aurait sauvée de la mort quand j'avais huit ans.

Isabel releva la tête alors que le rythme de la musique ralentissait.

Le regard de William se mit à briller.

— Je n'ai pas le souvenir de vous avoir précisé l'âge de la petite fille.

— Vraiment ? J'ai dit cet âge au hasard. Et maintenant, si vous voulez bien m'excuser, je crois que cette danse est finie.

Elle retira la main de la sienne et s'éloigna sans lui lancer un dernier regard. Elle voulait fuir, n'importe où, mais surtout s'éloigner de cet homme qui menaçait de bouleverser sa nouvelle vie patiemment édifiée.

Il croyait savoir qui elle était vraiment, mais il se trompait. Elle avait oublié son existence antérieure et ne voulait pas y revenir.

Elle aimait être Adélaïde, la fille du meunier, qui travaillait toute la journée pour avoir la joie de partager quelques moments dans la semaine auprès de Sibylle.

Aux côtés de la guérisseuse, elle apprenait tous les secrets des plantes médicinales, dont elle pouvait faire profiter les autres. C'était là son plus grand bonheur.

Et puis, elle aimait le joli et paisible village bâti sur les rives de la Côle, qui faisait tourner la roue du moulin. Elle se plaisait dans sa famille d'adoption et trouvait même du plaisir dans la compagnie d'Héloïse.

Elle avait de nombreux amis et appréciait particulièrement la relation qu'elle avait établie avec Gauthier. Certes, il ne serait pas toujours là et, quand il irait mieux, partirait vers un autre horizon, mais ce jour ne s'était pas encore levé…

En tout cas, quel que fût l'avenir, elle ne voulait pas redevenir damoiselle Isabel de Clancey, une jeune fille dont sa famille avait disposé comme d'un objet qu'on met en gage.

Cela avait peut-être été le fait de son père uniquement et n'engageait que lui… Elle ne pouvait nier que sa mère lui avait manqué horriblement, ainsi que son grand frère. Mais c'était cette même famille qui l'avait laissée partir et, finalement, l'avait abandonnée à son sort.

Au fil des ans, en constatant que ses parents ne venaient pas la rechercher, elle s'était endurcie et efforcée de rompre les liens affectifs l'unissant à sa famille.

Elle avait ainsi réussi à apaiser sa douleur et à effacer le souvenir de ce qu'elle avait perdu. De toute façon, elle devait être sans intérêt ni ne revêtir aucune importance aux yeux des siens s'ils avaient réussi aussi aisément à l'oublier.

Enfin, jusqu'à maintenant, puisque visiblement ils s'intéressaient de nouveau à elle. Autrement William Geraint ne serait pas arrivé jusqu'à elle.

Elle avait beaucoup pleuré au cours de toutes ces années en pensant à sa famille, mais elle avait trouvé la force de rester fidèle à la promesse faite à son père de ne jamais révéler qui elle était.

Isabel avait gardé le silence de crainte de déclencher sa colère si elle lui désobéissait mais, plus encore, pour ne pas courir le risque d'attirer l'attention de ceux qui avaient voulu attenter à sa vie et qui, en apprenant qu'elle se portait bien, auraient pu tenter une nouvelle fois de l'éliminer.

Même si certaines scènes de son existence d'avant, qui lui troublaient l'âme, lui étaient longtemps revenues en mémoire, les larmes avaient fini par sécher sur ses joues et, les années succédant aux années, elle avait réussi à être en paix avec son passé.

Elle s'était trouvé une autre famille, une autre identité, et avait oublié celle qu'autrefois elle était. Au fil-du temps, elle était devenue plus forte et, aussi, plus heureuse, même si certains jours le souvenir de sa vie antérieure en Angleterre remontait à la surface, créant en elle une mélancolie indéfinissable.

Ce bonheur, même relatif, qu'elle était parvenue à construire, allait-il maintenant lui être arraché ?

Et ce serait William Geraint, qui lui avait sauvé la vie douze ans plus tôt, qui lui reprendrait la liberté dont elle jouissait à présent et qu'elle n'avait obtenue que grâce à lui ?

Après toutes ces années, elle verrait s'anéantir ce qu'elle avait chèrement acquis ?

Eh bien, non ! Elle ne le permettrait pas !

Chapitre 3

— Par pitié ! Vas-tu enfin m'écouter ?

Isabel, qui essayait d'obtenir l'attention de sa sœur, laissa échapper un soupir d'exaspération.

— Héloïse ?

Cette dernière lança un regard indifférent par-dessus son épaule à Isabel alors qu'elles marchaient le long du chemin. C'était grave. Elle avait choisi d'ignorer tout ce qu'elle lui disait.

Héloïse s'était mis dans la tête de faire croire à William Geraint qu'elle était Isabel de Clancey, et il n'y avait aucun moyen de l'en dissuader.

Isabel ne pouvait se résoudre à la laisser faire.

— C'est absurde, Héloïse, reprit-elle. Tu ne peux pas prendre la place d'une autre.

Et cette autre, c'est moi. Pour l'amour de Dieu, tu ne peux pas prendre ma place !

— D'ailleurs, tu ne peux même pas être sûre que cet homme soit vraiment celui qu'il prétend être.

Isabel, cependant, savait de façon certaine qu'il s'agissait bien de William Geraint. Elle l'avait compris dès qu'il lui avait adressé la parole en dansant, mais Héloïse n'avait pas besoin d'en être informée.

Depuis son arrivée à Saint-Laurent-de-Côle, Isabel était dans un véritable marasme. Aussi évitait-elle autant que possible de le croiser. Elle ne voulait pas qu'il lui rappelât son passé et faisait tout ce qui était en son pouvoir pour le conduire à se retirer du village. Ou il partirait, ou ce serait elle qui serait obligée de s'en aller, au moins temporairement.

— Être noble ne présente pas que des avantages, Héloïse, dit-elle.

— Qu'en sais-tu ? Tu es une orpheline tout comme moi.

— Oui, tu as tout à fait raison, répondit Isabel en glissant le bras sous celui de sa sœur. Mais, justement, que deviendrait la famille qui nous a élevées si tu t'en allais ? Après qu'ils ont tout fait pour nous, tu serais prête à les abandonner ?

— Ils s'en remettront, particulièrement avec l'argent que messire William leur a offert.

— Pardon ? fit Isabel en baissant le ton de peur de n'être entendue. Ils renonceraient à toi si facilement ? Pour de l'argent ?

N'y avait-il que ça qui comptât ? L'argent ? Son père voulait-il à ce point qu'elle remplisse ses engagements qu'il en venait à payer pour son retour en Angleterre ? Après toutes ces années, comment pouvait-il vouloir disposer d'elle comme si elle avait toujours huit ans ?

— Bien sûr, répondit sèchement Héloïse. Tout le monde a un prix. D'ailleurs, je veux partir d'ici.

— Tu ne partiras pas, à moins que tu ne parviennes à convaincre William Geraint que tu es bien Isabel de Clancey. Or, je ne vois pas comment tu t'y prendrais. Tu ne sais rien de cette fille. Et puis, quand bien même tu arriverais à tromper William Geraint, la famille de Clancey verra sans peine que tu n'es pas de son sang.

Héloïse haussa les épaules.

— Je trouverai une explication le moment venu. Leur réaction m'importe peu. Ce qui compte, c'est que je puisse m'en aller de Saint-Jean-de-Côle. Quant à William Geraint, il y a certains moyens de le faire changer d'avis…

Horrifiée, Isabel laissa échapper un long soupir. Elle espérait, du moins, que dans cette partie reculée du village personne n'avait pu entendre les propos de sa sœur.

— Seigneur ! s'exclama Héloïse. Le voilà !

Isabel se tourna vers sa sœur.

— De qui parles-tu ?

— De lui, bien sûr, répondit Héloïse entre ses dents en redressant la tête. De William Geraint.

Un sourire se dessina sur ses lèvres tandis qu'elle passait la main dans ses cheveux.

— Est-ce que je suis belle ?

C'était là sa seule préoccupation ? s'indigna Isabel en son for intérieur.

— Bonjour, damoiselles, fit le chevalier en s'arrêtant devant elles.

— Bonjour, messire William, fit Héloïse alors qu'Isabel restait muette. J'espère que vous allez bien.

Il se gratta la tête d'une manière qui rappela à Isabel le jeune écuyer qu'il avait été.

— Aussi bien qu'on puisse aller au fin fond du Périgord. Mon séjour à la ferme implique que je sois réveillé plusieurs fois dans la nuit par toutes sortes de bruits.

— C'est très ennuyeux, remarqua Isabel. J'aurais cru pourtant que vous seriez habitué à ces réveils brutaux, vous qui menez une vie de soldat. Cela doit faire partie de votre formation militaire d'être prêt à combattre à tout instant du jour et de la nuit.

— Oh ! Rassurez-vous. Je ne m'y soustrais pas.

— Je voulais seulement dire que, si c'est si pénible pour vous de séjourner à Saint-Jean-de-Côle, pourquoi n'en partez-vous pas ?

— La question mérite d'être posée, mais je ne le ferai pas sans être accompagné de damoiselle Isabel de Clancey, que j'entends conduire jusqu'en Angleterre, répondit-il sans cesser de la regarder dans les yeux.

Sa réponse était plus coercitive qu'il n'y paraissait. Même s'il restait aimable et courtois, il y avait dans le ton de sa voix et dans ses propos une autorité d'un caractère inflexible que la jeune fille recevait comme un ordre.

Cette impression était d'autant plus exacerbée que depuis la fête, où qu'elle allât, Isabel trouvait William sur son chemin. Il semblait l'attendre en permanence et l'épier du matin au soir, et tout dans son attitude suggérait qu'il n'était pas dupe et ne se laisserait pas tromper par elle.

Cette intrusion permanente dans sa vie privée finissait par importuner Isabel, qui commençait de se lasser de ce jeune homme.

Cette situation lui était d'autant plus pénible que ça avait fait resurgir du passé des souvenirs depuis longtemps enterrés au fond de sa mémoire et qu'elle aurait préféré ne pas revivre même en pensée.

C'étaient des voix étouffées au cœur de la brume, des plaintes de mourants, des hurlements de douleur, des appels désespérés au milieu du cliquetis des armes et des hennissements des chevaux.

Tout cela revenait incessamment à l'esprit d'Isabel dont le sommeil, au cours des dernières nuits, avait été troublé non pas par les bruits familiers de la ferme mais par d'effroyables cauchemars.

Elle avait cru s'être définitivement affranchie du passé, et qu'elle n'avait plus de raison de s'en soucier, mais elle s'était trompée. C'était étrange comment celui-ci pouvait soudain vous sauter au visage et vous rappeler aussi de plus lointaines réminiscences, associées dans le cas d'Isabel à sa vie en Angleterre.

Elle n'en avait que des bribes, le drame qu'elle avait vécu pendant son voyage ayant fait disparaître des pans entiers de sa mémoire, mais elle se souvenait bien des raisons de son départ pour la France.

Son père, après être tombé en disgrâce auprès du roi Jean, avait voulu forger de nouvelles alliances, et le meilleur moyen d'y parvenir avait été d'anticiper le mariage de sa plus jeune fille. C'était ainsi que, à huit ans, elle avait été envoyée vivre au foyer de son futur époux. Trop jeune pour être mariée, elle n'en était pas moins assez grande pour quitter sa famille.

Rien ne s'étant passé comme prévu, elle avait toutes les raisons de penser qu'au bout de douze ans ces fiançailles se trouvaient de facto rompues, mais cela ne garantissait pas que son père n'eût point d'autres vues la concernant et n'envisageât pas une union avec quelque baron dont il aimerait s'assurer le concours.

Il était hors de question pour elle de se soumettre à ce genre de décision prise sans qu'elle eût été consultée, mais elle voulait avoir une réponse à ce sujet, et seul l'homme qui était en face d'elle à cet instant pouvait la lui donner.

Pourquoi, d'ailleurs, sa famille avait-elle tant tardé à se manifester ? Pourquoi n'étaient-ils pas venus à son secours quand elle en avait tant besoin et qu'elle n'était qu'une misérable petite fille perdue dans un pays étranger ?

Ne comptait-elle pour rien à leurs yeux ?

Isabel avait envie d'interroger William Geraint à ce sujet, mais elle savait qu'elle ne le pourrait pas. Une part d'elle-même, en effet, ne voulait pas connaître la vérité, de peur que celle-ci ne la blessât de nouveau.

Elle eut un petit haussement d'épaules en faisant remarquer d'un air désinvolte :

— Je suis désolée pour vous, messire, si vous êtes venu pour rien à Saint-Jean-de-Côle.

— Son voyage n'a pas été vain puisqu'il m'a trouvée, intervint Héloïse. Je suis Isabel de Clancey, qu'il cherche depuis six mois.

William, qui ne quittait pas des yeux la vraie Isabel, ne répondit rien, mais une lueur ironique flottait dans ses prunelles.

Comme au cours de la danse sous son regard pénétrant, la jeune femme sentit trembler ses genoux et son souffle s'écourter. Il était beau, certes, mais ce n'était pas que son physique qui la troublait. Il y avait en lui quelque chose qu'elle ne savait pas définir, mais qui l'intriguait et la poussait vers lui, alors qu'elle aurait voulu au contraire le fuir.

De nouveau, Isabel se demanda s'il était vraiment le même que celui qui, autrefois, l'avait sauvée. Elle avait gardé en mémoire le souvenir de sa gentillesse et s'étonnait qu'il y eût aujourd'hui autant d'ironie, presque de cynisme, en lui. Pour la première fois, elle s'interrogeait sur ce qui lui était arrivé au cours de toutes ces années qui s'étaient écoulées.

Qu'est-ce qui avait pu transformer à ce point ce jeune écuyer dont elle se remémorait avec émerveillement la générosité et la délicatesse. L'avait-elle idéalisé ? En avait-elle fait à tort un héros ?

Non. Elle ne s'était pas trompée sur son cas. Il lui avait vraiment sauvé la vie sans se préoccuper du danger qu'il courait lui-même.

Isabel chassa de son esprit ces pensées qui contrariaient ses intentions et rassembla tout ce qu'elle avait d'animosité en elle.

— Comme je vous l'ai dit plus tôt, remarqua-t-elle, je ne suis pas certaine de bien comprendre pourquoi vous restez dans notre village, où vous n'avez trouvé qu'un logement inconfortable, alors que votre recherche s'avère infructueuse.

— Je ne dirais pas cela, fit-il en haussant un sourcil.

Il eut de nouveau cette expression qui irritait Isabel car elle laissait clairement entendre qu'il ne croyait pas un mot de ce qu'elle disait.

Il semblait qu'à chaque fois qu'elle le rencontrait elle renforçait sa conviction qu'elle était bien Isabel de Clancey. Aussi ressentait-elle le besoin de fuir. Elle ne pouvait rester en sa présence et s'entendre dire tout ce qu'elle devait à sa vraie famille. Le doute et la culpabilité commençaient petit à petit de l'envahir.

La jeune femme avança d'un pas, dans l'intention de mettre un terme à cette conversation.

— Si vous voulez bien m'excuser…

Comme elle passait devant lui, il lui saisit doucement le bras et elle fut consciente aussitôt de la chaleur qui se dégageait de sa main.

— Je ne veux certainement pas vous déplaire, dit-il. Je ne suis ici que pour une seule et unique raison.

— Mais sachez, messire, que cette raison est précisément ce qui cause mon désarroi.

— Pourquoi, je vous prie ?

— Tout le monde ne souhaite pas être retrouvé, messire William, et, dans le cas qui nous concerne, être rattrapé par le passé.

— Permettez-moi de vous poser encore la même question : pourquoi ?

— Je n'ai aucune explication à vous donner, répondit-elle en serrant les poings. Ni, d'ailleurs, à personne d'autre.

— Ah bon ?

Ils se défièrent longuement du regard en silence sans qu'aucun d'eux ne baissât la tête, jusqu'au moment où une voix résonna dans leur dos.

— Bonjour ! Vous allez bien ?

Ils se retournèrent et virent Gauthier, un large sourire aux lèvres, venir vers eux.

— Si ce n'est pas le héros du village, marmonna William dans sa barbe.

— Pourquoi parlez-vous ainsi ?

— Je ne sais pas… Il se peut que je me trompe.

Elle ignora sa réponse et se tourna en souriant vers son ami, qui arrivait fort à propos.

La situation était sans issue. Il était évident que William Geraint ne quitterait pas Saint-Jean-de-Côle sans elle. Il lui fallait trouver une solution pour lui échapper, mais laquelle ?

Le chevalier n'avait peut-être que de bons sentiments à son égard, mais il n'avait pas d'autre ambition que de la ramener à son père, et elle en éprouvait une indescriptible appréhension.

Elle se souvenait, en effet, de la façon dont il l'avait réprimandée et culpabilisée le jour où elle l'avait supplié de ne pas la séparer de tout ce qu'elle connaissait et aimait. Il lui avait fait le reproche de vouloir se soustraire à ses devoirs envers sa famille. Or, après l'avoir éloignée de tout ce qui lui était cher, il voulait à présent la faire revenir en Angleterre.

Mais c'était trop tard.

William leva les yeux au ciel en soupirant. *Seigneur, donnez-moi la force !*

La jeune fille, il en avait l'intuition, allait lui échapper. Elle ne cesserait pas de nier qu'elle était Isabel de Clancey et l'empêcherait de mener sa mission à bien. À la façon dont elle avait regardé le jeune homme qui venait de les rejoindre, elle comptait de toute évidence profiter de sa présence pour se dérober à ses questions et le laisser encore dans l'incertitude.

Mais, bon sang, pourquoi en vérité refusait-elle de dire qui elle était ?

Il était incroyable que celle qu'il tenait pour la vraie Isabel de Clancey refusât de le reconnaître, alors que toutes celles qu'il avait approchées avant elle n'avaient eu de cesse de vouloir se faire passer pour elle.

Il avait cru que, le jour où il retrouverait Isabel, cette dernière serait folle de joie à l'idée de revoir sa famille et sa patrie, mais il s'était bien trompé.

Il y avait quelque chose de déroutant en elle, mais il était compréhensible qu'elle fût anxieuse à l'idée de revoir l'Angleterre et qu'elle eût aussi quelque ressentiment à l'égard des siens. Ses parents, en fin de compte, n'avaient pas plus réagi que si elle était morte dans l'embuscade. Ils n'avaient, d'ailleurs, jamais fait d'enquête pour savoir si elle y avait survécu.

Il est vrai que, avec la guerre des Barons qui sévissait dans le royaume, il n'était pas étonnant qu'ils eussent renoncé à essayer de savoir ce qu'était devenue leur petite fille.

Peut-être qu'Isabel aurait réagi différemment si, nonobstant son refus de se reconnaître damoiselle de Clancey, il l'avait informée sur la situation actuelle de sa famille.

Son père et ses frères, en effet, étant tous morts, elle se trouvait l'héritière du fief de Clancey. C'était en soi une raison suffisante pour rentrer en Angleterre, mais il n'avait jamais eu l'occasion de le lui dire, étant toujours arrêté par son refus obstiné de se reconnaître pour ce qu'elle était.

Il ne lui était encore jamais arrivé de susciter chez une femme une telle méfiance et, même, de la crainte. Aussi vivait-il difficilement cette épreuve. Mais quelle que fût la difficulté qu'il rencontrait, il avait reçu la mission de ramener Isabel chez elle, et il l'accomplirait quoi qu'il lui en coûtât.

La résistance que lui opposait la jeune fille, certes, le mettait mal à l'aise mais, lorsqu'il avait pris un engagement, il l'exécutait, indépendamment de ses états d'âme.

Il devait, en tout premier lieu, contrarier le plan, quel qu'il fût, qu'elle envisageait de lui opposer afin de le décourager de la ramener dans sa famille.

Au cours de la nuit qui suivit, Isabel arpentait la chambre qu'elle partageait avec Héloïse au second étage du moulin quand elle entendit le bruit d'un caillou qu'on avait lancé contre un des volets.

Elle se précipita vers la fenêtre et ouvrit le volet.

— C'est toi, Gauthier ? fit-elle en se penchant à l'extérieur.

Elle attendait avec impatience l'arrivée du jeune homme depuis qu'elle avait préparé ses quelques affaires.

Le moment était venu de mettre son plan à exécution. Elle allait quitter Saint-Jean-de-Côle pour aller vivre dans un village voisin où elle avait des amis et où elle attendrait que William Geraint s'en allât une bonne fois pour toutes avant de retourner chez elle.

Elle ne reprendrait sa vie normale que lorsqu'il ne serait plus là pour la harceler.

— Oui, fit une voix dans la pénombre. J'ai apporté une corde. Je vais te l'envoyer. Tu n'auras qu'à l'accrocher à quelque chose de solide.

Isabel, qui scrutait la nuit, discerna enfin la silhouette de Gauthier, sous sa fenêtre.

— D'accord, fit-elle en reculant.

Le jeune homme lança la corde, mais elle retomba sans atteindre son objectif. Il renouvela son geste en vain, mais le troisième essai fut le bon et Isabel put saisir le cordage et l'attacher solidement aux deux poignées d'un coffre.

Laissant échapper un soupir, elle promena un regard circulaire sur la chambre et s'approcha d'Héloïse qui dormait à poings fermés.

— Je reviendrai bientôt, murmura-t-elle plus pour elle-même que pour sa sœur qui ne pouvait rien entendre.

Serment ou promesse, elle espérait seulement pouvoir tenir l'un ou l'autre.

Elle ramassa la sacoche de cuir contenant ses affaires et revint à la fenêtre. Elle en franchit l'appui, jeta dans le vide la sacoche puis, saisissant à deux mains le cordage, commença de descendre en gardant les pieds au contact du mur du moulin.

Elle ne parvenait pas, cependant, à progresser correctement et la corde s'était mise à osciller, compliquant encore sa situation.

— Tiens-la, Gauthier, lança-t-elle d'une voix étouffée. Je n'y arrive pas.

— Laisse-toi glisser. Je suis là pour te recevoir.

Isabel essaya de serrer le cordage entre ses talons, mais il bougeait trop pour qu'elle réussît à s'en servir de façon adéquate.

Renonçant à s'aider des jambes, elle se mit à descendre à la force des bras. La corde lui brûlait les mains et il lui était de plus en plus difficile de se suspendre à elle.

Elle parvint encore à descendre de quelques pieds puis, soudain, lâcha le câble et se laissa tomber. Un instant après, elle se retrouvait dans les bras de Gauthier, qui en eut le souffle coupé.

Pauvre Gauthier, pensa-t-elle en son for intérieur. Il n'avait pas besoin de ça, lui qui était en voie de guérison.

La jeune fille ne comprenait pas, d'ailleurs, comment il avait pu résister au choc. Il aurait dû tomber à terre sous son poids. Mais même si ce n'était pas le cas, il était à craindre que tous les efforts qu'elle avait déployés pour le remettre sur pied ne fussent anéantis.

Il n'en était rien, cependant, et elle ne fut pas longue à s'en apercevoir, car l'homme qui la tenait dans ses bras n'était en rien le gentil Gauthier.

— Bonsoir, damoiselle Isabel, fit-il.

Ce ne pouvait être que William Geraint ! Elle s'était laissé berner ! Quand cesserait-il de la tourmenter ?

— Que faites-vous ici ? lança-t-elle entre ses dents.

— Je viens de vous sauver d'une mort inévitable. Vous pouvez remercier le ciel que je sois passé sous votre fenêtre au moment où vous vous jetiez dans le vide.

— Posez-moi à terre, s'il vous plaît, messire William, répondit-elle d'un ton de plus en plus irrité.

— Plus tard. Je voudrais d'abord préciser avec vous certains points…

— Qu'avez-vous fait de Gauthier ? l'interrompit Isabel.

— Ne vous faites pas de souci pour lui. Il va bien. Je lui ai juré sur mon honneur que vous n'aviez rien à craindre de moi. Il est à présent en chemin vers la chaumière où il a sa paillasse.

— J'espère que vous ne lui avez fait aucun mal. Car sinon vous entendrez parler de moi. Il est en convalescence, voyez-vous, et…

— Rassurez-vous. Je n'ai fait que le persuader de rentrer chez lui et de me laisser veiller sur vous à sa place. Mais j'ignorais qu'il eût été malade. C'est curieux, néanmoins, que vous soyez aussi préoccupée par son état de santé.

— Cela ne vous regarde pas, messire, mais j'attache une grande importance à l'amitié qui m'unit à lui.

— Est-ce à cause de cette amitié que vous ne voulez pas retourner en Angleterre ?

Il avait prononcé ces derniers mots avec un petit sourire suffisant qu'elle se retint d'effacer d'un soufflet.

— Puisque vous semblez vouloir saisir quel genre d'amitié me lie à lui, sachez que j'ai aidé la guérisseuse de Saint-Jean-de-Côle à le soigner après qu'il avait été trouvé à demi mort dans les bois. Vous comprendrez que je sois très soucieuse de sa santé.

— Vous avez contribué, donc, à sauver une vie, de la même manière qu'autrefois j'ai sauvé la vôtre. C'est amusant, n'est-ce pas, et, en ce qui vous concerne, très louable.

Pour éviter de lui répondre et de tomber dans le piège qu'il lui tendait, elle se mit à se débattre en remuant frénétiquement les jambes.

— Laissez-moi descendre !

Il obtempéra si brusquement qu'en touchant le sol elle faillit perdre l'équilibre.

— Pardon, dit-il, une lueur ironique dans le regard. Quant au secours que je vous ai porté, il est inutile de me remercier. Je n'ai fait que mon devoir.

— Vous vous prenez sans doute pour le héros que vous prétendez être, répondit-elle en passant les mains sur sa jupe pour en effacer les plis.

— Ça demande vérification, rétorqua-t-il d'un air grave soudain, mais maintenant il faut que vous et moi parlions de la manière dont nous allons sortir ensemble de cette impasse.

Isabel ferma les yeux en formulant le vœu que, lorsqu'elle les rouvrirait, elle serait de retour dans son lit bien chaud et que tout ceci n'aurait été qu'un mauvais rêve.

— Il est facile pour vous, messire William, de parler de cette question, mais ce n'est pas vous que l'on veut forcer à faire ce que vous n'avez pas envie de faire.

Sur ces mots, elle tourna les talons, mais il la retint par le bras.

— Faites-moi confiance, damoiselle. Au cours de ma vie, il m'est souvent arrivé de devoir accomplir certaines choses dont je n'avais pas envie.

Elle inclina la tête de côté en l'observant. De quoi voulait-il parler ? Elle avait perçu dans sa voix à la fois de la tristesse et de la colère. Or, elle n'était pas du genre à se réjouir du malheur des autres.

Que lui était-il arrivé au cours de toutes ces années ? Qu'est-ce qui l'avait rendu aussi impénétrable, moqueur et indifférent ? De temps en temps, une lueur d'humour brillait dans son regard, mais elle était si éphémère qu'Isabel se demandait à chaque fois si elle n'avait pas rêvé.

Sans doute prit-il conscience qu'il avait révélé involontairement quelque chose de lui-même car il lâcha le bras de la jeune fille et fit un pas en arrière en regardant au loin.

Isabel, qui s'était retournée vers lui, laissa échapper un long soupir.

— Eh bien, messire William ? fit-elle à mi-voix. Je suppose que vous voulez toujours m'emmener de force en Angleterre ?

— Je suis désolé, damoiselle, mais je n'ai pas le choix, déclara-t-il en croisant les bras sur sa poitrine.

— Dites-moi, qu'avez-vous à gagner avec cette mission ?

Comme il ne répondait pas, elle garda le silence et, fronçant les sourcils, se plongea dans une profonde réflexion jusqu'au moment où, une idée lui étant passée par la tête, elle reprit :

— Mais que je suis bête. Vous toucherez une somme d'argent, bien sûr, pour m'avoir retrouvée et ramenée en Angleterre, n'est-ce pas, messire William ? Voilà votre motivation ?

Le chevalier sembla mal à l'aise.

— Je vous mentirais si je vous disais le contraire, mais il faut que vous sachiez, damoiselle Isabel, que je n'ai jamais cessé de penser à vous et de me demander ce que vous étiez devenue.

Il se rapprocha d'elle et, à cet instant, elle crut revoir le jeune garçon qui l'avait sauvée.

— J'ai souvent prié pour vous, pour que vous alliez bien, malgré les scènes d'une horrible brutalité que vous aviez vécues alors que vous n'étiez qu'une petite fille.

Et moi, de mon côté, je priais aussi pour vous, pensa Isabel avec une tristesse rêveuse dans le regard.

Elle le levait sur William, dont les yeux étaient profonds et mystérieux comme un lac de montagne à la clarté de la lune. Ils la fascinaient tant qu'elle ne put s'en détacher, et continua de contempler le jeune homme plus qu'il n'était raisonnable.

William toussota pour s'éclaircir la voix avant de poursuivre :

— Mais maintenant que je vous ai retrouvée, je n'arrive pas à comprendre pourquoi vous vous refusez à reconnaître qui vous êtes vraiment.

Comme elle restait muette, il souleva les sourcils en reprenant :

— Voudriez-vous me donner une explication, damoiselle ?

L'insistance de William suffit à rompre le charme qui, pendant un moment, les avait unis.

— Non, répondit-elle enfin. Je n'y tiens pas.

— C'est étrange... Toutes les jeunes filles que j'ai rencontrées ont fait l'impossible pour me convaincre qu'elles étaient bien Isabel de Clancey mais, vous, vous avez l'attitude opposée. Pourquoi ?

— Personne ne vous a-t-il jamais dit à quel point vous étiez lassant ?

Le jeune homme sourit, de son air un peu moqueur qui exaspérait Isabel.

— Si, ou plutôt non, fit-il avec son petit sourire vaguement ironique au coin des lèvres, mais vous n'avez pas répondu à ma question. Pourquoi continuez-vous de nier être en effet Isabel de Clancey ?

Elle ouvrit la bouche pour lui répondre, lui expliquer les sentiments contradictoires qu'elle éprouvait envers sa famille, sa crainte d'être une nouvelle fois rejetée, désapprouvée, et, en même temps, la vive émotion qu'elle ressentait à la pensée de retourner chez elle.

Le regard d'Isabel s'arrêta, à cet instant, sur le pendentif qu'elle avait donné à William et qu'il portait sur sa poitrine.

Fronçant les sourcils, elle s'efforça de faire resurgir des tréfonds de sa mémoire des souvenirs depuis longtemps oubliés, mais bientôt elle remua la tête en signe de dénégation et arrêta sa réflexion.

Cela ne regardait pas William Geraint. D'ailleurs, ses sentiments comme ses souvenirs confus restaient inexplicables même pour elle-même.

— Je ne peux pas vous répondre, dit-elle dans un murmure.

Il se pencha sur elle, dans un élan de sympathie.

— Je me doute que, ce que vous avez vécu n'a pas dû être facile. Je le comprends très bien.

— Vraiment ?

— Oui, mais j'aimerais que vous vous efforciez d'occulter un peu votre propre douleur pour penser à votre pauvre mère qui a enduré, aussi, bien des souffrances.

— Que voulez-vous dire ? demanda Isabel, oubliant qu'elle avait fait le choix de nier qui elle était. Qu'est-ce que ma mère a subi ?

— Eh bien, je…

Il passa nerveusement les doigts dans ses cheveux avant de reprendre :

— Je vous en prie, damoiselle, laissez-moi vous reconduire auprès d'elle.

Isabel, le regard vide, était la proie de réflexions contradictoires.

Qu'était-il arrivé à sa famille ? Qu'est-ce que sa mère, docile et pleine de déférence, avait donc eu à endurer au cours de toutes ces années ?

Isabel ne s'était jamais préoccupée que de ses propres sentiments au sujet de tout ce qui s'était produit. Depuis le jour où William Geraint l'avait sauvée d'une mort certaine, elle avait compris qu'elle devait tout faire pour rester en vie si elle voulait répondre, un jour, aux attentes de son père, mais elle n'avait jamais imaginé que sa famille pût traverser des épreuves plus dures encore que les siennes.

Son père était peut-être en disgrâce, mais ça ne signifiait pas qu'il fût arrivé quelque malheur…

Un sentiment de culpabilité, soudain, l'envahit alors qu'une émotion telle qu'elle n'en avait pas eue depuis douze ans s'emparait d'elle avec une force qui la surprit et la laissa pantoise, la poitrine écrasée par un poids douloureux.

William ne lui avait encore rien dit, mais déjà elle devinait la mauvaise fortune qui s'était abattue sur sa famille. Elle avait compris que sa mère était toujours en vie, mais qu'était-il advenu de son père et de ses frères ?

Elle ravala sa salive et leva des yeux immenses sur le jeune homme.

— Que s'est-il passé, messire ? murmura-t-elle dans le silence de la nuit.

Il détourna le regard et elle comprit d'autant mieux.

— Je suis désolé, damoiselle, de devoir vous l'apprendre, mais votre père et vos frères…

— Ils sont morts, n'est-ce pas ?

Ses jambes ne pouvant plus la porter, elle s'assit sur le banc de pierre devant le moulin.

— Hélas, oui… Vous êtes dorénavant la seule héritière du titre et du fief des de Clancey.

Isabel était muette de douleur après ce qu'elle venait d'entendre. Elle se sentait comme vidée de l'intérieur, privée de toutes sensations. Alors qu'elle n'arrivait pas à éprouver un véritable regret au sujet de son père, c'était tout à fait différent pour ses frères.

— Je comprends mieux, maintenant, la nécessité de mon retour en Angleterre, dit-elle enfin à mi-voix. Savez-vous comment ils sont… ?

— Je ne sais pas ce qui leur est arrivé, mais par contre je sais que votre père est mort accidentellement en tombant de cheval.

Un accident ?

— Je vois…

William s'assit près d'elle et prit sa main dans la sienne.

— Je suis vraiment désolé, dit-il en exerçant une pression sur ses doigts.

Ils restèrent un long moment assis côte à côte, alors

que la brise nocturne faisait bruire les feuilles du chêne préféré d'Isabel.

— Je ne vous ai toujours pas remercié, dit-elle.

— De quoi ?

— De m'avoir sauvé la vie. J'ai toujours voulu le faire et, maintenant, vous m'en offrez l'occasion.

— Vous oubliez que vous l'avez déjà fait en me faisant don de ce pendentif, répondit-il en tirant le rubis cerclé d'argent de dessous sa tunique.

— Oui, répondit-elle, je m'en souviens.

Elle se sentit mal à l'aise en se remémorant le jour où elle avait donné le bijou au jeune écuyer. Peut-être y avait-il une autre raison que la seule gratitude qui l'avait conduite à lui faire un cadeau aussi précieux ?

— Vous semblez préoccupée, dit-il en se tournant vers elle. Qu'est-ce qui vous inquiète ainsi ?

— Tout.

— N'ayez pas peur. Je vous protégerai tout au long de notre chemin jusqu'en Angleterre. Vous n'avez rien à craindre.

Elle battit inconsciemment des paupières en regardant le pendentif qu'il avait toujours dans la main.

— Avez-vous l'intention de me sauver de nouveau la vie ?

— S'il le faut, je le ferai. Mais qui sait ? C'est peut-être vous, cette fois, qui sauverez la mienne.

L'ombre d'un sourire flotta sur son visage quand il reprit :

— En tout cas, sachez que je serai prêt à faire face à toute éventualité, et il faudra qu'il en soit de même pour vous.

Elle n'était pas certaine qu'il fît allusion à la même chose que ce qui lui était venu spontanément à l'esprit, mais elle formula le souhait qu'il en fût ainsi.

Il y avait trop de choses qu'elle n'arrivait pas à comprendre et, en premier, il lui était impossible de remettre parfaitement en ordre les souvenirs de son lointain passé dont elle ne conservait, en fait, que des bribes.

Pour une raison inexplicable cependant, elle avait l'impression confuse que le sens caché de tout cela se trouvait dans les deux pendentifs identiques…

Sa mère, en le lui donnant, lui avait dit que le rubis cerclé d'argent la protégerait. Or, c'était la raison pour laquelle elle en avait fait le don à William. Pour qu'il échappât à tout danger. Elle ne s'en souvenait pour ainsi dire plus jusqu'au moment où, sous la halle, elle avait reconnu son sauveur.

Mais elle ne se sentait pas encore prête à faire face à la vérité de sa vie…

Chapitre 4

William et Isabel chevauchaient déjà depuis plusieurs heures. Des heures interminables pour le premier car, pendant tout ce temps, ils avaient à peine échangé un mot.

Au sortir de Saint-Jean-de-Côle, ils étaient allés à travers champs et prairies gorgés de soleil avant de pénétrer dans de vastes bois qui leur avaient offert l'ombre fraîche de leurs grands arbres, des halliers et des innombrables ruisseaux dont les eaux vives serpentaient entre les rochers moussus.

Ils avaient pris d'abord la direction du nord avant d'obliquer à l'ouest vers La Rochelle qu'ils étaient censés atteindre après une dizaine de jours.

William comprenait la confusion dans laquelle se trouvait Isabel, mais il aurait aimé rompre ce silence pesant qui les enveloppait, ne serait-ce que pour parler avec elle de la pluie et du beau temps.

Le voyage aurait paru, ainsi, moins long et moins pénible.

Il était d'autant plus affecté par le mutisme de la jeune fille qu'il se sentait responsable de son état. C'était lui, en effet, qui l'arrachait à la vie qu'elle s'était faite à Saint-Jean-de-Côle, une vie qui manifestement la satisfaisait.

Les adieux avec sa famille adoptive avaient montré très clairement la force des liens qui l'unissaient à elle, et il n'avait pas été aisé non plus de se séparer de la guérisseuse et de bien d'autres bonnes âmes du village.

Il était évident qu'Isabel n'était pas seulement attachée à Saint-Jean-de-Côle, bourgade dont la beauté et le charme étaient indéniables, mais aussi à ses habitants. La jeune femme savait ce qu'elle quittait, mais ne savait pas ce qu'elle allait trouver en Angleterre.

Le seul sourire de gratitude que William avait obtenu d'Isabel s'était produit lorsqu'elle l'avait remercié pour l'aide qu'il avait apportée à Gauthier.

Grâce aux quelques souvenirs que ce dernier avait écrits sur un parchemin, William avait réussi à déterminer sous quelle bannière il devait avoir servi avant d'être assailli dans les bois près de Saint-Jean-de-Côle. Le moment où Isabel lui avait témoigné sa reconnaissance avait été de courte durée puis ils étaient retombés dans l'interminable silence qui finissait par dresser un mur entre eux.

D'habitude, William savait comment plaire aux femmes. Il les mettait à l'aise, les faisait rire, n'avait aucune difficulté à éveiller leur intérêt et à se lier d'amitié avec elles. Cette fois, cependant, c'était très différent. À mesure que le temps passait, il réfléchissait à ce qu'il pourrait lui dire pour l'arracher à sa morosité, mais rien ne lui venait à l'esprit.

Le fait qu'ils eussent eu un désaccord avant même de quitter le village n'avait rien arrangé. William avait insisté, en effet, pour qu'elle se fît accompagner d'une servante qui, en l'occurrence, lui aurait servi de chaperon. Mais Isabel n'avait rien voulu entendre.

Il était apparu à William qu'elle n'était pas prête à accepter d'être l'héritière d'un titre et d'un grand domaine. Mais il n'avait pas renoncé à la persuader de prendre quelqu'un à son service. Peut-être finirait-il par lui faire comprendre qu'une femme de son rang devait être servie.

Ils s'étaient à peine engagés sur le chemin de La Rochelle que William était revenu à la charge :

— Nous ne serons pas longs à arriver à Saint-Romain,

où nous pourrions regarder si nous trouvons une jeune personne qui serait heureuse d'être votre servante.

Isabel avait gardé les yeux dirigés droit devant elle pour ne pas croiser son regard.

— Je croyais que ce sujet était clos, avait-elle répondu entre ses dents.

— Et moi je pensais qu'entre-temps vous y auriez réfléchi et que vous auriez changé d'avis.

— Il semble que le reproche que je vous avais fait était fondé, messire William. Vous êtes assommant.

— Je ne veux que votre confort.

— J'en suis très touchée, répliqua Isabel avec une pointe d'ironie, mais je vous assure que je n'ai que faire d'une servante. Elle me dérangera avant toute chose.

— Pas moi.

— Dois-je comprendre que je ne peux pas vous faire confiance, messire William ? Ou, pour parler plus précisément, que je ne suis pas en sécurité en votre seule compagnie ?

— Non, ce n'est pas ce que j'ai voulu dire. Mais quelle que soit l'estime que vous me portez, il n'est pas convenable pour une damoiselle de votre rang de voyager seule en compagnie d'un homme. Je suis certain que votre famille sera très étonnée, et choquée même, quand elle verra que nous avons fait le chemin tous les deux seuls.

Une expression courroucée était apparue sur le visage de la jeune fille, qui avait redressé la tête d'un air hautain.

— Cela devrait lui suffire que je retourne en Angleterre. Ne parlons plus de ça, je vous prie. Je n'ai aucun besoin d'une servante et n'en désire pas davantage. Je vous assure que je m'en passe très bien.

— Comme vous voudrez, damoiselle, répondit Will sans laisser voir son mécontentement.

Isabel ne se rendait pas compte du caractère incongru de leur situation et il ne savait pas comment lui en faire prendre conscience. Il ne l'avait lui-même compris que lorsqu'ils avaient quitté Saint-Jean-de-Côle et commencé de cheminer côte à côte. Il s'était alors vraiment rendu compte qu'il avait une femme près de lui, qui présentait tous les charmes et les séductions de son sexe.

Que n'avait-il gardé avec lui l'écuyer qu'il avait eu pendant plusieurs années et qui l'avait servi fidèlement !

Hélas ! Privés d'écuyer et d'une servante, ils se retrouvaient seuls sur la route, homme et femme, et tout pouvait arriver !

Enfin, il ferait en sorte qu'il en fût autrement, et que leur voyage s'avérât le plus ennuyeux et le moins fertile en événements qu'on pût concevoir.

Les bois se succédaient les uns aux autres, entrecoupés seulement de prairies parsemées de fleurs sauvages.

William, monté sur son grand destrier noir, se dirigea vers un ruisseau qu'il se souvenait d'avoir franchi quand il se rendait à Saint-Jean-de-Côle. Ses berges verdoyantes étaient tout à fait propices au cavalier qui souhaitait s'arrêter pour se reposer.

— Nous allons nous détendre quelques instants ici, dit-il.

— Volontiers, répondit Isabel en tirant sur les rênes de son cheval.

Il mit pied à terre et accrocha son destrier par la bride à une branche d'arbre avant de se tourner vers Isabel pour l'aider à descendre de sa monture.

— J'espère que vous n'êtes plus fâchée contre moi, dit-il en lui tendant la main.

Elle la lui prit et finit entre ses bras.

— Je ne l'ai jamais été, répliqua-t-elle. Vous n'y êtes pour rien si je dois retourner en Angleterre.

— Je préfère que vous envisagiez la situation sous cet angle, sinon je devrais passer mon temps à vous présenter mes excuses.

— N'êtes-vous pas en train de me taquiner ?

— Si… Il y a longtemps que ça ne m'est pas arrivé de taquiner quelqu'un. Mais, franchement, c'est bien plus agréable que d'avoir à subir votre colère. Si nous nous faisions la guerre du matin jusqu'au soir, nous rendrions ce voyage insupportable, n'est-ce pas ?

— Oui, mais je tiens à vous rassurer. En dépit des apparences, je ne suis pas d'une nature irascible.

— Je vous crois sans peine, répondit William en prenant une couverture dans une sacoche pendue à la selle de son cheval.

De son côté, Isabel sortit du panier de victuailles qu'elle avait emporté la portion de tranches de viande séchée, le fromage et les grappes de raisin préparés par ses soins.

— Je sais être désagréable, certes, reprit Isabel avec un petit sourire, mais je réserve cette attitude pour les chevaliers qui se montrent un peu trop insistants, au point qu'ils en deviennent incommodants.

— Eh bien, je me réjouis de ne pas faire partie de cette catégorie, rétorqua-t-il en mordant dans une grappe de raisin.

— Non, bien sûr, fit-elle alors que son sourire s'élargissait et qu'elle le regardait droit dans les yeux. Vous êtes trop fin pour ça.

— Naturellement…

Il songea alors qu'avec la bonne humeur on pouvait percer les défenses des autres et leur faire oublier, au moins momentanément, leurs malheurs.

— Cela fait du bien de vous voir sourire.

— Merci… Je n'ai pas eu dans ma vie tant que ça l'occasion de le faire.

— Je le sais, répondit William en partageant en deux un petit pain, dont il donna la moitié à Isabel avant de mordre dans la sienne.

Il effleura des doigts ceux de la jeune fille au moment

où il lui remit le pain et un frisson courut le long de son bras, mais il préféra l'ignorer et continua de manger.

— Je ne sais pas si j'ai bien compris, messire William, dit-elle en prenant un petit morceau de fromage, mais ne venez-vous pas de me laisser entendre que vous n'étiez pas chevalier ?

Un silence suivit la question de la jeune fille. Celle-ci portait précisément sur le sujet qu'il ne voulait pas aborder. C'était une intrusion dans sa vie privée, et solitaire. Il avait baissé la garde un instant et laissé entrevoir ce qu'il cachait à tout le monde.

Cela devait inévitablement arriver puisqu'il n'avait que cette jeune personne pour compagne de voyage. De questions en réponses et de révélations en jugements, il se livrerait en pâture à sa condamnation.

Tout avait commencé par le désir de la mieux connaître, mais il n'avait pas pensé en arriver là. S'il avait su qu'il éveillerait ainsi sa curiosité, il se serait gardé de lui arracher un sourire.

Il sentit, soudain, qu'elle tirait sur la manche de sa tunique.

— Je suis désolée, dit-elle. À aucun moment je n'ai voulu me montrer indiscrète en me mêlant de ce qui ne me regarde pas.

Le regard de William tomba sur la main d'Isabel qui s'accrochait toujours à sa manche. Elle s'en aperçut et la retira bien vite, pour relever une mèche de ses cheveux d'un blond doré et la mettre derrière son oreille.

— Je le sais, fit-il, la gorge serrée par l'émotion.

Il était de plus en plus conscient de la féminité d'Isabel et en éprouvait un certain malaise. Il était censé l'escorter jusqu'en Angleterre. Rien de plus. L'engagement qu'il avait pris ne stipulait nullement qu'il dût s'intéresser à la couleur de sa chevelure.

S'il ne voulait pas défaillir, il ferait bien de s'interdire de regarder avec convoitise sa compagne de voyage. Elle n'était pas faite pour lui, qui n'était qu'un bâtard et un chevalier déchu.

Peut-être, après les services qu'il avait rendus à la couronne, avait-il mérité d'être rétabli dans ses prérogatives, mais lui-même ne se pardonnerait jamais son attitude au siège du château de Portchester.

En raison de la faute qu'il y avait commise, il s'était imposé cet exil en France et estimait qu'il devait s'y soumettre pour le reste de sa vie.

C'était, d'ailleurs, déjà encore trop bien pour lui.

Il se leva brusquement et, avec un haussement d'épaules, déclara :

— Si j'ai parlé ainsi, c'est parce que je n'ai plus droit au titre de chevalier. Et maintenant, damoiselle, si vous êtes prête, nous allons reprendre notre route.

Ils poursuivirent leur chemin pendant de longues heures, et de nouveau en silence.

Après cette intrusion involontaire dans sa vie à laquelle elle s'était livrée, William s'était retiré dans ses pensées et, par son attitude fermée, avait fait comprendre à Isabel qu'il ne souhaitait pas répondre à d'autres questions le concernant.

Il s'était pourtant montré aimable, affable même, dès leur départ de Saint-Jean-de-Côle, et elle avait espéré apprendre à mieux le connaître au cours de leur pérégrination.

Il n'y avait pas que la question indiscrète qu'elle lui avait posée qui l'avait rendu distant. Elle avait observé également ce mouvement de recul quand elle avait posé la main sur son bras. Il avait semblé, d'abord, profondément conscient de sa proximité, puis comme changé par le geste qu'elle avait envers lui…

Mais peut-être avait-elle rêvé tout cela ? Sans doute imaginait-elle des choses qui n'étaient pas.

Comme s'il avait deviné les réflexions que se faisait en elle-même la jeune fille, William se tourna soudain vers elle :

— Au sujet de ma réaction lorsque nous nous sommes arrêtés… Je vous demande pardon… En fait, il m'est difficile de regarder en face mon passé.

— Je comprends.

— Je vous dois quand même une explication… J'ai été adoubé chevalier, comme d'ailleurs, si je ne me trompe, votre ami Gauthier.

— Oui, en effet… Mais si vous avez été adoubé, comment se fait-il que vous ne soyez plus chevalier ?

— Je ne me considère plus comme tel, répondit-il d'un ton amer. D'ailleurs, tous mes biens ont été vendus. Je me suis séparé de tout ce qui était associé à mon statut de chevalier.

— À l'exception de votre destrier et de votre épée.

— En effet.

— Ce que vous me dites ne m'étonne point, messire William. J'ai toujours pensé que votre vie n'avait pas dû être plus facile que la mienne. Pas plus, non plus, que celle de Gauthier. Les temps que nous avons traversés ont été difficiles, et ils le sont encore. Puis-je vous donner un conseil ?

— Oui, je vous en prie.

Isabel tira sur les rênes, obligeant sa jeune jument à s'arrêter, et tourna la tête vers son compagnon.

— Ne laissez pas le passé dicter votre avenir. Je parle d'expérience.

William, qui avait arrêté son cheval, la regarda sans rien répondre, si bien qu'elle s'enhardit et reprit :

— Puisque je dois accepter ce destin qui m'est imposé, il me faut reconnaître que le passé a fini par me rattraper, et il en sera de même pour vous. Peut-être pas aujourd'hui ni demain, mais un jour il resurgira. Même si vous vous êtes séparé de toutes sortes de choses qui vous le rappellent, vous ne lui échapperez pas.

Il fronça les sourcils, le temps d'analyser ce qu'elle venait de lui dire.

Après un court instant, il prit la parole :

— J'ai une requête à vous faire.

— Je vous en prie.

— Pourriez-vous m'appeler par mon prénom ? Je n'ai jamais pu m'habituer à messire William, même lorsque je suis devenu chevalier à part entière.

— Dans ce cas, j'apprécierais que vous m'appeliez Isabel. Tout comme vous, je n'aime pas les titres et ne me reconnais pas quand vous me dites damoiselle. C'est déjà bien assez difficile pour moi de me reconnaître dans Isabel alors que depuis si longtemps j'ai été Adélaïde.

Il la considéra d'un air étonné autant que déconcerté, puis remit en marche son destrier.

— Poursuivons notre chemin, fit-il en dirigeant le regard vers la route devant eux.

Ils chevauchèrent de nouveau le long de collines boisées sans se parler, à l'exception de quelques observations ici et là, jusqu'au moment où ils atteignirent une clairière qui dominait une vallée.

Le jour tombait déjà, les derniers rayons de soleil se fondant dans la pénombre nocturne qui avançait depuis l'orient, recouvrant tout de son linceul indigo.

Isabel cligna plusieurs fois des yeux en observant l'animation qui semblait avoir cours dans le bourg bâti au fond de la vallée. Des lumières scintillaient et le son de la musique parvenait jusqu'à eux. Une fête était en cours.

— Qu'est-ce que c'est ? fit-elle d'une voix fébrile qui trahissait son émotion.

— Je ne sais pas… Un événement que nous devrions, je suppose, éviter.

— Mais quel genre d'événement ?

— Une liesse populaire.
— C'est terriblement tentant, ne trouvez-vous pas ?

Après la tension des derniers jours et devant l'épreuve qui l'attendait, un moment de réjouissance et d'insouciance était précisément ce dont elle avait besoin. Juste une fois, juste pour ce soir.

William, qui l'observait du coin de l'œil, secoua la tête.

— Seigneur ! lança-t-il. Je crois deviner vos pensées... J'oppose un non définitif à votre suggestion.

— Je vous en prie, implora-t-elle. Ne pouvons-nous nous joindre à cette fête ? Elle est certainement innocente.

Il se frotta le front tandis qu'elle continuait de plaider sa cause.

— C'est, d'ailleurs, peut-être le genre de distraction dont nous avons tous les deux besoin.

Elle attendit en se mordillant l'intérieur de la joue alors qu'il réfléchissait à sa proposition.

— Eh bien, qu'en pensez-vous ?

William laissa échapper un long soupir.

— Je crois sincèrement qu'il est préférable que nous nous tenions à l'écart de la foule, en particulier quand elle est aussi déchaînée et avinée que celle-ci m'a tout l'air de l'être.

Il laissa son regard errer sur la vallée et ses animations, dont la fureur joyeuse montait jusqu'à eux.

— Je suis désolé, damoiselle, mais cela me semble tout à fait inapproprié.

Cette fois, Isabel laissa retomber ses épaules.

— Vous avez probablement raison...

Et dans la foulée, elle tira sur les rênes de sa jument et prit une autre direction.

— Ce n'est pas parce que c'est inapproprié que nous ne pouvons pas prendre *un peu* part à ces festivités, remarqua William dans le dos de la jeune fille.

Isabel, aussitôt, fit faire demi-tour à sa monture.

— Un peu ne veut pas dire que cela ne se prolongera pas, dit-elle, incertaine que sa sollicitation serait bien accueillie.

Il sourit et elle lui rendit son sourire. Il était trop séduisant lorsqu'il s'autorisait à être aimable et charmeur, et que ses yeux d'un bleu limpide et profond à la fois brillaient autant de malice que de bonheur.

— Sans doute, répondit-il pour le plus grand étonnement de la jeune fille. Alors, Isabel, allons-nous rejoindre cette fête ?

— Oui, William, sans hésitation.

Il soutint son regard et elle fut gagnée par un sentiment de liberté et d'insouciance qu'elle n'avait pas connu depuis longtemps.

Chapitre 5

La fête battait son plein quand ils remontèrent la rue principale du village. Les maisons étaient toutes pavoisées et la chaussée était jonchée de fleurs. De place en place, des tonneaux de vin avaient été disposés et les villageois y puisaient pour remplir leurs cruches. Des tréteaux s'alignaient sur lesquels étaient disposés des mets variés, force viandes, volailles, fromages, pains, grappes de raisin et baies sauvages, brioches et flancs, grandes jattes de crème. On trouvait aussi des barils de bière et des fûts de cidre.

Sur la placette devant l'église se tenaient troubadours, jongleurs et cracheurs de feu. Il y régnait une ambiance chaleureuse et amicale telle qu'Isabel n'en avait jamais connue.

Les fêtes à Saint-Jean-de-Côle étaient moins bruyantes et animées que celle-ci. La liesse ici était si grande qu'elle était communicative, et la jeune fille ne cessait de sourire en tournant son regard à droite et à gauche comme si elle avait voulu tout voir et tout connaître.

— N'est-ce pas merveilleux ? fit-elle en s'adressant à William.

— Si, répondit-il en croisant les bras sur sa poitrine d'un air désabusé. C'est une fête comme tant d'autres.

— Comme tant d'autres ? Moi, je dirais qu'elle est exceptionnelle.

Un homme portant une cruche et une coupe remplie de vin s'approcha d'Isabel.

— Goûtez à ce vin, damoiselle, dit-il. Vous m'en donnerez des nouvelles.

Il mit la coupe dans la main de la jeune fille qui n'osa pas refuser et qui, humant la boisson, s'empressa d'en boire une gorgée.

Elle ferma les yeux et une expression de pur délice se dessina sur son visage.

— Il est exquis, déclara-t-elle.

— Eh bien, buvez-en encore, ma belle.

Isabel ne se fit pas prier et en trois gorgées vida sa coupe. Aussitôt l'homme la lui remplit de nouveau.

— N'en abusez pas, lui dit à l'oreille William, qui avait fait un pas vers elle.

Elle eut un geste de la main, comme si elle chassait une mouche qui l'importunait.

— Pourquoi m'en priverais-je ? Il faut savoir s'amuser. Vous n'avez pas le sens de la fête ?

— J'ai dû le laisser en Angleterre, répondit William en donnant une pièce au marchand de vin avant de prendre Isabel par le coude. Venez.

Il l'entraîna à l'écart, mais la jeune fille se dégagea bien vite.

— Ne soyez pas rabat-joie, lança-t-elle en s'approchant d'un étal où étaient disposées diverses variétés de saucissons coupés en fines tranches. Mmm, ils ont l'air délicieux.

Comme le charcutier qui présentait ses produits l'invitait à y goûter, elle en prit une tranche et ferma les yeux en la savourant.

— C'est exquis, dit-elle en se tournant vers William. Vous devriez essayer.

Elle saisit le gobelet d'étain rempli d'ale que lui tendait le commerçant et en but une longue gorgée.

— Et cette boisson est divine, ajouta-t-elle. Décidément,

tout est délicieux dans ce village. Allons, William, laissez-vous tenter.

— Non, merci. Je tiens à garder l'esprit clair.

Isabel inclina la tête de côté en l'observant avec un demi-sourire.

— Qui voudrait avoir tous ses esprits au milieu d'une fête comme celle-ci ?

Isabel s'écarta de son compagnon pour retourner vers le vigneron, qui lui servit une nouvelle coupe de vin, puis elle revint picorer sur les étals, savourant une bouchée de ce plat, une autre de celui-ci, dans l'espoir de combler le vide qu'elle sentait au fond d'elle-même.

En se rendant dans ce village en fête, elle avait cru apaiser la douleur qu'elle ressentait en pensant à toutes les années où elle n'avait pas vu sa mère – années qui ne reviendraient jamais –, mais la liesse qui régnait ici ne parvenait pas à la réconforter.

Elle ne lui faisait pas oublier la mort de ses frères ni qu'elle allait devoir s'adapter à une vie nouvelle en retournant en Angleterre. Heureusement, elle y retrouverait sa mère, qu'elle était terriblement impatiente de serrer dans ses bras.

D'un geste de la main, elle essaya d'écarter ces pensées. Elle avait voulu venir dans ce village pour s'y amuser. Elle s'était dit qu'un peu de distraction agirait comme un baume sur son cœur. Elle était là pour rire et non pour s'attrister, pensa-t-elle en glissant le bras sous celui de William.

— Venez boire une coupe de ce délicieux vin, dit-elle en levant les yeux sur son visage. Amusons-nous. Nous n'aurons peut-être pas d'autre occasion de le faire.

— Votre remarque est de bien mauvais augure, fit-il en levant un sourcil.

— Je n'ai cure de vos commentaires, repartit-elle. Moi, j'ai bien l'intention de m'amuser.

Elle leva le doigt en l'air en ajoutant :

— Mais ce serait beaucoup plus gratifiant si je n'étais pas seule à me réjouir.

Isabel s'aperçut que William contractait ses traits pour ne pas rire et elle retint son souffle tant elle le trouvait beau. D'autant plus qu'il la regardait, à présent, avec une expression attendrie qui accentuait la profondeur et la teinte inouïe de ses yeux.

Elle eut soudain une irrésistible envie de tendre le cou pour déposer un baiser sur ses lèvres si prodigieusement attirantes.

La jeune fille soupira et, s'écartant de nouveau de lui, prit une coupe pleine sur une table.

Que lui arrivait-il ? se demanda-t-elle en avalant une longue gorgée de vin. Avait-elle perdu la tête ?

Baissant les yeux sur sa coupe, elle la remua pour faire tourner la boisson d'un rouge carmin qu'elle contenait. Aurait-elle bu trop de vin ? Peut-être, pensa-t-elle en vidant sa coupe si vite qu'elle s'étrangla.

William sourit tendrement en lui tapant doucement dans le dos.

— Vous comprenez, maintenant, pourquoi je veux garder la tête froide.

— Pour pouvoir veiller sur moi comme un chaperon ? fit-elle en toussant. Vous voilà contraint de contrôler une femme indisciplinée comme moi. Je vous plains.

— Je n'ai pas besoin de votre pitié, damoiselle.

— Eh bien alors, c'est à vous, William, de me plaindre. Je ne suis qu'une pauvre fille qui mérite votre pitié.

— Non, vous avez un peu trop bu, c'est tout.

— Vraiment ?

Elle haussa un sourcil en le regardant dans les yeux.

— Ce n'est pas digne de damoiselle Isabel de Clancey, n'est-ce pas ?

— Non, certes, mais souvenez-vous que vous avez pris

la décision, ce soir, de n'être que la toute simple Isabel, fille de meunier.

Elle haussa les épaules et prit une autre gorgée de vin.

Elle ne l'avait pas oublié, et c'était pour cela qu'elle avait eu l'idée saugrenue d'embrasser William. Pourtant, au cours de sa vie à Saint-Jean-de-Côle, elle n'avait guère embrassé de garçons, à l'exception de ceux qui, profitant de certaines circonstances, lui avaient volé un baiser. Mais jamais, en tout cas, l'initiative n'était venue d'elle. En aucune occasion cependant, elle n'avait bu autant de vin.

— C'est vrai, reconnut-elle enfin. Ce soir, je ne suis qu'une brave fille de meunier.

— Rien, donc, ne vous interdit de profiter de la fête et de vous amuser en toute liberté, mais ayez bien à l'esprit que vous le paierez demain par un sévère mal de tête.

Elle lui lança un regard de côté plein de défiance.

— La fête est maintenant. Je ne me soucierai du lendemain que lorsqu'il sera là.

— Très bien, répondit-il en souriant. Mais rassurez-vous, Isabel, la fille toute simple du village n'en est pas moins une damoiselle. Elle porte cette noblesse en elle.

Elle leva sur lui un regard rêveur. Elle avait trop bu et ne se sentait pas très bien, mais ne pouvait s'empêcher d'admirer ses yeux bleus à l'expression impénétrable. Il finit par détourner la tête et elle en éprouva un sentiment de tristesse, comme s'il avait lu au fond de ses prunelles une convoitise qui le dérangeait.

Elle avait espéré qu'en prenant part avec lui à la fête leurs rapports s'en trouveraient simplifiés, mais il s'avérait que c'était tout le contraire. Elle n'y avait rien gagné, sinon qu'elle était plus consciente que jamais de sa grande taille, de sa carrure et de son regard magnifique dans lequel elle avait envie de se noyer.

Elle n'aurait pas dû le considérer sous cet angle. Elle n'aurait pas dû remarquer la façon dont les muscles de ses bras, de ses épaules et de son torse tendaient le tissu de sa tunique, ni la manière dont ses chausses épousaient la musculature de ses jambes et laissaient deviner sa force mâle. Elle n'aurait pas dû être consciente, non plus, de la chaleur que sa main avait transmise à son coude quand il l'avait saisie à cet endroit.

Seigneur ! Quelque chose n'allait pas en elle. Isabel baissa les yeux sur la coupe de vin qu'elle avait à la main et prit conscience qu'elle n'en était pas à sa première. Elle avait certainement trop bu. Elle se sentit, d'ailleurs, chanceler alors qu'elle croisait le regard perplexe de William et se mit à réfléchir à la façon dont elle pourrait échapper à la situation dans laquelle elle s'était fourrée.

Mais était-ce nécessaire ? Si elle ouvrait la bouche, elle risquait de déclencher le hoquet qui lui comprimait la gorge. Oh ! mais qu'attendait la terre pour l'engloutir et mettre un terme à cette humiliation ?

Elle était soûle !

Or, c'était lui le responsable de l'état dans lequel se trouvait la jeune femme. Il était censé la ramener saine et sauve en Angleterre, et cette opération n'incluait pas de s'arrêter dans les fêtes de village pour s'y enivrer.

Certes, elle avait été bouleversée par son départ brutal de Saint-Jean-de-Côle et la perspective de la nouvelle existence qui s'offrait à elle, aussi avait-elle voulu profiter de ces festivités pour s'amuser. Peut-être pour la dernière fois de sa vie, du moins le pensait-elle.

Il était triste qu'elle entrevît les choses sous cet angle, et c'était peut-être pour lui redonner le goût d'être heureuse et d'envisager une existence de laquelle le bonheur ne serait pas absent qu'il avait accepté de la conduire au milieu de cette fête tapageuse et débridée.

Mais l'avait-il fait uniquement pour elle ou n'avait-il

pas eu le secret espoir de se rapprocher d'elle à la faveur de ces réjouissances ?

Il ne pouvait s'empêcher, en effet, d'être attiré par elle. Chaleureuse et attachante, calme et déterminée, elle était aussi admirable que séduisante. Il ne pouvait nier qu'il se plaisait en sa compagnie, appréciait sa vivacité d'esprit, ses manières simples et son naturel. Elle n'avait pas conscience, en outre, de son charme ni de son pouvoir de séduction, ce qui pour un homme rompu aux artifices de la vie de cour était à la fois surprenant et ensorcelant.

Lorsqu'il se plongeait dans ses grands yeux à l'expression rêveuse et mélancolique, il voyait autre chose. Une petite flamme jaillissait alors dans l'iris et il comprenait qu'il ne lui était pas indifférent. À la façon dont elle baissait le regard sur ses lèvres, il comprenait même qu'elle avait du désir pour lui.

S'il entrait dans ce jeu, cependant, la situation n'en deviendrait que plus complexe.

Ce n'était sans doute que l'effet du vin qui la rendait amoureuse. Heureusement, il s'était interdit de boire, car cela n'aurait pas été une bonne idée de profiter de son ébriété pour abuser de la jeune fille. D'ailleurs, il n'avait pas besoin de rendre plus compliquée encore son existence qui l'était déjà bien assez.

Il l'observait du coin de l'œil alors qu'elle se couvrait la bouche de la main pour étouffer les bruits de son hoquet qui avait fini par se déclencher et semblait persistant. À cet instant, quelque chose se produisit en lui et il se mit à sourire en remuant la tête. Quelque effort qu'il fît, il lui était presque impossible de rester indifférent à cette jolie jeune fille pleine de vie et de charme.

Plus elle essayait d'y mettre un terme, plus le hoquet d'Isabel s'aggravait. À force de tousser, ses joues s'étaient colorées, et elle n'en était que plus belle et désirable.

— Puis-je vous aider, Isabel ? demanda-t-il.

— Non, merci… Je… Je vais… très bien.

— Essayez de retenir votre souffle tandis que vous vous boucherez le nez. C'était ce que ma mère me disait de faire quand j'étais un petit garçon et que j'avais le hoquet.

Elle hésita à suivre son conseil puis, considérant qu'elle ne risquait rien à essayer, elle fit comme il le lui suggérait.

— Ça ne marche pas, fit-elle après plusieurs essais.

— Continuez. Vous finirez par y arriver.

Elle parut sceptique mais répéta néanmoins la tentative.

— Serait-ce votre manière de vous amuser ?

William réprima le sourire qui se formait sur ses lèvres et tendit les bras devant lui en ouvrant les mains.

— Je vous jure que non, sur mon honneur.

— Je suis heureuse de vous l'entendre dire, fit-elle entre deux hoquets, car je ne voudrais pas être plus ridicule encore que je ne le suis déjà.

Le regard de William tomba sur des cruches d'eau disposées sur une table. Il s'en approcha et remplit un gobelet qu'il donna à Isabel.

Elle le prit en hochant la tête et le porta à ses lèvres. Marchant sans but le long de la rue animée, elle but plusieurs gorgées de cette eau fraîche sans doute puisée au puits du village.

Tout en se promenant, ils parvinrent à l'orée du village, là où précisément la fête était au comble de l'animation car on y trouvait force troubadours faisant danser de nombreux couples sur l'herbe tendre d'un champ communal ouvrant sur les bois voisins.

La proximité des arbres et des taillis offrait mille recoins pour les amoureux qui souhaitaient s'éloigner quelques instants de la foule pour, ensuite, revenir danser au son des instruments de musique.

Isabel se tourna soudainement vers son chaperon.

— Vous me faites danser, William ?

— Pardon ? Non, je ne suis pas habitué à cette danse.

— C'est une gigue. Allez, venez !

— Elle est trop rapide… C'est frénétique.

— Pas d'histoires, fit-elle en lui prenant la main. Ça va peut-être arrêter mon hoquet.

Malgré ses protestations, elle l'entraîna au milieu du groupe de danseurs.

— Isabel, ce n'est vraiment pas une bonne idée…

Il était trop tard. S'il se retirait maintenant, un autre homme prendrait sa place et entraînerait la jeune fille dans cette danse folle. Aussi, bien qu'il sentît jusque dans la moelle de ses os que c'était une erreur de se joindre aux danseurs, il n'opposa aucune résistance à Isabel et se retrouva à frapper dans les mains avec elle et pivoter sur lui-même au rythme endiablé de la musique.

Il la saisit par la taille, qu'elle avait très fine, et la souleva dans les airs comme le réclamait la gigue avant de la reposer au sol devant lui. En accomplissant ce geste, il s'efforça de ne pas penser aux douces formes féminines que ses vêtements laissaient deviner. Il devait impérativement s'interdire de laisser son imagination emprunter ces chemins hasardeux.

— Est-ce que ça va mieux ? demanda-t-il quand la danse s'arrêta.

— Oui, j'ai l'impression, fit-elle.

Mais à peine eut-elle donné cette réponse qu'elle eut de nouveau un hoquet.

— J'ai parlé trop vite.

Les musiciens se lancèrent dans un autre morceau et, spontanément, ils se remirent à danser. Ils ne tardèrent pas à être séparés comme précédemment, mais cette fois il sembla à William qu'il y avait encore plus de danseurs. Il lui était de plus en plus difficile de suivre des yeux Isabel qui, par instants, disparaissait complètement derrière les couples déchaînés.

Depuis un moment, elle n'était pas revenue dans son

champ de vision et il avait beau la chercher des yeux dans toutes les directions, elle restait invisible. C'était étrange...

La peur commençait de le gagner. Il y avait quelque chose d'anormal. Qu'il ne l'eût pas vue à un ou deux passages, c'était possible, mais il aurait au moins dû l'apercevoir depuis qu'ils avaient été séparés. Or, il avait beau scruter l'assemblée des danseurs, il ne parvenait pas à la trouver.

Il finit par quitter la danse et se diriger vers les arbres pour prendre du recul et avoir une vue d'ensemble de la foule. Un homme, près de lui, regardait avec intérêt les couples de danseurs.

— Avez-vous vu une jeune femme d'environ cette taille, lui demanda-t-il, le cœur battant, en indiquant de la main la taille d'Isabel. Elle portait un foulard de couleur crème, une robe de laine verte et avait une sacoche de cuir en bandoulière.

— Peut-être bien que oui, peut-être bien que non, répondit l'homme en haussant les épaules.

William tira une pièce d'argent de sa bourse et la lui présenta.

— Cette pièce est pour vous, l'ami, si la mémoire vous revient.

— Elle est partie avec deux gars, répondit l'inconnu en prenant la pièce.

— Dans quelle direction allaient-ils ?

— Par là, fit-il en indiquant l'orée du bois. La prochaine fois, faites davantage attention à votre femme. Il y a plus d'un loup qui rôde par ici.

William, la gorge serrée, s'élança dans la direction que l'homme lui avait indiquée. Il aurait dû se fier à son intuition et ne pas accepter de se joindre à cette fête, et encore moins de participer à la danse. N'avait-il pas remarqué qu'on l'avait suivi au cours de sa recherche de la jeune héritière ? Mais si c'était, comme il le croyait, les mêmes personnes qui avaient enlevé Isabel, dans quel but l'avaient-elles fait ?

La seule explication plausible était le refus de Rolleston de lui verser la seconde partie de la somme qui lui était due et qu'il devait toucher à son arrivée en Angleterre quand il rendrait la jeune fille à sa mère.

Il aurait le temps, plus tard, de réfléchir à cette question. Pour l'heure, il s'agissait de retrouver Isabel au plus vite. William sortit avec fureur son épée de son fourreau et s'élança vers le bois. Tout cela arrivait par sa faute. S'il avait été plus vigilant et plus méfiant, Isabel serait encore à son côté.

Il s'engagea silencieusement sous les taillis, lançant des regards à droite à gauche dans l'espoir d'apercevoir la jeune fille, quand il entendit un cri aigu.

C'était la voix d'Isabel !

Il changea brusquement de direction, s'orientant vers l'endroit d'où provenait le cri, jusqu'au moment où il s'arrêta et se tapit au sol pour observer trois silhouettes dans la pénombre. L'un des hommes attachait les poignets de la jeune fille tandis que l'autre essayait de la bâillonner.

William, d'un rapide coup d'œil, s'assura qu'ils n'avaient pas d'autres complices puis bondit en avant vers l'un des deux types, auquel il décocha un coup de poing. L'homme roula à terre pendant que l'autre retenait toujours Isabel par les poignets.

— Vous n'êtes pas blessée ? demanda-t-il à la jeune fille.

— Non, répondit-elle. Et tellement heureuse de vous voir…

Une expression d'effroi parut sur son visage avant qu'elle ne lançât :

— Attention à vous, William !

L'individu qu'avait frappé le chevalier venait de se relever et se précipitait sur lui un couteau à la main.

En un rien de temps, William qui s'était retourné pour

lui faire face le désarma et d'un violent coup de poing à la mâchoire l'envoya de nouveau à terre mais, cette fois, inconscient.

Profitant de la distraction que la scène avait provoquée, Isabel que son agresseur tenait moins fermement en profita pour lui donner un coup de coude dans l'estomac. Le souffle coupé, il lui lâcha les poignets pour, un instant après, la tirer par les cheveux.

— Lâche-la si tu tiens à la vie ! s'écria William.

— Tu ferais mieux de t'en retourner d'où tu viens, rétorqua l'homme. Je conduis cette gamine auprès de gens qui la veulent plus que toi.

— Je ne le crois pas, répondit William en le menaçant de son épée, dont la pointe n'était qu'à un pouce de sa gorge. Je compte jusqu'à dix et, si tu ne l'as pas libérée entre-temps, je t'égorge.

Le type marmonna quelques mots incompréhensibles et serra plus fortement Isabel contre lui.

— Un, deux, trois…

Tout en parlant, William rapprocha la pointe de son arme du cou de l'homme, si bien qu'elle effleurait sa peau et l'obligeait à reculer.

— Six, sept, huit…

— Attendez, fit ce dernier.

Au même moment, il mit le pied dans un fossé derrière lui que William avait distingué dans la nuit et vers lequel il l'avait volontairement orienté.

Se sentant tomber, l'homme lâcha Isabel et sortit sa dague. Il allait se jeter sur William, qui n'avait pas vu qu'entre-temps il s'était muni de son arme, quand Isabel, plus proche de son agresseur, le frappa à la tête avec sa sacoche qu'elle tenait par la bandoulière.

Le coup fut si violent qu'il retomba en arrière dans le fossé tandis qu'Isabel perdait l'équilibre et tombait à terre.

— Bien joué, fit William en considérant la jeune fille

avec attendrissement alors qu'il mettait un genou au sol. Vous m'avez sauvé la vie.

— Je peux en dire autant de vous, répliqua-t-elle en redressant la tête. Vous serez heureux d'apprendre que mon hoquet est fini.

— En effet, c'est un grand bonheur.

Il eut un air préoccupé en reprenant :

— Vous n'êtes pas blessée, damoiselle ?

— Je vais bien, mais laissez-moi le temps de me remettre. Je n'ai pas le courage de me relever.

— Ce ne sera pas nécessaire, répondit-il d'une voix douce en la soulevant dans ses bras.

— Je suis heureuse que vous soyez venu à mon secours, William.

— Je n'ai fait que mon devoir. J'espère que vous aurez confiance en moi, dorénavant, et que vous saurez que je ne permettrai jamais que l'on vous fît du mal.

— Je le sais.

Elle se tut avant de reprendre d'une voix étranglée par l'émotion :

— Vous êtes un valeureux chevalier, messire William, quoi que vous en pensiez.

Touché par la remarque de la jeune fille, William sentit le sang lui monter aux joues.

— C'est un honneur pour moi, Isabel, de vous servir.

— Je vous en suis très reconnaissante... D'autant plus, d'ailleurs, que je ne connais pas le chemin qui mène à la maison, ajouta-t-elle avec une pointe d'humour.

Comme elle fermait les yeux en prononçant ces derniers mots, William pressa les lèvres contre son front.

— Ni moi non plus, mon ange, répondit-il. Nous dormirons à la belle étoile, cette nuit.

Chapitre 6

Isabel s'éveilla, le lendemain matin, avec un horrible mal de crâne comme l'avait prédit William. Elle referma les yeux puis se frotta les paupières et les tempes, mais la douleur lancinante ne partait pas.

— Bonjour, damoiselle !

C'était la voix de William.

Isabel tourna la tête et le vit s'agenouiller près d'elle.

Elle ouvrit la bouche pour répondre à son bonjour, mais aucun son ne sortit de sa gorge desséchée.

— Buvez, dit-il en lui présentant une outre d'eau. Cela vous fera du bien.

La jeune fille se redressa et prit l'outre des mains de William. Elle but quelques gorgées qui, aussitôt, apaisèrent sa sensation de soif.

— Si vous vous en sentez capable, Isabel, vous pourrez aller faire un peu de toilette dans un ruisseau qui coule tout près d'ici.

Les événements de la veille revenaient en mémoire à Isabel, qui commençait d'éprouver un sentiment de honte en raison du comportement qu'elle avait eu.

Elle leva sur William un regard chargé de remords et qui semblait le supplier de lui pardonner ce qu'elle avait fait au cours de cette fête.

— Comment vous sentez-vous ? demanda-t-il.

Mortifiée, déconcertée et perdue, pensa la jeune fille. Elle était vraiment confuse de les avoir mis en danger tous les deux, mais elle n'aurait jamais imaginé qu'une action pût être menée contre eux aussi vite après leur départ de Saint-Jean-de-Côle.

— J'ai l'impression qu'on m'a donné un coup de marteau sur la tête, répondit-elle enfin. À part ça, je vais bien. C'est grâce à vous. Je vous suis infiniment reconnaissante pour ce que vous avez fait pour moi. Ma dette à votre égard s'accroît.

— Vous ne me devez rien du tout.

— Non, rien en dehors de la vie, répliqua-t-elle en le regardant dans les yeux.

Elle garda le silence un instant avant de reprendre :

— J'aimerais savoir ce que ces hommes attendaient de moi…

— Je les soupçonne fortement d'être au service de celui qui m'a chargé de vous retrouver, un certain Rolleston. Il voudrait, sans doute, vous ramener lui-même à votre mère. Il recueillerait ainsi tous les honneurs et de nombreux avantages.

Isabel ne partageait pas cette opinion. Selon elle, les hommes qui avaient essayé de l'enlever n'étaient pas au service de celui, quel qu'il fût, qui avait convenu d'un marché avec William. Ils étaient intervenus, bien au contraire, pour contrecarrer son projet. La menace, assurément, venait d'ailleurs, et elle était bien plus redoutable.

Elle aurait aimé y réfléchir, mais pas maintenant. Elle avait pour le moment trop mal à la tête.

La jeune fille se frotta de nouveau les yeux puis regarda autour d'elle en respirant l'air frais du matin et en s'imprégnant de la sérénité du lieu. Ils étaient entourés d'arbres vénérables aux immenses troncs et aux longues branches dont les innombrables rameaux portaient de non moins innombrables feuilles s'agitant dans la brise.

Le murmure du ruisseau, auquel ils pouvaient s'abreuver, s'élevait jusqu'à eux.

Elle vit que sa sacoche était à ses pieds et que les chevaux, attachés à un arbre à quelques pas, broutaient tranquillement l'herbe. La paix qui régnait ici contrastait singulièrement avec l'agitation de la veille et les événements dramatiques survenus.

— Comment avez-vous pu nous conduire dans cet endroit paradisiaque ? demanda Isabel. J'étais dans un tel état…

— J'ai fait beaucoup de choses seul dans ma vie, Isabel. En particulier depuis que je vis en France.

— Je vois…

Elle eut envie de lui demander pourquoi, mais une petite voix au fond d'elle lui murmura de ne pas poser de questions. Elle aurait aimé savoir, pourtant, notamment comment il vivait avant de partir pour la France. Était-il aussi solitaire qu'ici ? Elle espérait qu'un jour il se confierait à elle et qu'elle en saurait plus sur sa vie passée.

— Moi aussi, j'ai appris à ne compter que sur moi, reprit-elle. Même lorsque j'ai été adoptée par les Meunier.

Elle soupira avant de poursuivre :

— Je suis heureuse, par contre, dans les circonstances présentes, de n'être plus seule.

— Moi aussi, Isabel.

Elle sentit son regard perçant sur elle et, se mordant la lèvre inférieure, détourna le regard.

Elle prit conscience, à cet instant, qu'elle se trouvait étendue sur une couverture et qu'elle était emmitouflée dans une autre, mais alors comment William avait-il passé la nuit s'il n'avait pas de couverture pour se protéger ?

— Avez-vous réussi à dormir ? demanda-t-elle.

— Non, presque pas, mais il m'arrive souvent de veiller.

— En fait, vous n'avez pas fermé l'œil de la nuit, n'est-ce pas ?

Il haussa les épaules.

Seigneur ! Le pauvre garçon s'était interdit de dormir pour monter la garde à son côté !

Elle s'était demandé pourquoi, il était aussi pâle, ce matin, elle avait là la réponse à sa question. Ça ne pouvait pas continuer comme cela. Elle ne permettrait pas qu'il compromît ainsi sa santé pour elle. D'ailleurs, où cela les mènerait-il ?

Elle se leva et, redressant le menton, s'adressa à William d'un ton décidé :

— Je vais suivre votre suggestion et descendre me laver au ruisseau, mais à mon retour je veux que vous vous conformiez à la mienne et vous reposiez pendant que je monterai la garde.

— Ce n'est pas une bonne idée. Qu'adviendra-t-il si nous sommes surpris pendant mon sommeil par le même type d'hommes que ceux qui ont voulu vous enlever hier ? Je ne peux pas prendre le risque qu'il vous arrive de nouveau une telle mésaventure.

— Je ne suis pas aussi incompétente que vous le pensez, William. Rien ne se passera pendant que vous dormirez. Je veillerai avec une arme dans chaque main. Je vous le promets.

— Non, Isabel, ce n'est pas raisonnable…

— Ce le serait encore moins de vous laisser monter à cheval avec le risque que vous vous endormiez et fassiez une chute fatale.

Elle ramassa sa sacoche et s'éloigna en ajoutant :

— Il ne sert à rien de discuter. Je peux être encore plus entêtée que vous sur certains sujets quand je le veux.

— Entendu, damoiselle, répondit-il en esquissant un sourire.

Isabel observait depuis un moment l'homme assoupi qui, dans cet état, paraissait tellement plus jeune. Elle croyait revoir le bel écuyer qui lui avait sauvé la vie et qu'elle avait vu dormir ainsi avec ses longs cils lui dessinant une ombre sur la joue.

Une lourde mèche de cheveux bruns couvrait l'autre moitié de son visage. Elle avait envie de la relever et de suivre des doigts le contour de ses traits ciselés. Elle le regardait respirer et, insensiblement, s'approchait de plus en plus près de lui.

Soudain, une main sortit de dessous la couverture et prit le poignet d'Isabel tandis qu'un sourire se dessinait sur les lèvres de William qui gardait les yeux fermés.

— Êtes-vous en train de me regarder dormir, damoiselle ?

— Comment pouvez-vous le savoir ? fit-elle en s'asseyant brusquement sur les talons.

— C'est l'habitude, répondit-il en ouvrant les paupières. Un homme d'armes doit se tenir toujours prêt à se défendre.

Il s'étira en reprenant :

— Et puis, mes deux sœurs aînées étaient toujours enclines à me faire une mauvaise farce lorsque je me reposais. Alors, je ne dormais que d'un œil.

— Vous étiez prêt à faire face à toute éventualité ?

— Exactement.

— Mes frères étaient pareils. Ils n'aimaient rien tant que me tourmenter en cachant des araignées dans ma robe ou des vers de terre sous mes draps. J'essayais de prévenir leurs polissonneries, mais ils étaient toujours les plus rapides.

La voix d'Isabel s'étrangla en prononçant ces derniers mots. L'évocation de ses frères, dont elle avait appris la mort la veille, était trop douloureuse.

— Je suis sûr qu'ils auraient été fiers de vous, dit William en recouvrant la main de la jeune fille de la sienne. Ils auraient été particulièrement impressionnés par la façon dont vous m'avez sauvé la vie en frappant à la tête notre adversaire à l'aide de votre sacoche.

Isabel baissa les yeux sur la main de William, bien plus grande que la sienne, et rougit. Elle n'avait pas été habituée à recevoir de tels compliments et en était très touchée.

— Merci, fit-elle en acquiesçant de la tête. Il me plaît de penser qu'ils auraient pu être contents de moi.

Ils restèrent tous deux perdus dans leur contemplation réciproque jusqu'au moment où Isabel se releva.

— Pendant que vous dormiez, dit-elle, j'ai réfléchi aux derniers événements et je vous avoue que je suis inquiète.

— Moi aussi, damoiselle.

— Croyez-vous qu'ils vont revenir ?

— Les deux d'hier soir… non, je ne le crois pas.

— Vous ne les avez pourtant pas tués.

— J'aurais sans doute dû le faire, mais je ne voulais pas charger encore ma conscience.

Ils gardèrent un moment le silence avant qu'Isabel ne reprît :

— Je crains, cependant, que nous soyons suivis et agressés sur la route par d'autres hommes.

William se leva à son tour.

— Ne soyez pas inquiète. Comme je vous l'ai déjà dit, damoiselle, je ne permettrai pas qu'on vous fît du mal. Je vous en fais le serment sur mon honneur.

— Je n'ai aucun doute à ce sujet, cependant…

— Cependant quoi ?

— Je crois qu'il serait bon que je sois capable de me défendre moi-même. Il se pourrait que nous soyons assaillis par un trop grand nombre d'hommes pour que vous puissiez assurer tout seul ma sécurité. Si j'étais capable de faire face au danger, ce serait plus prudent pour vous et pour moi.

William croisa les bras sur sa poitrine et regarda un instant Isabel en réfléchissant avant de lui répondre.

— Un de mes excellents amis, Hugues de Villiers, s'est trouvé un jour dans la même situation que nous, et sa femme, Éléonore, lui a fait la même requête que la vôtre. Mais elle avait une particularité, elle savait déjà très bien manier les armes.

Le regard de William s'éclaira comme s'il revoyait une scène du passé.

— Hugues l'ignorait sur le moment, reprit-il avec un petit rire.

Mais, à peine apparu sur ses lèvres, son sourire s'effaça comme s'il était trop douloureux de penser à cette période de sa vie. Ses amis, assurément, lui étaient chers et lui manquaient cruellement.

Il opina de nouveau et croisa le regard de la jeune fille.

— J'espère que nous ne rencontrerons plus personne sur notre chemin, mais vous avez raison. Il serait préférable que vous puissiez vous défendre.

— Vous allez me montrer comment m'y prendre ?

— Si vous le voulez. Première leçon après le petit déjeuner.

William n'aurait pas accédé à la requête d'Isabel si le souvenir de Hugues et Éléonore ne lui était pas revenu à l'esprit. Celui-ci s'accompagnait d'ailleurs de regrets concernant la vie à laquelle il avait dû renoncer pour s'exiler volontairement en France.

En vérité, il ne méritait plus l'amitié d'hommes de la valeur de Hugues de Villiers. Depuis son départ d'Angleterre, il était devenu un autre, mais cela ne l'empêchait pas d'être rempli de tristesse en pensant à ses amis d'antan. Ils lui manquaient terriblement. Hugues et Éléonore, évidemment, et aussi sa famille.

Il secoua la tête pour en chasser les visages de ses sœurs et fit un pas vers Isabel.

— Aujourd'hui, nous allons voir les différentes manières de vous débarrasser d'un assaillant qui vous attaque par l'arrière.

En parlant, il posa les mains sur les épaules de la jeune fille et la fit se retourner de façon à ce qu'elle lui présentât le dos.

— Imaginez que je m'approche de vous à votre insu et qu'au dernier moment…

Il passa le bras autour de son cou et la pressa contre lui, respirant involontairement son parfum de fleurs, frais et enivrant.

Cette odeur exquise lui tournait la tête… Que lui arrivait-il, ce matin ?

— Si vous avez bonne mémoire, c'est ainsi que l'homme vous tenait, hier soir, dit-il.

— Ce n'est pas un très agréable souvenir, mais je ne risque pas de l'oublier.

— Sûrement… Je voudrais que vous gardiez à l'esprit que c'est presque toujours par l'arrière que vous serez agressée. Aussi, soyez toujours vigilante et prête à réagir. Mais si vous vous êtes laissé surprendre comme maintenant…

Pour sa démonstration, William n'était peut-être pas obligé de tenir Isabel ainsi serrée contre lui, mais il ne pouvait se résoudre à se détacher de ses courbes féminines, ni à interrompre la vision de son cou nu avec sa peau blanche parsemée de taches de rousseur, de même que celle de ses cheveux d'un blond de miel qui s'échappaient de sa coiffe pour venir lui caresser la nuque.

— Eh bien ? fit-elle. Que se passe-t-il ensuite ?

Il s'éclaircit la gorge avant de reprendre :

— Je vais vous serrer un peu plus fort contre moi tandis que vous essaierez de vous libérer. À votre avis, que faut-il que vous fassiez ?

— Étant donné que vous me serrez aussi fort, je ne vois pas très bien ce que je peux faire.

— Il est inutile d'essayer de vous libérer en me repoussant, répondit-il en lui parlant à l'oreille. Il vous faut faire ce à quoi votre agresseur s'attend le moins.

— C'est-à-dire ?

— S'il vous tient comme ça, il n'y a qu'une solution. Il faut vous pencher à gauche, seulement un peu... Oui, comme ça. Cela vous permet de libérer vos mains pour pouvoir saisir ses... euh... enfin, ses parties que je ne saurais nommer, et vous les serrez aussi fort que possible. Représentez-vous des fruits, comme des prunes bien mûres, que vous écrasez entre vos doigts...

Le ton de la conversation devenait de plus en plus scabreux et Isabel, qui s'était inclinée sur le côté gauche comme le lui avait demandé William, ne savait que faire de ses mains.

— Faites-moi confiance, reprit le jeune homme, quand je vous dis que vous surprendrez suffisamment votre agresseur pour qu'il vous relâche.

Le visage et le cou colorés par un afflux de sang, Isabel tourna à demi la tête vers lui.

— Je vois, fit-elle. Je vous suis reconnaissante de ne pas m'avoir caché cette possibilité de me défendre sous le prétexte que je suis une femme.

— Mon Dieu, vous n'avez pas à me remercier, mais s'il vous arrive de vous retrouver dans cette situation, vous saurez comment faire pour vous débarrasser de quiconque vous aura attaquée. J'espère, néanmoins, que vous n'aurez jamais besoin de recourir à cette botte mais, comme je vous l'ai fait remarquer, ce serait pour votre assaillant une manière tout à fait inattendue de vous défendre.

— Je veux bien vous croire, répondit-elle. Avez-vous autre chose à m'apprendre ?

William, le visage tout près de la nuque de la jeune fille, eut un petit rire.

— Dois-je comprendre que vous seriez prête à recourir à la méthode de défense que je vous ai suggérée ?

— Absolument, si cela me permet de me tirer d'affaire.

— Parfait. Vous avez une façon très pragmatique d'aborder les problèmes.

Il hésita avant de poursuivre :

— Il y a une autre manière de se défendre aussi efficace et inattendue pour l'agresseur. Il faut serrer le poing comme ça…

Il prit la main de la jeune fille et lui fit rassembler les doigts à l'intérieur de sa paume.

— Voilà, c'est bien, et après vous frappez de toutes vos forces sur les parties que nous avons évoquées.

— Dois-je m'entraîner sur vous ?

— Non, répondit-il en la lâchant. Je préfère que vous vous absteniez.

Quelque chose dans la voix de William trahissait son amusement.

À quoi pensait-il ? se demanda Isabel. Il s'était en effet écarté d'elle et semblait réfléchir.

Pourquoi avait-il choisi de lui montrer en premier ces façons de se défendre qu'il était difficile d'exposer à une jeune fille ? songeait quant à lui William. Certes, il avait déjà montré ces techniques à ses sœurs, mais avec Isabel c'était différent. Il s'était rendu compte, d'ailleurs, qu'avec elle il réagissait différemment.

La simple évocation des parties intimes du corps masculin avait augmenté sa pression artérielle et il s'était senti très gêné, d'autant plus qu'il était collé à son élève.

Il lui fallait oublier la séduction de son corps, avec ses courbes féminines, ses taches de rousseur, son odeur exquise… Il était inconvenant ne serait-ce que d'y penser.

— En tout cas, je n'oublierai pas ce que vous m'avez appris, murmura Isabel. Est-ce que nous en avons fini avec mon entraînement ?

— Oui, répondit-il en se penchant pour ramasser leurs outres. Je vais aller faire le plein d'eau puis nous partirons. Il est temps de reprendre notre route. Mais si vous le voulez, Isabel, je vous apprendrai chaque jour d'autres techniques de défense.

— Volontiers. J'en serai très heureuse.

Il lui tourna le dos et elle le regarda s'éloigner rapidement, une outre dans chaque main.

Après quelques heures à cheval, William fut forcé de reconnaître que, en dépit de ses efforts pour parler sur un ton amical et détaché avec la jeune fille, il ne pouvait ignorer qu'elle était une femme et que cette femme l'attirait. Mais il n'avait pas d'autre choix que de lutter contre le désir croissant qu'il éprouvait pour elle.

Il avait une mission à accomplir et il entendait la mener à bien. Or, s'il voulait qu'il en fût ainsi, il devrait, aussi longtemps qu'ils chemineraient, concentrer tous ses efforts et toute son attention à la protection d'Isabel.

Rolleston, en effet, il l'avait déjà prouvé, n'était pas un homme de confiance et il n'était pas impossible qu'il tentât une deuxième fois de faire enlever la jeune fille.

— Voudriez-vous que nous prenions du repos, damoiselle ? demanda soudain William

— Je ne suis pas fatiguée, si c'est ce que vous craignez. Nous pourrions poursuivre encore un peu notre route, en espérant que rien de fâcheux ne nous arrivera d'ici la tombée de la nuit.

— Et si nous sommes attaqués, Isabel, nous déferons nos assaillants.

— Ayant été témoin de ce dont vous étiez capable, William, je n'ai aucun doute à ce sujet. Et puis, maintenant que je sais que je n'aurai qu'à presser dans mes mains les attributs de mon agresseur, j'espère seulement être à la hauteur.

— Mon Dieu, Isabel… Qu'ai-je fait ?

Il s'était tourné vers elle et la regardait d'un air navré.

— Promettez-moi d'oublier tout ce que je vous ai dit avant d'atteindre votre château familial.

— Avant de devenir la damoiselle que je suis censée être ?

— Exactement.

Isabel dirigea son regard vers le chemin devant eux en reprenant :

— Je vous suis reconnaissante, en tout cas, d'avoir consenti à m'apprendre l'art et la manière de me défendre contre un agresseur. J'apprécie la valeur de votre enseignement.

— Si ce que je vous ai appris peut vous rassurer, je m'en réjouis mais, pour votre sécurité, il ne sera peut-être pas nécessaire d'en user. Rolleston, en effet, souvenez-vous-en, ne veut en aucune façon vous faire du mal. La seule raison pour laquelle il veut vous capturer, c'est pour échapper à ses engagements envers moi.

— Oui…, fit Isabel d'un air dubitatif.

— Vous ne me croyez pas ?

Elle ne répondit pas. Les mâchoires serrées, les mains crispées sur les rênes de son jeune palefroi, elle regardait droit devant elle et donnait l'impression d'affronter avec résolution une menace lui barrant la route.

William tira sur les rênes de sa monture, l'obligeant à ralentir son allure jusqu'à l'arrêt, tandis que la jeune fille en faisait autant.

— Qu'y a-t-il, damoiselle ? Dites-moi tout.

Elle leva les yeux sur lui en se mordant la lèvre.

— Je ne suis pas certaine que vous compreniez.

— Quoi que vous ayez à me dire, sachez que je ne vous jugerai pas et garderai vos confidences pour moi.

— Je vous fais confiance, mais il ne vous sera peut-être pas si facile que ça d'entendre ce que j'ai à vous dire.

— Je vous en prie, Isabel. Parlez !

Elle laissa échapper un profond soupir.

— Très bien, fit-elle. Vous m'avez demandé, une fois, de quoi j'avais peur.

— Oui, c'est possible…, fit-il en la regardant dans les yeux.

— Eh bien, la vérité c'est que je ne crois pas que ces hommes qui ont voulu m'emmener, hier soir, soient à la solde de votre Rolleston.

— Comment cela ?

— Je pense qu'il ne s'agit pas d'un hasard. Le guet-apens dans lequel je suis tombée lorsque j'étais une enfant, la mort de mon père et de mes frères, l'événement d'hier… Tout me semble lié.

William fit non de la tête.

— Je ne le crois pas, Isabel.

— Je vous ai dit que vous ne pourriez pas me suivre dans mon raisonnement.

— Je suis désolé, mais comment pouvez-vous affirmer qu'il y a un lien entre les différents événements que vous évoquez ?

— Je ne sais pas, répondit-elle dans un murmure. Il y a certaines choses que j'avais oubliées qui remontent de temps en temps à la surface. Des souvenirs trop pénibles que j'avais enfouis au fond de ma mémoire.

Elle reprit sa respiration avant de poursuivre :

— J'étais une enfant discrète que personne ne remarquait, mais j'étais curieuse et je l'ai particulièrement été lorsqu'on m'a annoncé que j'allais être envoyée en France pour y vivre dans la famille de mon promis, le fils cadet du comte d'Albret. Je savais que je ne l'épouserais que lorsque je serais en âge de me marier, mais représentez-vous ma déception en apprenant que je serais, un jour, l'épouse d'un homme qui avait presque l'âge de mon père. J'avais besoin de comprendre pourquoi on m'imposait cet avenir.

Elle s'interrompit de nouveau puis reprit :

— Je n'ignorais pas que mon père n'avait plus la faveur du roi et qu'il lui fallait trouver des soutiens ailleurs, mais j'avais besoin de savoir à quoi ressemblerait ma vie. Je voulais être rassurée, mais ce que j'ai entendu, en surprenant certaines conversations, a eu l'effet contraire sur moi. Il s'agissait de propos tenus à voix basse, de serments qui engageaient jusqu'à la mort, de secrets qu'il fallait garder envers et contre tout.

— Vous rappelez-vous qui parlait ainsi et sur quels sujets ?

— Non, je ne m'en souviens pas... Du moins, pas encore. Cela finira peut-être par me revenir. Vous savez, jusqu'au jour où vous êtes venu à Saint-Jean-de-Côle, j'espérais ne jamais avoir à me souvenir de mon ancienne vie. Cependant, maintenant, tout a changé.

La gorge serrée, elle se tut et resta un moment les yeux baissés sur ses mains, avant de relever la tête :

— Je ne sais rien de plus que ce que je viens de vous dire. Je crois cependant vous avoir déjà fait remarquer que, d'une certaine manière, tout était lié à ce pendentif que vous portez autour du cou.

William la regarda d'un air incrédule tandis qu'il saisissait le bijou sous son vêtement et l'exhibait.

— Est-ce la raison pour laquelle vous me l'avez confié ? Pour que je le garde et puisse, dans l'avenir, vous le rendre ?

— Non, fit-elle en secouant la tête. J'ai voulu, ce jour-là, vous récompenser pour m'avoir sauvé la vie. Mais j'avais aussi à l'esprit que je détenais sa réplique exacte.

— Le même pendentif ?

— Oui. C'est grâce à lui qu'hier soir j'ai assommé mon agresseur. Il était au fond de ma besace, puisque je ne le porte jamais. Il a dû rencontrer le crâne de l'homme quand j'ai fait des moulinets avec la sacoche.

William regardait Isabel d'un air déconcerté et ne répondait rien.

Inclinant la tête de côté, elle esquissa un petit sourire désabusé :

— Il me semble que vous avez quelque difficulté à croire ce que je vous dis.

— Ce n'est pas aisé, en effet, de vous suivre, damoiselle. Vous avez évoqué des souvenirs troublants que vous aviez enfouis dans votre mémoire puis cet autre pendentif en votre possession…

Il se passa la main dans les cheveux en ajoutant :

— Je suis désolé, Isabel, mais j'ai l'impression que votre raisonnement est faussé par la crainte de l'avenir. Ce que, d'ailleurs, je comprends.

La jeune fille acquiesça en baissant la tête. Sa réaction toucha William qui fut sur le point de sauter de cheval pour l'aller réconforter.

— Je suis désolé.

— Vous n'avez pas lieu de l'être. Je me doutais que vous ne me croiriez pas, mais vous m'avez demandé des éclaircissements…

Elle soupira et poussa son cheval en avant sur le chemin bordé de halliers et d'arbustes.

— Il y a une chose, cependant, que j'ai oublié de mentionner, lança-t-elle par-dessus son épaule.

— Ah, oui ? Qu'est-ce que c'est ?

— Les deux pendentifs ne doivent jamais, absolument jamais, être réunis. Il importe de les garder toujours séparés.

Elle tourna la tête, lui offrant une vue de son ravissant profil sur un fond de verdure.

— Cela, au moins, je m'en souviens, ajouta-t-elle.

[illegible]

[illegible]

— [illegible]

— [illegible]

[illegible]

[illegible]

[illegible]

— [illegible]

— [illegible]

— [illegible]

— [illegible]

— [illegible]

[illegible]

— [illegible]

Chapitre 7

Toute la journée, ils avaient fait en sorte d'éviter de traverser bourgs, villages et même hameaux, de crainte qu'on ne les remarquât et qu'on pût informer d'éventuels poursuivants de leur passage.

Le jour déclinant, ils s'étaient finalement arrêtés dans une campagne boisée, à l'abri des regards, et avaient dressé leur campement sur la berge d'une rivière aux eaux limpides.

C'était Isabel qui avait insisté pour qu'ils poursuivent leur route sans prendre de repos.

Chaque fois qu'ils s'arrêtaient, en effet, elle était assaillie par ses pensées et c'était aussi l'occasion d'échanger plus longuement avec un homme qui commençait de prendre trop de place dans son cœur. La prudence lui dictait donc d'essayer d'espacer les moments conviviaux entre eux.

Il la plongeait par sa seule présence dans une inextricable confusion que la précarité de sa situation ne faisait qu'aggraver, mais qu'y pouvait-elle ?

Elle entra dans la rivière pour s'y laver, certes, mais aussi pour s'y débarrasser de toutes les pensées qui lui encombraient l'esprit. À cet escient, elle prit de l'eau dans le creux de ses mains qu'elle versa sur sa tête avant de se savonner avec une préparation d'huile et de savon fabriquée par ses soins.

Il n'y avait que deux jours qu'ils étaient partis et, pourtant, il lui semblait qu'il y avait beaucoup plus longtemps qu'ils avaient quitté Saint-Jean-de-Côle.

La vie qu'elle y avait menée lui manquait déjà, mais elle avait conscience qu'il ne servait à rien d'y songer. Cette page de son existence était définitivement tournée, et elle n'avait aucune idée de ce que l'envers de cette page lui réservait en Angleterre.

Isabel sortit de la rivière et tordit entre ses mains ses longs cheveux pour en chasser l'eau, avant de retirer la tunique dans laquelle elle s'était baignée. La jeune fille s'essuya le corps puis revêtit des vêtements secs. Elle emprunta ensuite le sentier recouvert des premières feuilles qui se détachaient des arbres en cette fin d'été.

Elle eut un frisson en s'approchant du feu que William avait allumé en son absence. La nuit s'annonçait plus fraîche que la précédente à ce tournant des saisons.

— Vous avez pris froid ? demanda William.

Il s'empressa de ramasser une couverture et d'en envelopper les épaules d'Isabel.

— Tenez, fit-il. Vous serez mieux ainsi.

— Merci.

Elle leva les yeux sur lui et vit qu'il la regardait avec une attention plus forte que d'habitude, comme si quelque chose en elle lui plaisait ou, du moins, l'intriguait. Elle passa la main dans ses cheveux et pensa que c'était sans doute cela qui différait.

— Ils sont encore mouillés, expliqua-t-elle, gênée de ne pas avoir discipliné sa chevelure ni de l'avoir cachée sous un voile.

Mal à l'aise du fait de son état qui ne convenait pas, visiblement, à une damoiselle, Isabel éprouva le besoin de s'occuper. Or, elle ne trouva rien de mieux que de jeter ses cheveux par-dessus son épaule et de se mettre à en séparer les mèches en glissant les doigts dans leur masse.

William, pour une raison qu'elle ignorait, continua de

l'observer avec l'expression de quelqu'un qui aurait été sujet à un enchantement.

Elle haussa les sourcils d'un air étonné en le regardant et, comme si soudain il reprenait ses esprits, ce dernier secoua la tête puis invita la jeune fille à s'asseoir près du feu tandis qu'il allait s'adosser à un arbre.

Un silence troublé seulement par le chant des oiseaux et le murmure de l'eau descendit sur eux, Isabel se sentant incapable d'aucune conversation.

Assise près du brasier, elle avait posé le menton sur ses genoux ramenés contre sa poitrine tandis qu'elle jouissait avec délectation de la chaleur du feu en écoutant les craquements et les sifflements du bois.

Cette soirée était très différente de celle de la veille. Elle n'était pas sous l'emprise de l'alcool et, en conséquence, était parfaitement consciente de se trouver seule au milieu des bois en compagnie d'un beau chevalier. Un homme dont la seule présence la faisait vibrer.

Elle lui faisait confiance, mais pas à elle-même. Elle se sentait d'ailleurs un peu idiote en sa compagnie, car elle ne connaissait rien des hommes. Elle savait seulement qu'elle était dans une totale confusion au moment où elle avait essentiellement besoin d'un ami, d'une oreille attentive qui voulût bien l'écouter.

William sortit d'une sacoche un morceau d'ardoise qu'il se mit à sculpter à l'aide d'un couteau.

— Que faites-vous ? demanda Isabel, après quelques instants, rompant enfin le silence.

— Rien de particulier, répondit William. Lorsque je réfléchis, je prends toujours un morceau d'ardoise ou de bois auquel je donne une forme.

— À quoi réfléchissez-vous qui exige que vous soyez aussi concentré ?

Un léger sourire fleurit sur les lèvres de William.

— J'ai donc l'air concentré ?

— Oui… Et je crois que c'est à cause de ce que je vous ai dit plus tôt dans la journée. Cela vous a mis dans l'embarras.

Redressant la tête, il se passa la main dans les cheveux.

— Tout cela est tellement…

— Fantasque ?

Il fit un signe de dénégation.

— Vos craintes sont normales, Isabel. Elles trouvent leur source dans le drame que vous avez vécu alors que vous n'étiez qu'une petite fille. Mais cela ne signifie pas qu'il y ait une conspiration contre vous et votre famille ni qu'une paire de pendentifs ait un rôle à jouer dans cette affaire.

— Je vous remercie pour votre effort d'analyse, mais j'espère que vous ne m'en voudrez pas si je vous dis que je ne partage pas du tout votre opinion. Quoi que vous en pensiez, les pendentifs recèlent une signification bien plus grande qu'il ne le paraît.

— Ne croyez-vous pas plutôt que, après le traumatisme que vous avez vécu dans votre enfance, vous avez accordé à ces objets une valeur qu'ils n'avaient pas et les avez inscrits dans un récit qui est né de votre seule imagination ?

— Vous voulez dire que j'ai tout inventé ?

— Non, j'essaie seulement de saisir pourquoi vous semblez croire que tout ce qui vous arrive ainsi qu'aux vôtres n'est pas le fruit du hasard.

— Je me passerais volontiers de vos considérations, William, rétorqua-t-elle en remontant la couverture sur ses épaules. Vous n'êtes pas obligé de partager mes convictions. Tout ce que je vous demande, c'est d'essayer de me comprendre.

— Vous n'avez pas à vous inquiéter à ce sujet, damoiselle, répondit-il en croisant le regard de la jeune fille, avant de baisser les yeux sur son morceau d'ardoise qu'il se remit à façonner.

— Merci, fit-elle.

Le silence revint, mais Isabel ne fut pas longue à le rompre de nouveau :

— Vous avez l'air très adroit avec votre couteau. Où avez-vous appris à sculpter ?

— Avec mon père… Il était tailleur de pierre… Enfin, il s'agissait de mon beau-père.

Isabel perçut une pointe d'amertume dans sa voix.

— Lui était un vrai sculpteur, reprit William. Il a travaillé sur maints édifices religieux où il était chargé d'exécuter les éléments de décor. C'était lui, ainsi, qui sculptait les gargouilles, les chapiteaux des colonnes, les fonts baptismaux, les tympans des églises…

— C'est un privilège de vivre auprès d'une personne capable de créer de telles beautés, remarqua Isabel.

— Lorsqu'il m'accordait du temps, ce qui arrivait rarement, je me sentais privilégié comme vous le dites. Il me montrait comment manier un ciseau pour obtenir l'effet désiré. Ces moments exceptionnels étaient très appréciables. Ils nous évitaient, en outre, de nous quereller encore et toujours.

William laissa échapper un soupir et détourna le regard.

C'était la première fois qu'il révélait quelque chose de lui-même. Certes, il le faisait avec une certaine réticence, mais Isabel était heureuse tout de même qu'il évoquât son passé. D'abord, en raison de la confiance qu'il lui témoignait en partageant avec elle ses souvenirs, et aussi parce que cela lui épargnait d'avoir à parler de son propre passé.

— Ça n'a pas dû être facile.

— Pas tant que ça… J'aimais tailler, sculpter, en un mot créer quelque chose à partir de rien. Et si ce quelque chose avait de la beauté, alors j'étais comblé.

— Je comprends ce besoin de tirer de la beauté de ce monde qui est, parfois, si cruel et aride. C'est la raison pour laquelle j'extrais de certaines fleurs, herbes ou plantes des tisanes, des onguents, des cataplasmes et des baumes destinés à apaiser la douleur. Et quand j'ai plus particulièrement envie de me faire plaisir, je crée des huiles parfumées et des savons.

Isabel leva les yeux et vit qu'il l'écoutait avec attention, un demi-sourire flottant sur son visage.

— Voilà pourquoi un délicieux parfum de fleurs vous enveloppe en permanence.

La jeune fille, qui sentait le sang lui monter aux joues, détourna un moment le regard avant de le diriger de nouveau sur William.

— Y a-t-il longtemps que vous n'avez pas vu votre père ?

— Oui… Cela fait plusieurs années… Mon beau-père est mort à peu près au moment où j'ai quitté l'Angleterre.

— Ah, oui…

— Nous n'étions pas très proches, même s'il m'a communiqué le goût de la sculpture. Je n'étais pas de son sang, n'est-ce pas ?

Isabel étendit les bras devant elle pour réchauffer ses mains auprès du feu dont les flammes dansaient dans la nuit. Elle regardait au loin comme si elle cherchait à rappeler un lointain souvenir à sa mémoire.

— Moi non plus, mon père ne m'a jamais beaucoup aimée, et pourtant je suis sa fille légitime. Je n'avais pas d'intérêt à ses yeux, sauf lorsqu'il a arrangé mon mariage.

— Pourquoi ne m'aviez-vous pas fait connaître la raison de votre présence sur le sol français ? Vous auriez pu également vous confier aux sœurs de l'abbaye aux Dames ou à votre famille adoptive.

— Mon père m'avait interdit de révéler qui j'étais si un incident se produisait m'empêchant de rejoindre ma future belle-famille et, comme je n'étais encore qu'une enfant, je lui ai obéi à la lettre.

« Il m'avait expliqué, au moment de mon départ, que notre famille se trouvant dans une situation précaire depuis sa disgrâce, nous étions obligés d'aller chercher de nouveaux appuis en France.

« De toute façon, j'étais si terrifiée après le massacre de mes accompagnateurs que je n'osais rien dire de peur qu'on ne me fît subir le même sort en apprenant qui j'étais.

« Sur le moment, je pensais que c'était des agents du roi Jean qui avaient essayé de me tuer. Me croyant en grand danger, j'ai tenu parole et n'ai révélé mon identité à personne...

Elle reprit sa respiration et garda le silence un instant avant de poursuivre :

— Il est vrai que j'avais confiance en mon père et comptais sur lui pour venir me chercher quand il apprendrait ce qui m'était arrivé. Les années ont passé, cependant, et personne n'est venu à mon secours. Aussi ai-je décidé d'oublier mon passé et de me forger une nouvelle vie, celle que je me serais choisie.

Elle s'ennuyait horriblement de sa mère mais redoutait par-dessus tout la colère de son père. En particulier dans la mesure où elle craignait qu'on ne la tînt pour responsable du massacre de son escorte.

Mais en quoi aurait-elle pu jouer un rôle dans ce drame ? Elle n'était à l'époque qu'une petite fille, une petite fille terrifiée.

Isabel, qui revivait en pensée ces instants tragiques, releva la tête et chercha le regard de William.

— Jamais votre père n'aurait dû vous traiter ainsi, dit-il.

Certes... Elle n'avait pas lieu de blâmer sa mère, qui n'avait jamais eu son mot à dire et se montrait toujours tendre avec elle. Il n'en était pas de même, par contre, en ce qui concernait son père. Son sang avait beau couler dans les veines d'Isabel, il s'était toujours montré indifférent avec elle et n'avait pas craint de lui briser le cœur en l'éloignant de sa famille. Elle avait heureusement compris à temps qu'elle ne pouvait compter que sur elle-même.

— Il avait coutume de dire à ma mère que j'étais maudite en raison de l'étrange couleur de mes yeux, renchérit-elle.

— C'est pure folie. Vos yeux n'ont rien d'étrange. Ils sont tout simplement très beaux. C'est, d'ailleurs, grâce à votre exceptionnel regard que je vous ai reconnue après toutes ces années.

Isabel eut l'impression que ses joues étaient en feu. Elle était trop émue pour prononcer le moindre mot, ou ne serait-ce que pour formuler une réponse dans sa tête. Cependant, elle ne pouvait se dérober au regard insistant de William qui semblait la défier d'oser le contredire.

Pour échapper à cette situation, elle ne trouva rien de mieux que de se lever soudain.

— Je crois qu'il est temps que je prenne un peu de repos. Allons-nous monter la garde à tour de rôle ?

À l'expression de William, elle comprit que sa brusquerie l'avait blessé. Mettre ainsi un terme à leur conversation n'était peut-être pas la meilleure façon de se comporter après ce qui venait de se passer entre eux, mais elle n'avait pas su comment réagir autrement.

— Je vous demande pardon, damoiselle, dit-il froidement. Je ne pensais pas vous mettre mal à l'aise.

— Vous n'avez pas à me demander pardon, William.

— Tant mieux.

Il se leva à son tour et donna sa couverture à Isabel.

— Prenez-la. Vous pourriez avoir froid au cœur de la nuit.

— Et vous ? fit-elle en fronçant les sourcils.

— Ne vous en faites pas pour moi. Dormez bien, c'est ce qui compte.

Il s'apprêtait à tourner le dos quand il tendit finalement la main vers elle.

— Est-ce que je pourrais avoir votre pendentif ? C'est seulement pour satisfaire ma curiosité…

Isabel s'éveilla à l'aube. Elle avait eu l'espoir de se réveiller plus tôt pour donner à William la possibilité de prendre du repos à son tour, mais elle était sans doute plus fatiguée qu'elle ne le pensait, la veille, et s'était endormie pour toute la nuit.

Au moment, en effet, où elle s'était étendue, emmitouflée dans ses couvertures, elle avait sombré dans un profond sommeil.

La jeune fille s'assit et s'étira en bâillant tandis qu'elle cherchait des yeux William.

Elle ne fut pas longue à le trouver. Adossé à un arbre, il contemplait les deux pendentifs posés sur ses genoux.

— Je suis désolée, dit-elle en se levant. Je pensais dormir beaucoup moins longtemps.

— C'est sans importance, répondit-il.

Il prit chacun des pendentifs dans une main, et les exhiba.

— Il y a quelque chose que vous devriez savoir concernant ces bijoux.

— Qu'est-ce que c'est ? fit-elle en s'approchant.

— Ils ne sont pas identiques.

— C'est impossible, rétorqua-t-elle en articulant exagérément.

— C'est néanmoins la vérité, Isabel.

Elle se pencha sur lui pour regarder de plus près les pendentifs, qu'il tenait côte à côte au creux de ses paumes.

— Je ne comprends pas… Où est la différence ? Pour moi, ils paraissent toujours aussi ressemblants.

— C'est bien cela qui est surprenant. Pourquoi faire en sorte que ces deux bijoux aient l'air d'être identiques, alors qu'ils ne le sont pas ?

En regardant de plus près, Isabel remarqua que les rubis, bien que de taille similaire, avaient été placés un peu différemment dans leur support d'argent.

— Voyez-vous ce qui diffère ? Cela ne saute pas aux

yeux. Le travail d'orfèvrerie est exactement le même dans les deux cas, à l'exception d'un petit détail…

— Sur celui de gauche, la monture est biseautée, constata Isabel.

— Alors que, sur celui de droite, elle ne l'est pas.

— Je ne comprends pas l'intérêt d'avoir fait cela, dit Isabel en regardant William dans les yeux. Pourquoi ?

— Je ne saurais le dire, damoiselle, mais j'ai la conviction que celui qui a fait cette commande voulait deux bijoux d'aspect parfaitement identique alors même qu'ils étaient différents.

— Pour quelle raison aurait-il voulu cela ? À quoi bon toutes ces complications pour obtenir deux pendentifs qui ont l'air d'être les mêmes.

Ils restèrent un moment à regarder en silence les deux bijoux avant qu'Isabel, qui s'était assise à côté de William, ne se tournât vers lui.

— Nous ne percerons pas le mystère aujourd'hui. Pourquoi ne pas vous reposer un peu pendant que je veillerai.

Avant qu'il n'eût le temps d'objecter, la jeune fille reprit :

— Je vous en prie, William. J'y tiens absolument.

— Très bien. Mais brièvement. Nous devons partir le plus tôt possible.

Chapitre 8

Ils atteignirent La Rochefoucauld avant midi et à temps pour se ravitailler, heureusement, car ils avaient épuisé tous leurs vivres.

Ils avaient laissé leurs chevaux dans une ferme voisine de ce village où ils prenaient un repos bien mérité.

Isabel, cependant, ne pouvait se sortir de la tête que c'était une erreur de se montrer dans un lieu aussi ouvert et fréquenté. Elle ne savait comment l'expliquer, mais le pressentiment d'un danger imminent l'avait assaillie dès qu'ils étaient arrivés dans le bourg.

Elle avait chassé ces pensées de son esprit, néanmoins, ayant conscience qu'elles reposaient sur des craintes infondées, nées de sa seule imagination.

William lui avait ouvert les yeux à ce sujet. En mettant en évidence la différence entre les pendentifs, il avait dissipé une appréhension qui l'avait tourmentée aussi longtemps qu'elle avait été en possession des deux bijoux.

Mais puisqu'elle s'était libérée de la plupart de ses peurs grâce à William, pourquoi était-elle maintenant si préoccupée par un danger qu'elle ne savait nommer mais qui, lui semblait-il, planait au-dessus d'eux ?

Elle laissa échapper un soupir en prenant conscience que c'était la première fois, depuis le soir où ils avaient été agressés, qu'elle se trouvait dans un lieu aussi animé.

C'était jour de marché. Aussi la grande place du bourg était-elle encombrée d'étals de marchands et de paysans du voisinage venus vendre leurs produits.

William et Isabel longeaient des tables couvertes de fruits et de légumes, quand cette dernière s'arrêta devant un tas de prunes.

Elle choisit celles qui lui semblaient le plus à point, en prit deux dans sa main et les pressa doucement en se tournant vers William avec une expression espiègle.

Le jeune homme remua la tête en signe de désapprobation mais il ne put réprimer le large sourire qui se formait sur ses lèvres. Devant sa réaction, Isabel prit conscience du caractère choquant de son geste, mais il avait le mérite de détourner ses pensées des craintes qui n'avaient de cesse de la tarauder.

Après avoir acheté diverses victuailles essentielles, dont les fameuses prunes, ils traversèrent la place dans le sens inverse de celui qu'ils avaient pris à l'arrivée et s'engagèrent dans un dédale d'étroites rues pavées en direction du faubourg où ils avaient laissé leurs chevaux.

Au moment où ils tournèrent dans une ruelle bordée de hautes maisons à pans de bois, Isabel sentit ses cheveux se dresser sur sa nuque. Quelque chose n'allait pas. La ruelle était vide, à l'exception d'un homme adossé à un mur à l'autre extrémité.

William saisit la jeune fille au coude pour l'obliger à s'arrêter.

— Retournez sur nos pas, dit-il entre ses dents. Tout de suite.

Elle lui obéit, et il lui emboîta aussitôt le pas. Ils avaient à peine parcouru quelques mètres, cependant, que deux hommes parurent devant eux à l'entrée de la ruelle.

— Ils n'ont pas l'air aimables, remarqua Isabel.

— Non, en effet.

— Que fait-on ? demanda la jeune fille en se tournant vers le chevalier.

— Je vais faire diversion et, au moment où je vous le dirai, je veux que vous partiez en courant aussi vite que possible.

— C'est hors de question. Je ne vous laisserai pas à la merci de ces soudards.

— Nous n'avons pas le temps de parler de ça, répliqua William en tirant son épée de son fourreau et sa dague de son étui.

— Je reste avec vous. Donnez-moi une arme, si vous en avez une autre que vous n'utilisez pas.

— Comment ? fit-il en fronçant les sourcils. Il faut savoir s'en servir, sinon c'est inutile et même dangereux.

Tout en parlant, il observait les hommes qui, des deux côtés de la ruelle, avançaient vers eux d'un air menaçant.

— Passez-moi une arme, je vous en prie, insista Isabel qu'il avait invitée d'un geste à se mettre derrière lui.

Devant l'imminence du danger, il consentit à sa demande et tira de l'étui attaché à sa cheville un poignard qu'il lui donna, puis en quelques pas gagna avec elle un grand portail en plein cintre à l'intérieur duquel la jeune fille serait moins exposée.

— Au dernier moment, chuchota-t-il, je veux que vous fassiez exactement ce que je vous dirai.

— Oui, fit-elle dans un murmure.

Les hommes, à présent, étaient tout près d'eux.

— Ce n'était pas la peine de sortir tes armes, dit l'un d'entre eux en montrant les paumes de ses mains pour leur faire comprendre qu'il ne les menaçait pas. Tout ce que nous voulons, c'est la damoiselle et le pendentif au cou du sire.

— Tu ferais mieux d'y renoncer, répondit William d'un air détaché, comme s'il comptait pour rien cet individu d'une faible stature, aux membres noueux et au visage marqué par la petite vérole.

— Tu es bien jeune pour perdre la vie, reprit l'homme. Retourne-t'en d'où tu viens.

Il tira une bourse de dessous son pourpoint et la jeta aux pieds de William.

— Tiens ! Voilà pour ta peine.

Un sourire provocateur se dessina sur les lèvres du chevalier.

— Je ne suis pas du genre à détaler, surtout quand j'ai une jeune fille sous ma protection.

— Nous sommes cinq. Tu es perdu.

— Ce n'est pas un problème. J'ai déjà abattu à moi seul une demi-douzaine d'adversaires, si ce n'est plus.

Il avança d'un pas en brandissant son épée.

— C'est plutôt à vous de quitter le terrain si vous ne voulez pas le regretter.

— D'ailleurs, il n'est pas seul, intervint Isabel dans le dos de William. Je garde ses arrières.

Le jeune homme jura entre ses dents tandis que les soudards, qui avaient repris leur marche vers eux, s'arrêtèrent pour rire.

Il aurait dû se douter qu'Isabel était capable de ce genre de rodomontade qui ne pouvait que déclencher l'hilarité de brutes comme celles qui les cernaient. Mais si William était un peu irrité par cette maladresse, il n'en était pas moins admiratif du courage de la jeune fille.

Le danger était grand et, même s'il était maître dans le maniement des armes, il ne serait pas aisé de défaire cinq hommes tout en protégeant Isabel. Il fallait mettre au point sans tarder un plan pour se sortir de ce mauvais pas.

Son regard se porta sur la maison devant eux, qui était bien moins haute que les autres, et dont la façade à pans de bois offrait des aspérités permettant de s'agripper et monter sur le toit.

Il attendit que ses adversaires s'approchent un peu plus de lui pour entreprendre son projet périlleux.

Deux des hommes se précipitèrent en même temps vers lui. En quelques coups d'épée, il se débarrassa de celui de droite, puis réserva le même sort au second. Les trois autres soudards, qui ne semblaient pas surpris par le résultat de ce premier échange, restaient en retrait, quand un homme en armes de grande taille attaqua William du côté opposé.

— Attention, William ! s'écria Isabel.

Il eut tout juste le temps de se retourner pour parer le coup que l'assaillant voulait lui porter. Leurs épées se heurtèrent plusieurs fois avec violence et dans le bruit mat de l'acier rencontrant l'acier. Ce combattant était d'une autre trempe que les précédents. En se battant avec lui, William fut entraîné vers le milieu de la ruelle, laissant Isabel exposée.

— Restez où vous êtes ! lança le chevalier à l'adresse de cette dernière.

Il espérait se débarrasser à temps de son adversaire et revenir au plus vite se placer devant elle. Mais lorsqu'il eut réussi, enfin, à désarmer l'homme puis à le traverser de sa lame, et qu'il se retourna vers Isabel, il constata avec horreur qu'un des soudards s'était saisi d'elle et avait placé sous sa gorge le poignard qu'elle avait à la main.

— Donne-nous ton pendentif, si tu veux qu'elle vive, dit-il.

Le larron, haletant, avait la main qui tremblait. Il en était d'autant plus dangereux et c'était ce qui inquiétait William. Un seul mauvais mouvement, et il tuait Isabel.

— Laissez tomber vos armes, messire, fit l'homme à la petite vérole. Tout de suite !

William s'en voulait de s'être arrêté dans ce bourg. Ils s'étaient fourrés de leur propre chef dans la gueule du loup.

Lentement, il se pencha vers le sol et y déposa ses armes.

— Poussez-les du pied vers moi.

Il fit comme on le lui demandait mais, du coin de l'œil, il remarqua que l'homme qui tenait Isabel ne pointait plus la lame du poignard contre sa gorge.

— Isabel ! lança le chevalier. Pensez aux prunes !

Aussitôt, la jeune fille décocha un coup de poing dans les parties de l'homme, qui se plia de douleur, et pour s'en débarrasser définitivement, William lui envoya un coup de pied dans le visage si violent qu'il lui brisa le nez.

À cet instant, comme le jeune homme le craignait, d'autres individus qui attendaient aux deux bouts de la ruelle s'y engagèrent en courant.

William ramassa ses armes et les remit dans leurs fourreaux, avant de saisir des deux mains un linteau de bois qui faisait saillie sur la façade de la maison qu'il avait repérée. À la force des bras, il réussit à se hisser à une hauteur suffisante pour poser le pied sur une forte cheville. De là, avant de poursuivre son ascension, il tendit la main à Isabel et parvint à lui faire escalader la façade à pans de bois jusqu'à son niveau.

Après quelques efforts, ils accédèrent tous les deux au toit, dont la pente n'était pas trop forte. S'accrochant aux lauzes, ils progressèrent jusqu'à l'extrémité de la maison, d'où ils purent sauter sur le palier d'un escalier extérieur donnant accès à l'étage de la maison voisine.

Comme l'escalier était situé dans une cour intérieure, ils le descendirent sans craindre de rencontrer leurs assaillants qui, visiblement, n'étaient pas doués pour l'escalade et n'avaient pas tenté de les poursuivre.

Ils traversèrent la cour et se retrouvèrent face à un mur bordant une rue parallèle à la ruelle où ils avaient été agressés. William fit la courte échelle à Isabel pour qu'elle pût se hisser sur la paroi puis, profitant des interstices entre les pierres qui lui offraient des prises, il l'escalada lui-même sans trop de peine.

S'étant assuré qu'aucun des soudards ne se trouvait dans la rue à leurs pieds, William sauta à terre puis tendit les bras pour recevoir Isabel. Au lieu de la relâcher tout de suite, il la garda un instant contre sa poitrine, comme s'il ne pouvait se résoudre à se détacher d'elle. Son parfum de fleurs l'enveloppait et, fermant les yeux, il se crut transporté dans un autre monde…

— William ! fit la jeune fille. Vous saignez.

Il ouvrit spontanément les bras et, s'écartant de lui, elle vit que sa tunique était imprégnée de sang.

— Vous êtes blessé.

— Ce n'est rien.

— Je n'en suis pas certaine. Il faut vous panser.

— Il n'y a pas d'urgence, répondit-il en secouant la tête. Fuyons d'abord ce bourg. Quand nous serons en lieu sûr, je me soumettrai volontiers à vos soins, damoiselle.

Il sourit en ajoutant :

— Je vous promets d'être courageux.

Ils parvinrent à la ferme où ils avaient laissé leurs chevaux et s'en furent sans tarder.

À la tombée du jour, ils s'installèrent dans une vaste et dense forêt qui leur offrait une protection nécessaire dans la mesure où, désormais, ils se savaient suivis de façon certaine.

Après avoir soigné les chevaux et allumé un feu, William consentit, enfin, à s'occuper de sa blessure.

Il se rendit d'abord au ruisseau qui coulait à proximité de leur campement et s'y lava, effaçant les traces de sang séché sur sa poitrine. Le muscle pectoral avait été perforé par le plus redoutable de ses assaillants et il en souffrait terriblement. La blessure était plus profonde qu'il ne l'avait pensé.

Heureusement, l'eau était limpide. Il y plongea la tête, laissa dégouliner des gouttelettes glacées le long de ses épaules et de son dos. Il avait peine à contenir sa colère et son anxiété après tous les dangers qu'ils avaient traversés.

À présent, le doute l'habitait. Il n'était plus aussi certain que Rolleston fût derrière la dernière attaque qu'ils avaient subie.

Les pendentifs revêtaient-ils une importance qu'il ignorait ?

Il revint auprès d'Isabel, laquelle avait disposé sur une couverture toutes sortes d'herbes et d'autres ingrédients pour préparer un onguent.

En le voyant approcher, la jeune fille releva la tête et lui fit un sourire si lumineux qu'il s'arrêta, subjugué. Elle avait fait preuve, dans la matinée, d'un courage extraordinaire. Elle était bien plus combative qu'il ne l'avait pensé, et il s'étonnait qu'elle lui eût fait confiance de cette manière.

— Asseyez-vous là, dit-elle en désignant la couverture. Je vais regarder votre blessure.

— Entendu, damoiselle, répondit-il en lui obéissant. Je suis tout à vous.

Que lui arrivait-il ? Il aurait dû s'abstenir d'employer ainsi des phrases à double sens.

Même Isabel, qui était déjà concentrée sur les soins qu'elle voulait lui prodiguer, écarquilla les yeux en le dévisageant et battit des paupières, avant de se pencher de nouveau sur lui.

— Est-ce que ça vous fait mal ? demanda-t-elle en passant sa main fine sur la plaie.

Il pressa les lèvres pour s'interdire toute remarque déplacée et se contenta de hocher affirmativement la tête.

Depuis quand était-il gêné en présence d'une femme ?

Lui qui avait une réputation d'aisance et, même, de séducteur ?

Mais il était vrai qu'Isabel de Clancey n'était pas une femme comme les autres.

— Je crains qu'il ne faille vous recoudre, dit-elle à mi-voix en écartant légèrement les bords de la plaie. Je vais commencer par nettoyer votre blessure avec un baume de ma confection que Sibylle m'a appris à préparer.

— Faites pour le mieux, damoiselle.

— J'essaierai de ne pas vous faire trop mal.

— Je m'en doute, répondit-il en souriant, mais rassurez-vous. J'ai été recousu tant de fois que je ne m'en souviens même plus.

— Il va falloir que je me montre à la hauteur. J'espère vous satisfaire au-delà de votre attente.

Il fallait qu'elle prononçât ces mots au moment où ses jolies mains glissaient sur sa poitrine… Il reprit sa respiration. Sa réaction était tout à fait inappropriée. Il devait cesser de considérer sous cet angle sa relation avec Isabel. Son destin était de rester seul et au service exclusif de la couronne. Il devait payer pour ses erreurs passées.

— Je suis désolée, William, reprit la jeune fille en le voyant faire une étrange moue. Je ne devrais pas plaisanter alors que vous souffrez certainement beaucoup après une journée à cheval sans soins. Nous aurions dû nous arrêter bien plus tôt.

William ne doutait pas qu'Isabel eût compris quelle avait été sa réaction mais, grâce à Dieu, elle lui donnait une autre interprétation !

— Peut-être, fit-il, mais il fallait distancer les hommes de Rolleston.

— Certes… Votre blessure, cependant, je le crains, n'a fait que s'élargir.

— Je ne suis pas si mal, rassurez-vous. Mais avant que vous n'entriez dans le vif du sujet, j'aimerais boire une bonne rasade d'ale. Aussi, si vous pouviez me passer mon flacon, je vous en serais reconnaissant.

Il but plusieurs longues gorgées d'ale en espérant que l'alcool contenu dans la boisson atténuerait un peu la douleur qui ne manquerait pas de s'éveiller dès qu'Isabel se mettrait à charcuter ses chairs.

— Pouvons-nous commencer ?

Il but une dernière fois puis acquiesça d'un signe de tête.

— Je vous en prie, damoiselle. À vous de jouer.

Chapitre 9

Isabel nettoya la plaie avec un linge trempé dans la même ale que celle que William avait bue puis elle prolongea son geste à l'aide d'un onguent à base de miel qu'elle avait emporté de Saint-Jean-de-Côle. Elle en enduit le fil fabriqué à partir de boyaux de mouton qui devait lui servir à suturer les lèvres de la plaie, puis elle saisit l'aiguille en métal et la plongea dans le feu comme elle avait vu Sibylle le faire nombre de fois.

Après avoir engagé le fil dans le chas de l'aiguille, elle prit sa respiration et commença son œuvre délicate. Au contact de la poitrine de William, elle s'efforça d'oublier à qui elle avait affaire, de ne plus penser à ses muscles qui jouaient sous sa peau humide après le bain, de ne pas avoir conscience de son odeur entêtante… Cela aussi, il fallait faire comme si ça n'existait pas !

Furieuse contre elle-même en raison de la direction qu'avaient prise ses pensées, Isabel se morigéna en son for intérieur. Alors que le pauvre William serrait les dents pour ne pas laisser voir le degré de souffrance qu'il ressentait, elle se prenait à respirer avec délectation son odeur mâle.

Était-elle devenue folle ?

Ce n'était pas parce que William lui avait donné le courage d'accomplir des exploits dont elle se serait crue incapable qu'elle pouvait se permettre d'oublier ce qu'elle faisait pour se laisser aller à des rêveries inconsidérées.

Elle ne devait pas distraire ses pensées de la tâche qu'elle avait présentement à accomplir, de même qu'il lui fallait garder à l'esprit qu'elle serait bientôt damoiselle Isabel de Clancey, fille de l'aristocratie, châtelaine d'une importante place forte. L'attirance qu'elle éprouvait pour William n'était pas la bienvenue. Elle devait se rappeler constamment que, en raison de la différence de leurs naissances, il ne pouvait être rien d'autre qu'un simple ami pour elle.

Isabel rassembla tous ses esprits pour procéder au deuxième point de suture et vit que William reprenait sa respiration. À la crispation de son visage, elle devinait le degré de la douleur qu'il éprouvait.

— Je suis désolée, William, dit-elle.

— Pourquoi ? Ce n'est pas vous qui m'avez donné un coup d'épée.

Il se tut, les traits figés par la souffrance, alors qu'Isabel essayait d'accélérer ses gestes sans en diminuer la précision ni la délicatesse.

— Non, reconnut-elle. Croyez-vous toujours que ceux qui nous poursuivent veulent vous empêcher de me reconduire en Angleterre ?

— C'est possible…

Il la considéra d'un air dubitatif puis reprit :

— Croyez-vous toujours que les deux attaques que nous avons subies soient le résultat d'un complot contre votre famille ?

— Oui. C'est ce qu'il me semble. J'en suis même de plus en plus convaincue.

— Qu'est-ce qui vous fait dire ça ?

— Un souvenir m'est revenu, ce matin…

— Quel est-il ?

— La veille de mon départ pour La Rochelle, il y a

douze ans, j'étais inquiète et cherchais du réconfort. En fait, je voulais parler à ma mère mais, au lieu d'elle, je suis tombée sur mon père sous la tonnelle du château de Clancey. Et il y avait quelqu'un d'autre avec lui…

— Poursuivez.

— L'homme avec lequel mon père conversait était de dos. Je n'ai pas vu son visage, mais j'ai entendu leurs propos. C'est ce jour-là que j'ai entendu mon père expliquer que les deux pendentifs ne devaient jamais être réunis, sous aucun prétexte.

Isabel s'interrompit pour faire le dernier point et termina par un nœud.

— Ça y est, c'est fini, dit-elle en soupirant, mais ne bougez pas. Il me reste à appliquer sur votre plaie un cataplasme à base de consoude et d'hysope pour aider à la cicatrisation et apaiser la douleur.

— Je vous suis très reconnaissant, répondit-il avec un petit sourire.

Elle couvrit généreusement la plaie de son baume, laissant ses doigts errer sur la peau douce et tendue de la poitrine de William.

— Mais ce n'est pas la seule chose dont je me souvienne, reprit-elle en levant les yeux vers lui.

— Qu'y avait-il d'autre ?

— Il était question de me donner un pendentif en complément de ma dot. J'étais déjà informée de cela mais, par contre, j'ignorais qu'on placerait le second au fond de l'une de mes sacoches. Cela a dû être fait par erreur.

— Vous le croyez vraiment ?

— Ces souvenirs sont si vieux, William, qu'ils sont un peu confus dans mon esprit. Cependant, j'entends encore mon père dire que les pendentifs étaient bien assortis et ressemblants.

Elle laissa échapper un soupir en ajoutant :

— Plus j'y réfléchis, toutefois, plus je me demande si

mon père n'évoquait pas mes frères et moi-même lorsqu'il a dit ça…

Elle sortit de sa sacoche un linge d'une blancheur immaculée qu'elle enroula autour de la poitrine de William.

Elle était toute proche de lui, si près que la tentation était trop grande…

Il avait le regard fixé sur ses lèvres et, involontairement, elle passa dessus le bout de sa langue pour les humidifier.

Une boule s'était formée dans la gorge d'Isabel depuis qu'ils se regardaient sans rien dire, sans bouger, mais il y avait une question dans le regard de William, une question qu'elle commençait seulement à comprendre…

Il voulait l'embrasser et, pour sa plus grande honte, elle éprouvait le même désir !

Il se redressa, sa bouche au-dessus de celle d'Isabel, la respiration emballée…

— Je ne devrais pas, dit-il dans un murmure.

— Et moi je ne devrais pas vous laisser faire, répondit-elle, le cœur battant.

William posa la main contre sa joue et suivit du pouce le contour de sa lèvre inférieure.

— Non, vous ne devriez pas…, fit-il d'une voix à peine audible tandis qu'il pressait les lèvres contre celles d'Isabel.

Alors qu'elle ressentait le besoin irrésistible de se blottir dans ses bras, un cri guttural et terrifiant déchira la nuit.

William s'écarta brusquement de la jeune fille et se leva, balayant du regard les fourrés. Isabel l'observait d'un air interloqué. La promesse d'un baiser s'était évaporée.

— Qu'est-ce que c'est ? demanda-t-elle.

— Je crains que ce ne soit un ours, répondit-il en enfilant sa tunique avant de renouer son ceinturon autour de sa taille. J'avais espéré n'être pas obligé de passer la nuit dans cette forêt qui est réputée très giboyeuse, mais nous n'avions guère le choix. Allez détacher votre cheval, Isabel. Nous partons.

Elle le regarda s'éloigner en direction de son destrier et porta ses doigts tremblants à ses lèvres.

— Où allons-nous ?

— Nous allons chasser.

Dieu soit loué, William ne parlait pas sérieusement !

La forêt était infestée d'ours et il eût été imprudent d'y passer la nuit. Ils n'avaient pas d'autre choix que de rassembler leurs affaires et d'en charger leurs chevaux pour poursuivre leur chemin.

Les animaux étaient épuisés et les cavaliers aussi, mais il fallait avancer coûte que coûte. La journée avait été interminable, et Isabel était si fatiguée qu'elle redoutait de tomber de son palefroi.

Elle se faisait violence, cependant, avec d'autant plus de fermeté qu'elle s'en voulait de son attitude envers William. Elle devait maîtriser cette attirance ridicule et injustifiée pour cet homme qu'elle connaissait à peine, et se fixer d'autres objectifs.

Il fallait tourner ses regards vers quelque chose de plus grand. William lui servait d'escorte jusqu'au château de Clancey et, ensuite, leurs routes divergeraient. Ils n'avaient pas de destin commun.

Tandis que les sabots de son cheval résonnaient sur le sol durci par le froid alors qu'il trottait à une allure régulière et monotone, la jeune fille laissa ses pensées se diriger vers les dernières paroles prononcées par son père en sa présence. Isabel se mit à les tourner et les retourner inlassablement dans sa tête pour tenter d'en percer le mystère.

Ils parvinrent, enfin, devant une maison forestière et frappèrent à la porte.

Éveillé, le couple qui vivait là les laissa entrer puis les

conduisit dans une chambre dont le sol était recouvert d'un tapis de jonc et dont le mobilier comptait un lit pour deux personnes. William, cependant, souhaita bonne nuit à Isabel et la laissa y entrer seule en lui assurant qu'il dormirait très bien devant sa porte.

Après ce qui s'était passé entre eux, elle ne fut pas étonnée qu'il préférât ne pas partager sa couche. De toute façon, elle était trop fatiguée pour réfléchir longtemps à cette question et s'endormit dès que sa tête toucha l'oreiller.

La jeune fille tomba dans un sommeil profond mais agité par de sombres rêves.

Elle courait au travers de bois obscurs, entourée de formes inconnues et d'ombres, de chuchotements et de murmures. Des silhouettes effrayantes, des hommes sans têtes la pourchassaient, jusqu'au moment où des nuages noirs s'accumulaient dans le ciel et qu'une tempête éclatait. Elle se retrouvait alors au sommet d'une tour et n'avait nulle part où aller se cacher. L'instant d'après, elle fuyait de nouveau devant ses poursuivants qui ne cessaient de se rapprocher d'elle et, brusquement, elle tombait dans un précipice effrayant de noirceur…

— Isabel ?

C'était une voix douce et masculine, toute proche.

— Isabel… Ce n'est rien… C'est un simple cauchemar.

Elle remua, avant de soudain ouvrir les yeux.

— Vous avez fait un mauvais rêve, lui dit William alors qu'elle reprenait lentement conscience.

Il était assis au bord de son lit et lui caressait le bras. Vêtue d'une simple chemise, elle se sentit exposée et eut un mouvement de recul.

— Oui, reconnut-elle en se frottant les tempes. J'ai fait un cauchemar.

— Il n'y a pas que les enfants qui en fassent, dit William en la prenant dans ses bras. Vous avez crié très fort. C'était sans doute terrifiant.

— Oui…

Elle ne savait que dire. Elle savait seulement qu'elle se sentait bien entre ses grands bras.

— Qu'est-ce que vous avez rêvé ? insista William en lui passant la main dans les cheveux.

— Oh ! comme toujours… J'étais poursuivie par je ne sais qui et j'avais très peur. À un moment, j'étais au sommet d'une tour et je ne savais où me cacher.

— Après ce que nous avons vécu hier, c'est normal que vous fassiez ce genre de cauchemar.

Il y eut un long moment de silence puis elle se dégagea lentement de son étreinte.

— Est-ce déjà l'heure de se lever ?

— Non, vous pouvez dormir encore un peu, répliqua William en se levant. Soyez rassurée. Vous savez que je suis juste derrière la porte.

Elle ne répondit rien, sachant que si elle ouvrait la bouche pour parler elle le supplierait de rester auprès d'elle et de la serrer dans ses bras jusqu'aux premières lueurs de l'aube.

Ce ne serait pas très sage…

À cette pensée, un frisson courut dans son dos. Ce ne serait, en effet, pas du tout raisonnable.

Le lendemain, William acheta auprès du couple de forestiers des tranches de petit salé, du fromage, des fruits secs et de petits pains chauds. Il leur donna, en outre, quelques pièces d'argent pour acheter leur silence au cas où leurs poursuivants les chercheraient dans cette hutte.

Il était essentiel que les hommes de Rolleston, s'il s'agissait bien d'eux, ne les retrouvent pas. La veille, ils avaient bien failli tomber entre leurs mains. Il ne fallait prendre aucun risque. Le danger était trop grand.

La prochaine fois, si elle avait lieu, ils auraient peut-être moins de chance.

William laissa échapper un soupir en se frottant la nuque. Il avait passé encore une fois une nuit inconfortable et sentait la fatigue s'accumuler. Il avait conscience que sa méfiance ne devait pas seulement se diriger vers les menaces extérieures, mais aussi vers lui-même. Il fallait apprendre à ne voir en Isabel que la jeune fille noble qu'elle était, et non la femme qu'il désirait et commençait d'aimer un peu trop.

Il n'avait pas été loin de lâcher bride, la veille, lorsqu'il s'était laissé aller à lui effleurer les lèvres. Ce baiser innocent aurait pu les conduire dans une impasse. Il était temps de se montrer fort et de résister à son désir.

Et, pourtant, il devenait de plus en plus difficile de garder ses distances vis-à-vis d'elle. Comment parviendrait-il à se maîtriser alors qu'il était toute la journée en sa seule compagnie ? Que n'avait-elle accepté de se faire accompagner d'une servante !

La porte de la chambre s'ouvrit et Isabel parut sur le seuil.

— Bonjour, damoiselle, fit-il, rassemblant ses esprits pour ne pas laisser paraître son trouble. J'espère que vous avez bien dormi et que vous vous sentez en appétit pour prendre votre déjeuner.

— J'ai très bien dormi, je vous remercie, et je suis affamée.

— Venez. J'ai préparé quelques victuailles, et notre hôtesse va nous apporter un ragoût de sanglier.

William la fit asseoir à une table et lui servit à manger sur un tranchoir.

— Merci, cela a l'air délicieux.

Isabel se mit à manger et le jeune homme, qui s'était assis à côté d'elle, fit de même.

Un instant plus tard, l'hôtesse entrait avec un pot de

terre fumant et deux bols qu'elle déposa devant eux avant de se retirer discrètement.

— Si vous me le permettez, dit Isabelle en s'emparant de la louche dans le pot, je vais faire le service.

Elle remplit les deux bols de ragoût et en donna un à William.

En faisant ce geste, elle lui effleura involontairement la main.

— Merci, damoiselle, fit-il d'un air gêné.

Elle ne répondit rien, et ils savourèrent en silence le délicieux plat de viande et de légumes. Quand ils eurent terminé, toutefois, Isabel eut une expression concernée en remarquant :

— Je croyais que nous étions convenus de laisser tomber les formalités entre nous jusqu'à ce que nous reprenions chacun notre place en Angleterre. L'avez-vous oublié, William ?

— Non, Isabel, mais vous ne serez jamais à mes yeux une simple villageoise de Saint-Jean-de-Côle.

— Pour l'amour de Dieu, expliquez-moi en quoi je ne puis l'être ? Est-ce parce que nous avons échangé un baiser ?

William devint blême.

— Damoiselle… euh… Isabel, vous faites bien de parler de cet incident. Je vous dois des excuses. Cela n'aurait jamais dû se produire. Je me suis engagé sur l'honneur à vous protéger et vous ramener saine et sauve en Angleterre. Toute intimité entre nous revient à franchir une frontière que je ne voulais en aucun cas traverser. C'est, d'ailleurs, la raison pour laquelle je souhaitais que vous vous fissiez accompagner d'une servante.

Isabel reposa avec humeur son bol et se leva.

— Je crois que vous attachez trop d'importance à une simple broutille. Hier, nous avons vécu des moments dramatiques, et le fait que nous ayons échappé à d'aussi grands dangers a pu avoir pour conséquence que, sous l'action de l'euphorie, nous nous embrassions. Ne le croyez-vous pas ?

— Si, bien sûr, mais…

— Quant à la servante que vous vouliez m'imposer, je croyais que nous étions tombés d'accord à ce sujet. Je ne veux vraiment pas avoir quelqu'un derrière moi en permanence pendant notre voyage. J'aurai bien le temps d'être entourée de domestiques quand nous serons arrivés au fief des de Clancey, mais d'ici là je veux profiter de mes derniers instants de liberté.

— Très bien, répondit William en soupirant. C'est comme vous voulez.

— Et entre-temps, je suggère que nous poursuivions notre route en tant qu'amis et dans un esprit de sympathie mutuelle.

Un sourire s'esquissa sur les lèvres de William tandis qu'il observait Isabel dont la tête était légèrement inclinée de côté, le menton imperceptiblement relevé, les mains jointes, le dos droit, alors qu'elle attendait patiemment sa réponse.

Elle montrait déjà inconsciemment les facettes de la femme qu'elle était appelée à devenir : la noble et honorable Isabel de Clancey.

À la seule pensée de ce jour si proche, William sentit son cœur se serrer. À n'en point douter, Isabel remplirait ce rôle à la perfection, mais il devrait alors se retirer pour toujours de sa vie.

— Entendu, répondit-il en tendant la main à la jeune fille. Soyons de bons amis pour le reste du voyage.

Elle sourit en lui donnant sa main et, lorsqu'il la sentit douce et fragile dans la sienne, il fut comme traversé par un feu intérieur.

— Comme marque de notre amitié, dit-elle, je crois

qu'il est de mon devoir de vous informer que vous avez un peu de sauce sur votre menton.

Elle lui désigna l'endroit du doigt.

— Non, pas là… Me permettez-vous ?

Elle suça son pouce et lui essuya le menton alors qu'il se tenait devant elle avec une expression à la fois incrédule et charmée sur le visage.

Simples amis ? Certes, mais seulement avec l'aide de Dieu !

Chapitre 10

Dès leur repas terminé, ils étaient partis de la maison forestière et chevauchaient depuis de longues heures à travers des paysages alternant campagne et bois quand ils éprouvèrent le besoin de prendre un peu de repos.

Comme ils longeaient un petit ruisseau, ils descendirent auprès de sa berge et mirent pied à terre pour se détendre dans l'herbe.

Tandis qu'Isabel se levait pour conduire son palefroi dans le cours d'eau où, ayant retiré ses bottes et relevé ses jupons, elle marchait pieds nus, William l'observait avec un intérêt qu'il aurait voulu ne pas éprouver, mais il n'y avait rien à faire.

Malgré ses résolutions et la discussion qu'ils avaient eue ensemble, le matin même, il ne pouvait se résoudre à ne voir en elle qu'une simple compagne de route.

Il avait beau se répéter qu'elle était une jeune damoiselle qu'il escortait jusqu'au château de ses ancêtres, il ne parvenait pas à détacher le regard de ses chevilles fines et de ses ravissants pieds alors qu'elle faisait quelques pas dans le lit du ruisseau.

— Êtes-vous bien certain de ne pas vouloir me rejoindre, William ? lança-t-elle. La fraîcheur de l'eau me fait un bien merveilleux.

Pourquoi le tentait-elle ainsi ? Voulait-elle lui faire perdre la tête ?

— Non, je vous remercie. Je vais en profiter pour avancer ma sculpture.

Il fallait qu'il trouvât une occupation pour détourner son attention de sa ravissante anatomie.

Elle remonta sur la berge et s'assit dans l'herbe, exposant ses pieds aux rayons du soleil.

— Je vais m'occuper de votre cheval, dit William en prenant l'animal par la bride pour le conduire auprès de son destrier et l'attacher au même arbre.

— Croyez-vous que nous soyons suivis ? demanda Isabel quand il revint auprès d'elle.

— Non… Du moins, je l'espère. Mais s'il arrivait que nous soyons de nouveau attaqués, n'oubliez pas d'agir avec nos assaillants comme vous l'avez fait précédemment.

— En comptant sur l'effet de surprise ?

— Précisément.

Il remua la tête d'un air incrédule en reprenant :

— Je n'en reviens encore pas de la façon dont vous vous êtes débarrassée de votre agresseur. Sans votre adresse et votre détermination, nous ne nous en serions jamais sortis.

— Nous savons tous les deux que c'est grâce à votre vaillance et votre dextérité que nous avons réussi à nous échapper, mais j'accepte tout de même votre compliment.

— Et moi le vôtre.

— Au fond, dit-elle, nous formons une bonne équipe tous les deux.

— Oui, en effet.

Leurs regards se rencontrèrent et restèrent attachés l'un à l'autre. William sentait la chaleur qui émanait de celui d'Isabel mais, sous son rayonnement, il ressentait aussi de la tristesse et de l'incertitude.

Il s'en voulait d'avoir été aussi abrupt avec elle, le

matin, avant leur départ. Sans le vouloir, il avait heurté sa sensibilité. À présent, il s'en rendait compte.

Il lui fallait, pourtant, rester résolu. Son premier devoir était de la protéger.

La mise au point entre eux avait été nécessaire pour garantir le bon déroulement de leur voyage jusqu'à son terme. Quelle que fût l'intensité de son désir pour la jeune fille, elle n'était pas pour lui. Le fils bâtard d'un seigneur, et qui plus est responsable de la mort de plusieurs de ses compagnons d'armes, ne pouvait prétendre à une quelconque relation avec la noble héritière d'un fief.

— Puisque vous reconnaissez avec moi que nous nous complétons avec bonheur, fit Isabel, j'ai besoin de vous, William, pour une tâche particulière.

— Je suis à votre service, damoiselle. Qu'attendez-vous de moi ?

— Aidez-moi à découvrir le mystère sous la similitude apparente des pendentifs.

— Certainement... En fait, j'y ai moi-même beaucoup réfléchi.

— Je vous en parle maintenant, poursuivit la jeune fille, car il se trouve que j'y ai pensé assez longuement dans la nuit après avoir fait mon cauchemar.

— Vous n'avez pas pu, bien sûr, vous rendormir tout de suite. C'est normal. Derrière les cauchemars se cachent des peurs inconscientes.

Sur ces mots, William ramassa les outres en cuir dans l'intention d'aller les remplir au cours d'eau.

— Peut-être que mon sommeil serait moins perturbé si je perçais le secret de ces pendentifs.

— Et s'ils ne cachaient aucun secret ? fit William en se redressant.

Il resta interdit un moment et, tournant brusquement la tête vers Isabel, reprit :

— Il me vient une idée. Ne seraient-ils pas différents pour mieux s'unir ?

— L'un des deux serait taillé en biseau à cet effet ?

— Exactement.

William retira de son cou le pendentif que lui avait donné la jeune fille tandis qu'elle s'empressait de prendre l'autre dans sa sacoche.

Chacun tenant son pendentif dans la main, ils les rapprochèrent afin de les examiner.

— Ils sont vraiment parfaitement conçus pour être assemblés, dit Isabel. Voyons… Je vais recouvrir le vôtre avec le mien.

Elle acheva de les joindre l'un à l'autre et ils ne tardèrent pas à s'apercevoir que sur les côtés apparaissaient des signes, comme des inscriptions ayant l'aspect de lettres.

— Ils s'emboîtent bel et bien, ainsi que nous le pensions, remarqua la jeune fille, mais nous ne sommes guère avancés.

— Essayez de les faire pivoter l'un sur l'autre.

Isabel fit comme William le lui suggérait, mais rien ne se passa.

— Peut-être qu'ils se joignent seulement l'un à l'autre ?

— Non, répondit William. Cela n'aurait aucun sens qu'ils eussent été conçus ainsi sans une raison particulière.

Isabel laissa glisser le doigt le long des côtés des pendentifs.

— La raison ne se trouverait-elle pas dans les inscriptions qu'ils font apparaître une fois réunis ?

— Peut-être…

Il tendit la main pour prendre les bijoux.

— Vous me permettez ?

Isabel, en les lui donnant, effleura sa main et, par maladresse ou à cause de l'émotion que créait en elle ce simple contact entre eux, elle laissa tomber les pendentifs.

Instinctivement, William les rattrapa avant qu'ils

n'atteignissent le sol et, dans le mouvement, pressa si fort la partie centrale des deux bijoux qu'il entendit un déclic.

— Avez-vous entendu ? demanda-t-il à la jeune fille.

— Oui… Regardez sur le côté. Quelque chose s'est produit.

William renversa les pendentifs et vit qu'une ouverture apparaissait sur l'un des côtés. Il essaya aussitôt d'y introduire le doigt, mais n'y arriva pas.

— Mes doigts sont trop gros pour se glisser à l'intérieur, mais j'ai senti qu'il s'y trouvait quelque chose.

— Laissez-moi essayer.

Isabel glissa son index dans la fente et tâta une matière souple.

— Qu'est-ce que ça peut bien être ? fit-elle en extrayant l'objet.

William le saisit à l'intérieur de sa main et l'examina.

— C'est un morceau de vélin dit-il en le déroulant. Et il porte d'étranges signes. On dirait des sortes de symboles.

— Je ne comprends pas à quoi cela peut correspondre. Avez-vous la moindre idée de ce que ça signifie ?

— Non, je suis désolé, cela m'est totalement étranger.

— Comment allons-nous faire pour comprendre le message qui se trouve inscrit ici ?

— Est-ce si nécessaire de le décrypter ?

— Oui ! fit Isabel avec conviction.

— Si nous consacrons du temps à percer ce mystère, nous allons nous attarder et courir le risque d'être rattrapés par nos poursuivants. Cela repoussera la date de votre retour en Angleterre et votre mère devra vous attendre plus longtemps.

— Certes, mais réfléchissez bien, William. Je crois que l'acquisition de ces pendentifs est la vraie motivation de Rolleston, ou qui que ce soit qui cherche à nous atteindre. Or, si nous découvrons le mystère associé à ces pendentifs, nous saisirons mieux la raison pour laquelle nous sommes pourchassés. Et peut-être même aurons-nous d'autres révélations plus importantes encore.

— Et votre mère ?

— Autant que je me souvienne d'elle, je pense qu'elle comprendra ma curiosité, ou plutôt je l'espère.

— Nous courons le risque de nous exposer à d'autres périls sur une route déjà semée d'embûches.

Elle lui toucha tendrement le bras.

— Je vous en prie, William. Laissez-moi tenter de décrypter le sens de ces signes. Ils m'éclaireront certainement sur mon propre passé.

— Mais avez-vous conscience que ce ne sont que des suppositions. Vos recherches peuvent très bien ne mener nulle part.

— Je veux bien vous croire mais, si nous n'essayons pas de comprendre ce qui est sur ce parchemin, nous n'aurons jamais de réponses à nos questions.

— Seigneur, je sais que je vais le regretter mais, si c'est si important pour vous de déceler la vérité entourant ces objets, je vous y aiderai. Mais je veux d'abord que vous me donniez votre parole que vous accepterez ce qui en résultera même si cela ne vous satisfait pas.

— Je vous en donne ma parole.

— Même si la vérité est odieuse ?

— Oui, répondit-elle en hochant la tête.

— Dans ce cas, je ne connais qu'une personne qui puisse éventuellement nous aider dans notre démarche ou, s'il s'en sent incapable, qui nous dirigera vers quelqu'un d'autre.

William laissa échapper un soupir avant de reprendre :

— Nous allons devoir faire un détour et nous rendre à Saint-Savinien.

— Oh ! merci, William ! Vous êtes un vrai ami.

Il inclina légèrement la tête de côté sans jamais quitter du regard Isabel.

— Je ne suis que trop heureux de vous rendre ce service, damoiselle.

Chapitre 11

Ils traversèrent la Charente à la tombée du jour et pénétrèrent dans Saint-Savinien le plus discrètement possible. Enveloppés de leurs manteaux dont ils avaient rabattu les capuches sur leurs têtes, ils remontèrent le long d'étroites ruelles pour n'être vus de personne.

Quand ils eurent atteint le presbytère, William souleva le marteau du heurtoir et le laissa retomber à deux reprises. La porte ne tarda pas à s'ouvrir pour laisser paraître sur le seuil un homme âgé au crâne chauve.

— Puis-je vous aider ? demanda-t-il.

William rejeta son capuchon en arrière et sourit.

— Je l'espère bien, père Grégoire.

— Par tous les saints ! Si ce n'est pas notre William Geraint ! Que fais-tu ici ? Non ! Ne me réponds pas ! Viens, entre, mon garçon.

Le vieil homme s'écarta pour laisser passer William et Isabel.

— Qui est ton amie ? C'est ta femme, n'est-ce pas ? Soyez bénis tous les deux.

Voyant William faire non de la tête, Isabel se mit à rougir.

— Non, mon père, nous ne sommes pas mariés. Vous savez que je ne suis pas du genre à prendre cet engagement.

Mais permettez-moi de vous présenter damoiselle Isabel de Clancey, que j'escorte jusqu'en Angleterre.

— Ah, pardonnez-moi ! Je vais un peu vite en besogne. Mes hommages, damoiselle.

Le prêtre recula d'un pas :

— Je vous en prie, entrez dans mon humble demeure. Vous êtes les bienvenus. Je vais charger le palefrenier de conduire vos chevaux à l'écurie.

Après avoir confié leurs montures au jeune garçon qui s'était présenté, Isabel et William suivirent le vieux prêtre à travers un étroit hall puis dans un petit salon éclairé par quelques bougies et où un feu avait été allumé dans la cheminée.

— Nous sommes désolés de vous déranger à cette heure, père Grégoire, fit William.

Le vieil homme écarta cette remarque d'un geste de la main.

— Je vous en prie. Asseyez-vous près du feu et détendez-vous. Vous devez être affamés. Vous allez partager mon repas.

— C'est très aimable de votre part, mon père, fit Isabel, mais nous avons déjà dîné.

— Eh bien, laissez-moi au moins vous servir du vin.

— Volontiers.

Le prêtre remplit trois coupes et invita ses hôtes à se servir.

Il but une gorgée de vin puis regarda successivement William et Isabel.

— Alors, à quoi dois-je le plaisir de votre visite ?

— Nous avons un service à vous demander, mon père.

— Eh bien, s'il est dans mes possibilités de vous le rendre, j'en serai fort heureux.

— Nous avons acquis récemment un objet qui contient un message que ni William ni moi-même ne comprenons, intervint Isabel. Il s'agit de signes qui restent, pour nous, absolument impénétrables.

— Et vous avez pensé que je serais en mesure de les décrypter ?

— Je ne connais personne d'aussi savant que vous, père Grégoire, tant dans le domaine théologique et philosophique que celui des langues anciennes et, même, de l'alchimie.

— Tu me flattes, mon petit William. Laisse-moi voir ton manuscrit.

Isabel, sans hésiter, présenta le parchemin au prêtre.

— Tenez, mon père.

Le père Grégoire avait à peine survolé le document qu'il écarquilla les yeux d'un air stupéfait.

— Comment avez-vous acquis l'objet contenant ce vélin ?

— C'est sans importance, mon père, s'empressa de répondre William pour éviter à Isabel de devoir s'expliquer à ce sujet. Mais avez-vous la moindre idée de ce que cela signifie ? Autant que je puisse en juger, il y a des inscriptions en grec et d'autres dans des langues orientales.

— Tu ne te trompes pas. On trouve de l'araméen, de l'hébreu et du grec. Et les divers dessins sont des symboles de l'iconographie des premiers temps du christianisme.

Isabel et William échangèrent un regard étonné.

— Et comprenez-vous ce que cela veut dire ? demanda William avant de boire une gorgée de vin.

— Non, je suis désolé. Enfin… j'en comprends, certes, une partie, mais certaines inscriptions sont à moitié effacées et difficiles à déchiffrer. Il me faudra un peu plus de temps pour arriver à les décrypter.

— Malheureusement nous ne pouvons pas rester longtemps avec vous, père Grégoire.

— Alors, je ne te promets pas de réussir à t'éclairer.

Isabel fit comprendre du regard à William de ne pas insister avant de se tourner vers le vieux prêtre.

— Nous sommes désolés de vous avoir dérangé, mon père, mais, même si vous ne parvenez pas à tout déchiffrer, ne pouvez-vous vraiment rien nous dire au sujet de ces inscriptions ?

L'abbé Grégoire les regarda tour à tour puis, laissant échapper un soupir, il hocha la tête.

— Très bien. Venez avec moi.

Il marcha en clopinant jusqu'à la bibliothèque recouvrant le mur opposé et, actionnant un levier dissimulé, fit apparaître un passage secret dans lequel il s'engagea.

Il leur indiqua de la main de le suivre et ils marchèrent dans un étroit couloir jusqu'à un coude qui les conduisit dans la pièce la plus mystérieuse qu'Isabel eût jamais vue. Elle était emplie d'objets surprenants, de jarres de tailles variées, de rouleaux de parchemins, de grands livres, d'étranges appareils et outils qui semblaient devoir servir pour les expériences d'alchimie.

Isabel fit le tour de la pièce en laissant son index glisser sur les objets, s'emplissant le regard et la mémoire de ce qu'elle voyait dans ce lieu merveilleux.

Si le prêtre n'arrivait pas à lire leur vélin, elle n'aurait tout de même pas perdu son temps en venant ici car son tête-à-tête avec William s'en trouvait momentanément interrompu, et c'était l'occasion de recouvrer un peu le contrôle de ses émotions.

Plus elle passait de temps en sa compagnie, en effet, plus elle était attirée par lui. Elle s'était dit et redit qu'il n'était que son escorte, un simple ami, mais toutes les apparences le contredisaient. Il était beaucoup plus que cela.

Quand tout avait-il commencé ? Était-ce au moment où elle l'avait vu sous la halle de Saint-Jean-de-Côle ? Ou lorsqu'il lui avait souri pour la première fois avec son charme incomparable ? Quand avait-elle eu l'impression que le sol se dérobait sous ses pieds alors qu'elle croisait simplement son regard ?

Heureusement, la compagnie du vieux prêtre faisait diversion et lui permettait de prendre un peu de distance vis-à-vis de William.

Elle allait, ainsi, être capable de percer le mystère entourant les deux pendentifs ou, du moins, d'y contribuer.

L'abbé Grégoire, qui depuis quelques instants fouillait parmi les parchemins roulés et disposés sur un coffre, en attrapa un qu'il déroula, avant de sélectionner un gros volume dans la bibliothèque. Il fit ensuite signe aux jeunes gens de venir s'asseoir à côté de lui et se tourna vers eux.

— Je voudrais vous donner quelques explications, dit-il en leur présentant le parchemin. Avez-vous remarqué ce symbole de forme ovale avec ces sortes de petites queues ? Ne l'avez-vous jamais rencontré ?

— Non, répondit Isabel. On croirait voir un poisson.

— Très juste, damoiselle. Ce sont cinq lettres entremêlées de l'alphabet grec qui prennent la forme d'un poisson. Ce signe a été utilisé par les premiers chrétiens pour symboliser le Christ. Or, il se trouve sur votre vélin, ici et là. Le voyez-vous ?

— Oui, en effet, confirma Isabel. Il est à moitié effacé, mais on en reconnaît bien la forme. Et qu'en est-il de ces fleurs ? Il y en a quatre, non, cinq…

Le prêtre hocha la tête.

— Il s'agit de roses qui symbolisent les cinq plaies du Christ.

— Et que veut dire ce signe ? demanda William en désignant un X avec en son centre un P précédé de l'alpha et suivi de l'oméga.

— C'est peut-être le symbole le plus intéressant car, comme l'autre, il correspond au début du christianisme, pas le tout début, néanmoins, puisqu'il est apparu à l'époque de l'empereur Constantin pour désigner la Croix.

— Et ces dessins ? fit William en désignant cinq inscriptions aux quatre coins du vélin et en son centre. On dirait qu'ils représentent aussi une croix.

— C'est juste, mais je ne sais malheureusement pas quelle est la raison de leur présence ici.

— Et ça ? fit remarquer Isabel en montrant du doigt les motifs ronds au sommet et à la base du vélin. Est-ce une autre manière de représenter la Croix ?

William échangea un regard avec l'abbé Grégoire avant d'acquiescer.

— Il s'agit de la Croix céleste, damoiselle. C'est le symbole de l'ordre des chevaliers du Temple.

— Oh… Je vois…

— Et là, c'est l'emblème de Saint-Jean-d'Acre.

— En Terre Sainte ?

— Oui, répondit le prêtre en soupirant. Lorsque Jérusalem est tombée entre les mains de Saladin, il y a vingt ans, beaucoup de reliques importantes et d'objets d'art sacrés ont été transportés à Saint-Jean-d'Acre, où ils ont été placés sous la protection des Chevaliers du Temple. Cependant, je ne vois pas le rapport avec ce qui est inscrit sur votre vélin.

— Que nous suggérez-vous, mon père ?

— Il faudra vous rendre à la commanderie des Templiers à La Rochelle. Ils sauront peut-être mieux que moi interpréter tous ces symboles et vous donner la raison de la présence sur ce vélin de leurs insignes ainsi que de ceux de Saint-Jean-d'Acre.

— Je vous remercie, mon père, fit Isabel. De toute façon, nous devons nous rendre à La Rochelle pour nous embarquer.

— Soyez prudente, damoiselle. Je ne puis m'empêcher

de craindre que ce qui est inscrit sur ce parchemin puisse vous mettre en danger de mort.

Isabel prit les mains du prêtre dans les siennes et lui sourit avec gravité.

— Je serai prudente, je vous le promets.

Ils s'étaient levés dès l'aube, après une nuit agitée pour Isabel, bien qu'elle eût dormi sur un grabat et non à même le sol. À mesure qu'ils se rapprochaient de La Rochelle, en effet, elle était de plus en plus gagnée par un sentiment de mauvais augure. Elle essayait, toutefois, de se réconforter en se disant que ce n'était que le fruit de son imagination, en dépit de la mise en garde de l'abbé Grégoire. En même temps, ce que leur avait dit le prêtre était plus qu'encourageant. Cela augmentait son espoir de découvrir la vérité au sujet des pendentifs et de son passé.

Indépendamment de ses inquiétudes, elle était préoccupée par la forte attirance qu'elle éprouvait pour William. À tout moment, elle se surprenait en train de le regarder. Il fallait mettre un terme à cette sorte de fascination qui n'avait aucun sens et ne la conduirait nulle part.

— Est-ce que vous allez bien, damoiselle ? demanda soudain William.

— Oui, bien sûr, répondit-elle en évitant son regard.

— Tant mieux, mais vous n'avez presque rien dit depuis notre départ de Saint-Savinien. Or, cela commence à faire longtemps.

Comme elle restait muette, il reprit :

— J'espère qu'il n'y a rien de fâcheux qui vous trouble, damoiselle.

— C'est gentil de vous inquiéter pour moi, mais je vous assure que tout va bien. Je suis seulement un peu préoccupée, c'est tout.

La tension qui ne cessait de grandir entre eux à mesure qu'ils approchaient de La Rochelle rendait difficile leur relation fondée sur la simple amitié. Quoi qu'elle eût affirmé à ce sujet, Isabel ne pouvait plus prétendre qu'il n'y avait pas quelque chose de plus fort entre eux.

Elle se contentait, cependant, de faire cette constatation et n'en tirait aucune conséquence. Il était plus simple de nier ses sentiments et de continuer à les cacher. C'était plus prudent, aussi, de s'interdire tout attachement trop fort avec un homme, en particulier lorsqu'il était hanté par le passé comme William.

La situation, en fin de compte, n'était pas différente de celle qu'elle avait connue au cours des dernières années où, tous ceux auxquels elle était attachée ayant fini par l'abandonner, elle n'avait jamais pu compter que sur elle-même. Par prudence, elle ne devait laisser personne trop s'approcher d'elle. D'ailleurs, elle avait besoin d'avoir l'esprit entièrement libre pour ne s'intéresser qu'à ce qu'ils étaient appelés à découvrir à La Rochelle.

Ils longèrent la Charente, car selon William c'était le chemin où ils couraient le moins grand risque d'être remarqués. Plus ils approchaient de l'estuaire du fleuve, plus celui-ci s'élargissait et acquérait un caractère sauvage.

— Voulez-vous prendre un peu de repos, damoiselle ? demanda William au cours de l'après-midi.

— Comme vous voudrez, mais j'espère que nous arriverons à La Rochelle avant la nuit.

— Soyez sans crainte. Nous y serons à la tombée du jour.

William arrêta progressivement son cheval et sauta à terre pour aider Isabel à descendre du sien. Il lui enlaça la taille et, lorsqu'elle eut touché le sol, au lieu de la libérer, il continua de la tenir.

Quand il prit conscience qu'il ne l'avait pas relâchée, il retira brusquement ses mains comme s'il s'était brûlé et alla attacher les chevaux à un arbre tout proche.

— Quand pensez-vous que nous pourrons nous rendre à

la commanderie ? demanda Isabel, qui ne lui avait opposé aucune résistance.

— Si nous arrivons assez tôt à La Rochelle, je ne vois pas pourquoi nous ne pourrions pas y aller directement mais, sinon, ce sera demain matin.

Il eut un air soucieux en poursuivant :

— Je préfère quand même vous prévenir qu'ils ne vous laisseront pas entrer, mais nous aviserons lorsque nous y serons.

— Vous semblez bien connaître les chevaliers du Temple.

William, qui avait pris son outre d'eau, en but une longue gorgée avant de répondre :

— L'Ordre, assurément, ne manque pas d'attrait pour un jeune chevalier, répondit-il en regardant au loin. Avec mon ami Hugues, nous pensions qu'un jour ou l'autre nous serions appelés à y entrer. Mais ça n'est manifestement pas son destin maintenant qu'il est marié et père de famille.

— Est-ce que le Temple présente encore un attrait pour vous ?

William s'adossa à un arbre, les yeux dirigés vers les eaux tumultueuses de la Charente quand il répondit :

— Oui…

Puis, haussant les épaules, il ajouta :

— Dans la mesure, cependant, où ils fermeront les yeux sur mon passé.

La curiosité d'Isabel fut plus forte qu'elle.

— Qu'y a-t-il de si grave dans votre passé ?

Il se tut si longuement qu'elle en vint à penser qu'il ne lui répondrait pas.

— Bien des choses, Isabel… Des fautes dont je dois me racheter avant de pouvoir espérer être admis parmi les moines chevaliers.

— C'est ce que vous avez l'intention de faire une fois que vous m'aurez ramenée en Angleterre, n'est-ce pas ?

— Oui.

— William…, fit-elle en s'approchant de lui tout en regardant droit dans les yeux. Que devez-vous accomplir pour vous racheter ?

Elle vit une boule se former dans sa gorge alors qu'il détournait le regard.

— Je suis désolé, Isabel, mais je ne suis pas l'homme que vous croyez. J'ai commis certains actes répréhensibles pour lesquels je dois faire pénitence.

— Est-ce la raison pour laquelle vous avez été envoyé en exil ?

— Je n'ai jamais été envoyé en exil à proprement parler. Je ne suis pas banni par la couronne.

— Mais je croyais que…

— Vous aviez mal compris. Je me suis imposé à moi-même cet exil en France depuis deux ans.

— Pourquoi ? demanda Isabel en cherchant le regard de William. Qu'avez-vous fait de si coupable ?

Il s'écarta de l'arbre en poussant de ses mains contre l'écorce lisse avant de descendre vers le fleuve. Il ramassa un caillou plat et le lança à la surface de l'eau pour lui faire faire des ricochets.

— J'aurais dû me douter de ce qui allait arriver, dit-il, le dos tourné à la jeune fille. Il fallait anticiper.

Isabel, comprenant que ce qu'il avait à évoquer était très douloureux, attendait patiemment qu'il poursuivît son récit. Elle était remplie de compassion pour lui et profondément touchée qu'il consentît, enfin, à se confier à elle sur son passé.

— J'avais été nommé par le roi capitaine de la garnison du château de Portchester. Ce qui était un grand honneur. Après la révolte des barons, qui avaient invité Louis de France à prendre leur tête et s'étaient emparés du château de Winchester, je savais qu'ils ne seraient pas longs avant de se tourner vers moi.

Il prit un autre caillou et le lança, obtenant qu'il

rebondît plusieurs fois sur la surface de l'eau avant d'être englouti.

— Le château de Portchester, situé au nord de l'anse de Portsmouth, protège l'Angleterre d'une invasion par le Solent, le bras de mer situé entre l'île de Wight et la côte du comté de Hampshire. Nous étions prêts à repousser un assaut et attendions l'ennemi de pied ferme, mais nous ne pouvions deviner qu'il recourrait à une ruse pour nous assaillir.

— Que s'est-il passé ?

— J'ai été invité à des pourparlers dans la proche forêt de Bere. J'aurais dû me douter que c'était une manœuvre pour affaiblir notre défense, mais j'ai fait confiance stupidement à ceux qui ne nous voulaient aucun bien. Je croyais avoir affaire, bien sûr, à des hommes d'honneur.

Il remua la tête d'un air consterné.

— Moi qui avais déjà une longue expérience de la guerre, je suis tombé dans leur piège comme un novice.

Isabel s'approcha lentement de lui pour se tenir à son côté, face au fleuve, alors qu'il poursuivait :

— Lorsque nous sommes revenus au château, il était trop tard. Il avait été pris d'assaut, mais pas avant qu'une grande quantité de sang eût été versée.

— Je suis vraiment désolée, William, fit la jeune fille en prenant ses mains dans les siennes.

— On pourrait presque admirer cette opération militaire si elle n'était pas aussi empreinte de félonie, dit-il entre ses dents. J'avais toujours eu de la sympathie pour la cause des rebelles, mais j'ai changé d'avis après cet événement sanglant.

— Je peux vous comprendre.

— Vraiment ? Moi je n'ai jamais réussi à rien comprendre à ce conflit qui divisait le royaume, déchirait les familles, dressait les amis les uns contre les autres.

— C'est à ce moment-là que vous vous êtes volontairement exilé ?

— Non. J'ai d'abord été banni par le roi Jean, mais après sa mort et les informations que j'avais réussi à obtenir qui ont conduit à la victoire de la couronne à la bataille de Lincoln, j'ai obtenu une complète réhabilitation de la part du régent, Guillaume le Maréchal.

— Et vous avez choisi, néanmoins, de rester en exil.

— Oui.

— Vous vous teniez pour responsable de ce qui s'était passé ?

— Comment, Isabel, ne pas reconnaître ma culpabilité ? fit-il avec indignation. J'ai perdu la place forte, les remparts, l'ensemble des bâtiments du château et, en surplus, le donjon. Tous ces gens qui s'y étaient réfugiés et qui ont été passés par le fil de l'épée étaient sous ma protection. J'ai failli à mon devoir envers eux. Ils sont morts par ma faute.

— Mais si vous avez été pardonné par le régent en personne, pourquoi refuser cette réhabilitation ?

— Parce que je ne pourrai jamais oublier ce qui s'est passé. Jamais je ne me pardonnerai d'avoir manqué à ce point à mon devoir en cette funeste journée.

William se tourna vers la jeune fille en ajoutant :

— Je ne mérite que l'exil, Isabel. Vraiment. Et c'est encore trop bien pour moi.

— Je vois. Et vous croyez qu'en vous flagellant comme vous le faites vous allez effacer la peine de ceux qui, ce jour-là, ont perdu un être cher ?

William baissa les yeux sur leurs mains jointes comme s'il s'apercevait seulement maintenant qu'elles étaient réunies et, levant celle d'Isabel, il la retourna lentement, en déplia les doigts un à un et en embrassa délicatement la paume.

— Rien ne saurait diminuer cette peine, Isabel,

murmura-t-il en croisant le regard ému de la jeune fille. Rien, je vous l'assure.

— Mais…, fit-elle alors qu'il lui lâchait la main.

— Si vous êtes prête, damoiselle, nous allons reprendre notre route vers La Rochelle.

Chapitre 12

Ils atteignirent le mur d'enceinte de La Rochelle à la tombée de la nuit comme l'avait prévu William et pénétrèrent avec précaution dans la ville.

Cachés sous les capuchons de leurs manteaux, ils suivirent un dédale de ruelles et de rues étroites aux sols pavés dont les maisons en pierre couleur sable les protégeaient de la brise maritime. Une odeur de marée mêlée à celle du port emplissait la ville.

Les habitations bordant les quais présentaient des volets battus par les vents aux peintures décolorées et écaillées. Ils étaient déjà tous clos, autant pour préserver les habitants de ces demeures du vent de l'océan que des ivrognes bruyants déambulant sur le port.

Isabel ayant trébuché sur un pavé, William lui passa instinctivement le bras autour de la taille.

— Vous êtes épuisée. Vous avez besoin de vous reposer et vous sustenter, sinon nous n'arriverons jamais au but.

— Croyez-vous ? fit-elle en levant la tête pour le voir en dépit de son capuchon. Ne vous en faites pas pour moi. Je vais parfaitement bien. Ne perdons pas de temps.

— Nous ne sommes pas pressés, Isabel. D'ailleurs, je suis affamé, même si vous ne l'êtes pas. Essayons de trouver un endroit discret où nous pourrons dîner et réfléchir à ce que nous allons faire.

Ils entrèrent dans une petite taverne à l'angle d'une rue et suffisamment loin du port pour ne pas être envahie par les ivrognes.

Isabel lança un regard de côté à William alors qu'ils se frayaient un passage entre les consommateurs.

— Je croyais que vous vouliez aller dans un endroit peu fréquenté.

— Nous avons plus de chance de passer inaperçus dans un établissement comme celui-ci où la clientèle est abondante plutôt que dans un endroit désert.

Ils se rendirent jusqu'à une table aussi éloignée que possible de la porte d'entrée et William fit asseoir Isabel le dos à la salle, où on ne comptait pour ainsi dire que des hommes.

Pour se faire remarquer le moins possible, il avait demandé à la jeune fille d'enfiler quelques-uns de ses vêtements afin de se faire passer pour son écuyer. Il n'avait pas anticipé, cependant, l'effet que cela aurait sur lui. De savoir les longues jambes d'Isabel moulées par ses chausses, il éprouvait une incontrôlable excitation.

Son trouble était d'autant plus grand qu'Isabel, loin de le condamner après qu'il lui avait fait part de ses erreurs commises dans le passé, semblait les lui pardonner et même les comprendre, comme s'il n'avait pas eu d'autre solution que d'agir comme il l'avait fait.

— Attendez-moi ici pendant que je vais chercher un broc de vin et de quoi manger, dit-il en se levant. Ne regardez personne et efforcez-vous de vous tenir comme un homme.

— Que voulez-vous dire ?

— Penchez-vous un peu plus sur la table, les coudes écartés, et ne serrez pas les jambes comme ça. Essayez d'être un peu moins mignonne à croquer.

— Pardon ?

Il esquissa un sourire.

— Efforcez-vous d'être masculine et moins séduisante, Isabel, sinon vous ne leurrerez personne.

Elle ouvrit les jambes, provoquant une réaction immédiate de William qui ne pouvait plus détacher le regard d'elle.

— C'est mieux ?

— Oui, répondit-il d'un ton bourru. Restez ici.

Satisfait d'avoir autre chose à faire que de s'extasier devant l'anatomie d'Isabel, il alla commander leur repas puis revint avec un broc de vin dont il remplit deux coupes.

— N'en abusez pas, dit-il. Le vin est bon ici.

— Avez-vous peur que je répète la même expérience que celle que j'ai vécue l'autre soir ?

William ne put voir l'expression du visage d'Isabel, dissimulé sous le capuchon, mais sa voix vibrante de plaisir suffisait à connaître son état d'esprit.

— Vous pourriez même faire pire et être de nouveau la proie d'un épouvantable hoquet.

Elle fit non de la tête tandis que ses épaules se soulevaient, attestant du fou rire qui venait de s'emparer d'elle.

— Je serai prudente, messire William, répondit-elle après quelques instants. De toute façon, soûle ou pas, j'ai fait la démonstration que j'étais capable de frapper un homme dans ses parties intimes.

— Cela ne m'a pas échappé, répondit-il en se retenant difficilement de rire.

Le fait de plaisanter ensemble était un répit bienvenu après la tension qui, depuis quelques jours, s'était accumulée entre eux.

Une servante leur apporta une soupe de poisson fumante, deux bols ainsi que du pain et un beurrier.

À l'aide d'une louche, Isabel remplit les deux bols et ils se mirent à manger en silence la soupe enrichie de morceaux de poisson et de croûtons de pain.

— Pensez-vous que nous soyons en danger ici ? demanda Isabel entre deux cuillerées.

— Absolument. Rolleston et ses hommes savent que nous devons embarquer à La Rochelle pour l'Angleterre. Ils ont toutes les raisons d'être ici et plus particulièrement à proximité du port.

William balaya la salle du regard avant de poursuivre :

— Il faut nous montrer extrêmement prudents aussi longtemps que nous serons là. Or, plus notre séjour se prolongera, plus nous multiplierons les dangers.

— C'est une chance que je passe aussi aisément pour un garçon.

William faillit s'étrangler avec sa soupe.

— Terminez votre repas, Isabel, dit-il. Nous ne pouvons pas nous éterniser dans cette taverne.

Ils sortirent de l'établissement et s'engagèrent dans une succession de petites ruelles qui leur offraient le chemin le plus court et le plus discret jusqu'à la commanderie des Templiers.

William lança un regard en biais vers la jeune fille.

— Que faites-vous Isabel ?

— Exactement ce que vous m'avez demandé de faire. J'essaie de marcher comme un homme en bombant le torse et en plastronnant.

— Ah bon ? Je comprends, fit William, le regard amusé. Mais je préférerais que vous vous absteniez de marcher ainsi. Je n'ai jamais vu personne avec une telle démarche.

— Peut-être, mais vous oubliez que je ne suis qu'un apprenti écuyer, repartit-elle en levant les yeux sur lui tandis qu'elle se mordait la lèvre inférieure. Je m'entraîne pour en avoir le parfait maintien.

— Et le résultat est impressionnant.

— Je vous remercie, mais le mérite vous revient,

messire. Vous êtes le chevalier le plus patient qu'on puisse rencontrer.

Elle avait les yeux fixés sur lui quand elle vit son expression changer. Le sourire qui illuminait son visage s'évanouit et il se mit à jurer entre ses dents.

— Que se passe-t-il ?

— Je ne sais si j'ai bien vu, mais il me semble que je viens d'apercevoir l'homme au visage vérolé. Il est en train de remonter la rue en venant vers nous.

— Est-ce qu'on fait demi-tour ?

— Non, marmonna William en rabattant son capuchon sur ses yeux. Continuons notre chemin en gardant la tête baissée. Et n'oubliez pas que vous êtes mon écuyer, marchez comme un homme.

Isabel comprenait qu'il cherchait à la rassurer, mais elle avait conscience du danger qui les cernait. Elle serra les poings en continuant de progresser à côté de William, les battements de son cœur redoublant au moment où ils arrivèrent à la hauteur de l'homme atteint de petite vérole.

À cet instant, tout parut ralentir, alors que ce dernier tournait imperceptiblement la tête vers eux et qu'un léger froncement de sourcils se dessinait sur son front.

— Marchez rapidement mais sans courir, à moins que nous n'y soyons obligés, dit à mi-voix William après avoir croisé l'homme.

Au premier croisement, ils tournèrent dans une autre ruelle mais, de nouveau, ils aperçurent un homme seul qui avançait lentement en dévisageant les passants. Avant d'arriver à son niveau, ils s'engagèrent dans une autre ruelle, et ce jusqu'au croisement suivant où William entraîna Isabel dans une rue plus large et animée. Ils se frayèrent rapidement un passage, avant de tourner brusquement dans une ruelle sur leur gauche.

— Savez-vous où nous allons ? demanda-t-elle, haletante.

— Tout ce qui compte en ce moment, c'est d'échapper

aux hommes de Rolleston, répondit-il entre ses dents. Ne regardez pas derrière vous, Isabel, mais sachez que nous sommes suivis.

— Qu'allons-nous faire ? demanda-t-elle d'une voix étranglée qui trahissait sa peur.

— Reprenez votre respiration. Nous continuons notre chemin en pressant seulement un peu plus le pas.

Ils tournèrent dans la prochaine rue et reprirent la direction de la taverne où ils avaient pris leur repas. Ils rattrapèrent, en chemin, un groupe de pêcheurs bruyants et profitèrent de l'occasion pour se mêler à eux. William, qui les dépassait d'une tête, était obligé de se courber pour mieux se fondre dans la masse, mais à peine eurent-ils fait quelques pas parmi eux qu'il entraîna Isabel sous un grand porche offrant une ombre salutaire.

— Pardonnez-moi, damoiselle, dit-il à mi-voix, mais je ne vois pas d'autre solution.

— Vous me semblez fasciné par les porches, surtout lorsqu'ils sont profonds et offrent une cachette propice à ceux qui veulent échapper aux regards.

William la fit doucement se déplacer pour qu'elle fût adossée à la grande porte de chêne.

— Chut ! intima-t-il en lui scellant les lèvres d'un doigt tandis qu'elle cherchait dans l'obscurité à saisir son regard.

Seigneur ! Comme il était près d'elle ! Son grand corps formait comme une muraille devant elle et ses bras des barrières qui la protégeaient. Elle voyait avec fascination sa poitrine se gonfler au rythme de sa respiration et était gagnée par un sentiment de sécurité en dépit de la menace qui se confirmait.

— Croyez-vous qu'ils vont nous trouver ? parvint-elle à articuler malgré l'index qu'il laissait sur ses lèvres.

Il fit brièvement non de la tête.

— Avez-vous entendu ce bruit, William ? dit-elle en dégageant sa bouche.

— Chut !

— Oui, mais je crois que ce sont des pas, ça pourrait être…

Isabel ne put finir sa phrase car William eut un soupir d'exaspération avant d'incliner la tête et de s'emparer de ses lèvres. Surprise de recevoir un baiser à ce moment précis et en ce lieu, elle écarquilla les yeux, tout en sachant que c'était d'abord pour la faire taire. Et cependant…

Le baiser se poursuivait, un vrai baiser, et c'était William Geraint qui le lui donnait ! S'il avait été initié pour la faire taire, il était devenu de plus en plus tendre alors même que son ardeur ne cessait d'augmenter.

Le chevalier rabattit son capuchon et passa la main derrière sa nuque, glissant les doigts dans sa chevelure alors qu'il l'embrassait avec une telle passion qu'elle sentait son propre désir grandir d'instant en instant, un désir dont elle savait qu'il ne s'arrêterait jamais.

Heureusement qu'il la serrait dans ses bras car sinon elle se serait liquéfiée à ses pieds tant elle éprouvait de plaisir et d'émotion. Un gémissement monta de sa gorge et, au moment où elle se sentait le courage de l'imiter et de lui rendre ses baisers avec la même ardeur, il mit un terme à leur étreinte après quelques derniers légers effleurements de ses lèvres aimantes.

S'écartant d'elle, la respiration rapide, il la regarda d'un air presque choqué. Même dans l'obscurité qui régnait sous le portail, Isabel pouvait voir briller son regard.

Bouleversée par ce qu'ils venaient de vivre, elle passa le doigt sur ses lèvres tremblantes. Déjà ses baisers lui manquaient. Craignant qu'elle ne parlât, il lui fit signe de garder le silence, mais c'était inutile. Après ce qui s'était passé entre eux, elle eût été incapable de prononcer un mot.

Elle entendit un bruit près d'elle et tourna aussitôt la tête. Elle avait le cœur qui battait si fort qu'elle redoutait qu'on pût l'entendre.

— Je crois que quelqu'un s'approche, dit-elle à mi-voix entre les bras de William.

Elle était toute tremblante mais ne savait pas si c'était en raison des extraordinaires baisers de William ou parce qu'elle craignait que les hommes de Rolleston ne fussent de nouveau sur le point de les assaillir.

Il lui passa la main dans le dos pour l'apaiser tandis qu'il pressait les lèvres contre son front.

— Calmez-vous, Isabel.

Était-ce le fruit de son imagination, cette chose qu'elle sentait bouger contre ses jambes ? Elle fit un pas de côté.

— Qu'est-ce que c'était ? murmura-t-elle. Je sens quelque chose sur mon pied… Oh ! Seigneur ! Est-ce un rat ?

— Non, répondit-il d'une voix rauque contre sa tempe. Ce n'est qu'un petit chien qui cherche de la nourriture. Calmez-vous.

— Ah bon…, fit-elle d'une voix à peine audible.

Elle entendit quelqu'un qui marchait à pas de loup s'arrêter soudain, semblait-il à leur niveau. Elle se couvrit aussitôt la bouche pour s'interdire de faire aucun son qui pût les trahir.

Elle ouvrit tout grands les yeux en les levant sur William d'un air interrogateur, comme pour dire : que ferons-nous si nous sommes découverts ? Quoi qu'il advînt, elle avait une entière confiance en lui et savait qu'il la protégerait contre tout ennemi qui lui voudrait du mal.

Si c'était l'un des hommes de Rolleston qui s'était arrêté devant le porche, il n'allait pas y rester longtemps car le petit chien s'était mis à aboyer avec fureur. Non seulement il finirait par chasser l'intrus, mais il écarterait toute suspicion à leur sujet, dans la mesure où ils n'avaient jamais été vus en possession d'un animal par leurs poursuivants.

Après un certain temps, le silence étant revenu, Isabel laissa échapper un grand soupir et s'accroupit pour ouvrir sa sacoche posée à ses pieds et en sortir quelques morceaux de viande séchée qu'elle présenta au petit chien.

— Merci pour ton aide, dit-elle en caressant l'animal qui dévorait la nourriture qu'elle lui donnait.

Quand il eut fini, il inclina la tête de côté comme s'il étudiait Isabel tout en haletant, la langue pendante, et en remuant la queue.

— On dirait que vous vous êtes fait un ami, remarqua William, lançant un regard à droite et à gauche pour s'assurer qu'aucun danger ne les menaçait.

— Oui, ça en a tout l'air, répondit-elle, sortant à la suite de William de l'obscurité régnant au fond du porche.

— Venez, fit-il alors en lui prenant la main. Il est temps de poursuivre notre chemin.

La nuit était complètement tombée. Par bonheur, William et Isabel avaient réussi à semer les hommes de Rolleston, mais ils restaient très vigilants tandis qu'ils se rendaient par un chemin détourné à la commanderie des Templiers.

Après avoir emprunté maintes ruelles pavées en étant toujours suivis par le petit chien noir et blanc, ils finirent par contourner château Vauclair et descendre une première rue puis une seconde plus large conduisant à un bâtiment fortifié qui correspondait au siège des Templiers.

Ils se présentèrent à la porterie, où on les laissa entrer grâce au déguisement d'Isabel qui leurra le portier. Quand ils pénétrèrent dans la cour d'honneur, la jeune fille fut impressionnée par son aspect imposant et solennel, et la somptueuse mosaïque représentant les armoiries du Temple. De là, ils furent introduits dans le cloître, qu'ils longèrent jusqu'à une cellule où ils furent invités à attendre le chevalier que l'abbé Grégoire leur avait recommandé de consulter.

Dès qu'ils furent seuls, William se mit à aller et venir dans l'étroite chambre. Il gardait les mains dans le dos et évitait le regard d'Isabel, si bien qu'après quelques instants, son impatience grandissant, elle l'interrogea sur un ton exaspéré :

— Qu'y a-t-il, William ?

— Rien, damoiselle, répondit-il en s'arrêtant de marcher.

Il leva les yeux sur elle pour la première fois depuis qu'ils avaient quitté l'intimité du porche où ils s'étaient embrassés.

À cet instant, Isabel comprit que c'était le baiser qu'ils avaient échangé qui le troublait.

— En vérité, damoiselle..., commença-t-il, je vous dois des excuses... Je n'aurais pas dû...

— Vous n'allez pas me demander pardon pour le baiser, William. Je ne le permettrai pas et accepterai encore moins vos excuses !

Il se passa la main dans les cheveux d'un air consterné.

— Mais j'ai profité de la situation...

Isabel redressa la tête.

— C'est faux ! Vous m'avez embrassée et je ne vous ai pas repoussé. Rien de plus. C'était un baiser très agréable, tout à fait acceptable, mais... quoi, ce n'était qu'un baiser. Il ne faut pas en faire toute une histoire.

Il pivota pour lui faire face.

— Que voulez-vous dire par « ce n'était qu'un baiser » ?

— Je reconnais que je ne m'y connais pas beaucoup dans ce domaine, répondit-elle en haussant les épaules, mais n'y attachons pas trop d'importance.

William la considéra d'un air incrédule et affecté par la nonchalance avec laquelle elle évoquait le moment d'extraordinaire bonheur qu'ils avaient connu dans les bras l'un de l'autre, mais elle aurait préféré mourir de mille morts plutôt que de reconnaître à quel point le baiser qu'il lui avait donné avait été à couper le souffle.

— J'avoue tout de même, reprit-elle, que c'était une très

agréable diversion qui nous a débarrassés efficacement de nos poursuivants.

Elle eut un serrement de cœur de devoir mentir ainsi, mais elle avait conscience qu'il valait mieux falsifier la vérité plutôt que de confesser ses sentiments toujours plus grands pour William, alors qu'ils ne pouvaient déboucher sur rien. Il valait mieux mentir parfois, particulièrement quand cela pouvait vous préserver d'une peine de cœur.

— Vraiment ? fit-il, un sourire au coin des lèvres.

— Oui. Vous avez eu une très bonne idée.

Au même instant, la porte s'ouvrit, laissant apparaître un homme d'un certain âge en robe de bure sous le tabard blanc orné de la croix pattée rouge.

Il salua William d'une manière réservée puis, se tournant vers Isabel, il ouvrit de grands yeux. Il n'était manifestement pas dupe de son costume et constatait qu'une femme s'était introduite dans le sanctuaire du Temple.

— Damoiselle, fit-il.

Se tournant de nouveau vers William, il reprit :

— C'est contraire à la règle, messire Geraint. Vous ne pouvez pas ignorer que les femmes ne sont pas admises dans la clôture du Temple, même des damoiselles aussi estimées que damoiselles Isabel de Clancey. Ne vous étonnez pas que je sache qui vous accompagne, William Geraint. Nous, chevaliers du Temple, sommes très bien informés.

— Pardonnez-nous, messire Philippe, mais nous n'avions pas le choix, sinon nous n'aurions jamais transgressé les règles du Temple. L'abbé Grégoire de Saint-Savinien nous a incités à venir vous trouver et, il a eu beau me prévenir qu'Isabel de Clancey ne serait pas acceptée dans votre clôture, l'insécurité dans laquelle nous nous trouvons ne m'a pas permis de me séparer d'elle en la laissant à la porte.

Sur ces mots, sans laisser le temps au moine chevalier de lui répondre, William sortit le vélin et le lui présenta.

— Nous avons besoin de votre aide pour décrypter ce parchemin.

Le vieil homme les observa l'un après l'autre comme s'il était sur le point de les congédier, mais un coup d'œil sur le vélin suffit à l'arrêter dans cette intention.

— Montrez-moi, fit-il en tendant la main.

Il regarda attentivement le vélin puis leva les yeux sur William.

— De qui tenez-vous cela ?

— C'est sans importance. Nous voudrions seulement connaître le sens de ces inscriptions. Pouvez-vous nous aider ?

Le moine chevalier lança un regard à Isabel avant de frotter son menton pointu soupesant sans doute les conséquences de son implication dans le décryptage du document.

Isabel, qui ne le quittait pas des yeux, eut spontanément le sentiment qu'il ne leur dirait pas toute la vérité.

— Je vous en prie, messire Philippe, fit-elle, sortant de sa réserve. Il est d'une importance capitale pour moi et pour ma famille de saisir le contenu de ce parchemin.

Après un moment de silence, le vieil homme consentit à répondre :

— Si ce à quoi cet écrit fait allusion est vrai, murmura-t-il comme s'il craignait que les murs eussent des oreilles, il est impossible d'en estimer l'importance en fonction de valeurs terrestres.

— Je ne vous comprends pas, messire. Que voulez-vous dire ?

Le moine ouvrit la bouche, s'apprêtant manifestement à répondre à la jeune fille, quand ils entendirent un bruit à l'extérieur qui les fit sursauter.

Philippe de Sens planta son regard bleu d'acier dans les yeux d'Isabel.

— Pas ici, damoiselle, murmura-t-il. Laissez-moi ce

parchemin. Je l'examinerai de plus près. Nous pouvons nous revoir en dehors de la commanderie et en parler plus librement.

— Ce n'est pas une bonne idée, messire Philippe, répondit William. Nous ne pouvons pas nous éterniser à La Rochelle. En venant vous voir, nous avons déjà compromis notre sécurité.

— Comme vous compromettez la mienne, répondit le moine avant de se frotter le front tout en fermant les yeux. Je suis désolé, mais je ne peux rien vous offrir de mieux. Il faudra attendre d'être dans un autre lieu avant que je vous donne quelques lumières sur ce vélin.

Isabel adressa un regard suppliant à William pour qu'il insistât, mais elle comprit à son expression qu'il était déjà en train de consentir.

— Entendu, fit-il. Où voulez-vous que nous nous rencontrions ?

— Je suis le sergent de la tour de la Lanterne sur le port. Nous pouvons nous y retrouver.

— Quand cela sera-t-il possible ?

— Après les complies. J'ouvrirai la porte de la tour, juste après l'office, pour que vous puissiez vous y introduire.

William, qui ne put retenir un soupir, acquiesça d'un signe de la tête.

— À plus tard, donc.

Il se retira avec Isabel sans ajouter un seul mot et, lorsque le moine chevalier se retrouva seul, il laissa échapper à son tour un long soupir de soulagement.

Il s'approcha lentement de l'âtre et resta immobile un instant, regardant danser les flammes, avant d'y précipiter le vélin.

Il contempla la façon dont le feu se propageait tout autour du parchemin qui se tordait, se recourbait sur lui-même tout en laissant s'échapper une fumée noire et âcre.

Quand il put constater que le vélin était entièrement consumé, il sortit de la cellule.

Chapitre 13

La soirée s'annonçait plus périlleuse que William ne l'avait envisagé. Il leur fallait maintenant errer dans les ruelles de La Rochelle en s'efforçant de n'être pas vus des hommes de Rolleston jusqu'à l'heure de leur rendez-vous avec le chevalier Philippe de Sens.

Leur interminable marche à travers la vieille cité lui donnait l'occasion de revenir sur ce qui s'était passé, un peu plus tôt, avec Isabel.

Au premier abord, il avait voulu l'apaiser mais, très rapidement, c'était devenu tout autre chose.

Zut, alors ! Comme il s'en voulait !

Alors qu'il embrassait Isabel, et qu'il sentait son corps souple et féminin ployer sous le sien, un irrépressible désir s'était emparé de lui.

Et à présent encore, tout en arpentant les rues pavées, il était sujet à une lancinante tentation. Il désirait Isabel, et rien ne pouvait dompter cette inclination.

Il en avait le vertige tant son désir était grand, et pourtant il savait qu'il n'avait pas le droit de convoiter cette jeune damoiselle, qui ne serait d'ailleurs jamais sienne. Aussi, même s'il avait fait un écart, devait-il s'assurer de ne pas succomber de nouveau à la tentation.

Ce ne serait pas bien, ni pour Isabel ni pour lui-même.

Il sourit en pensant au détachement avec lequel elle lui

avait répondu quand il avait voulu lui exprimer ses regrets. Elle avait essayé de traiter leur baiser à la légère comme s'il n'avait aucune importance, alors qu'ils savaient l'un et l'autre qu'il n'en était rien.

Au demeurant, s'il était convaincu que ce n'était pas raisonnable d'avoir cédé à l'irrésistible envie d'embrasser Isabel, il ne le regrettait en rien. Il ne devait pas moins, cependant, se surveiller pour que cela ne se répétât pas.

Il laissa échapper un soupir en baissant les yeux sur Isabel qui était en train de nourrir le petit chien.

— Si vous continuez de lui donner à manger, dit-il, nous n'en serons jamais débarrassés.

— Mais il est perdu, William. Et puis il a faim.

S'accroupissant près de l'animal, elle le caressa en poursuivant :

— Après la façon dont il nous a aidés, je me sens redevable à son égard.

— Il est sûrement rempli de puces.

— Ce n'est pas vrai. J'ai déjà vérifié s'il en avait et il n'en est en rien infesté.

Elle prit les pattes avant du petit chien en ajoutant :

— C'est vrai, n'est-ce pas ? Qui est un gentil toutou ? Il va falloir que nous te trouvions un nom.

— Seigneur ! fit William. Venez ! Nous ne pouvons pas rester indéfiniment ici.

— Et si nous t'appelions Rochelais, puisque nous t'avons rencontré ici ?

Isabel fit non de la tête.

— Ce n'est pas une bonne idée. Tu es comme moi, petit chien. Tu peux venir de n'importe où, n'avoir de lien avec personne, ne pas savoir où tu vas…

En écoutant parler la jeune fille, William eut la gorge serrée. Par ces mots, elle révélait tout ce qu'elle ressentait au fond de son âme. Autrement dit, ce qu'elle éprouvait depuis le jour où il lui avait sauvé la vie.

— Au fond, Perdu serait un nom approprié pour toi, reprit Isabel.

Le chien, à cet instant, aboya en remuant la queue avec enthousiasme.

— Alors, c'est convenu. Dorénavant, tu t'appelleras Perdu.

Elle donna à l'animal un dernier morceau de viande séchée et se redressa en souriant à William qui la regardait avec une expression attendrie.

Ils se remirent à marcher côte à côte et Perdu, derrière eux, les suivait.

Après quelques instants, William lança un regard de côté à la jeune fille.

— Je voudrais vous dire, Isabel, que même si je vous ai présenté mes excuses pour le baiser, je ne le regrette pas du tout.

Aussitôt, cette dernière se mit à rougir.

— De toute façon, c'était une excellente ruse pour échapper à nos ennemis, répondit-elle en haussant les épaules comme si elle évoquait un événement sans importance.

— C'est sans doute la raison pour laquelle je vous ai embrassée mais, après, tout a été différent…

— Si vous cherchez à me faire comprendre que cela vous a plu, William, sachez que j'ai éprouvé la même chose que vous, et n'en parlons plus.

William s'arrêta brusquement.

— En effet, cela m'a plu, dit-il en passant la main dans ses cheveux, mais ça ne débouchera sur rien.

— Je n'ai jamais prétendu que c'était le cas.

Isabel reprit sa marche et William, un poids sur la poitrine, lui emboîta le pas. Ils allèrent ainsi en silence un certain temps, jusqu'au moment où la jeune fille fit remarquer :

— Ne trouvez-vous pas étrange que les hommes de Rolleston aient disparu ?

Avant de répondre, William lança un regard par-dessus son épaule pour s'assurer qu'ils n'étaient pas suivis.

— Certes, mais ils ont l'habitude de se cacher.

— Que sont devenus ceux qui nous pistaient ? En particulier, l'homme au visage vérolé que vous avez cru reconnaître ?

— Oui, je suis presque certain que c'était lui.

— Je l'espère, parce que sinon vous avez usé d'un prétexte pour m'embrasser, messire Geraint, dit Isabel en feignant d'être scandalisée.

Un sourire se dessina sur les lèvres de William.

— Vous oubliez que je suis un chevalier félon.

— Et moi qui vous croyais galant et valeureux.

— Ces qualités appartiennent à un autre, fit-il avec un petit rire. Mais, sérieusement, Isabel, je crois vraiment que c'était l'un des hommes au service de Rolleston.

— Ce qui est étrange, c'est qu'ils aient disparu juste comme ça, déclara-t-elle en faisant claquer ses doigts.

— En effet, reconnut William, soulagé par la direction que prenait la conversation. Mais il faut quand même s'attendre à tout.

— Bien sûr, William. Comme toujours.

Il sourit malgré lui. S'il était quelqu'un qui eût du courage et de la bravoure, c'était cette belle jeune fille à côté de lui qui, de plus, était intelligente, vive et chaleureuse.

Au moment où William se faisait cette réflexion, les cloches de l'abbatiale sonnèrent les complies, rappelant à leur souvenir qu'ils déambulaient dans les ruelles de La Rochelle pour une raison précise. Ils allaient bientôt retrouver le chevalier Philippe de Sens et savoir si celui-ci pouvait leur donner l'information dont ils avaient besoin.

Ils se rendirent à la tour de la Lanterne, qui dressait sa haute silhouette grise au-dessus du port et dont le sommet crénelé était surmonté par une flèche, comme les cathédrales.

Le port était désert en raison de l'heure avancée quand ils franchirent la grille en fer forgé qui fermait l'accès à la tour. En quelques pas, ils atteignirent la lourde porte en chêne bardée de clous et de ferrures qui donnait accès à la tour, et qui était très légèrement entrouverte, comme Philippe de Sens le leur avait annoncé.

Ils pénétrèrent à l'intérieur et se trouvèrent au pied de l'escalier à vis permettant d'accéder aux étages, dont ils gravirent les marches humides.

Le clair de lune diffusait sa lueur dans la tour par les étroites meurtrières aménagées dans les murs, créant une atmosphère irréelle et inquiétante. En arrivant au sommet, William retint sa respiration avant de pousser la porte qui ouvrait sur une vaste salle. Un pressentiment lugubre oppressait sa poitrine. Quelque chose n'allait pas ici…

Il entra lentement dans la pièce, avec Isabel derrière lui, tandis que Perdu se faufilait entre ses jambes pour le précéder. Le petit chien se mit à renifler le plancher avant d'aboyer et de gronder.

Aussitôt, William repoussa Isabel en arrière de la main puis avança d'un pas, alors qu'un homme surgissait de derrière la porte en brandissant un poignard. Il aurait sans doute atteint William si Perdu ne s'était pas jeté sur sa cheville.

L'homme remua la jambe pour se débarrasser de l'animal et s'élança dans l'escalier. William se lançait déjà à ses trousses quand Isabel poussa un cri.

— William !

Craignant qu'elle ne fût en danger, le chevalier revint en un éclair sur ses pas.

— C'est Philippe de Sens ! ajouta la jeune fille lorsqu'il l'eût rejointe.

Baissant les yeux vers le sol, il vit qu'elle était accroupie près d'un corps gisant sur le dos.

— Il a été poignardé.

Une mare de sang environnait le corps du moine chevalier, qui luttait encore pour rester en vie. Respirant avec difficulté, il fit signe à William de s'approcher de lui et murmura à son intention quelques paroles qu'Isabel ne put entendre.

Tous deux échangèrent encore quelques mots puis le vieil homme pressa deux pièces dans la main de William et il respira une dernière fois avant de se figer dans la mort, les yeux grands ouverts semblant regarder au loin.

— Mon Dieu ! fit Isabel en mettant la main devant sa bouche. Il est mort, n'est-ce pas ? Et tout cela est ma faute.

William avait conscience qu'il leur fallait agir vite. Ils ne pouvaient pas rester ici.

— Venez, Isabel. Il faut partir.

Il la tira littéralement dehors pour se jeter dans l'escalier à vis qu'ils descendirent en sautant une marche sur deux.

Ils traversèrent La Rochelle endormie en empruntant ses plus petites ruelles et parvinrent à la commanderie des Templiers sans, apparemment, avoir été remarqués. Isabel, qui se faisait aussi discrète que possible et gardait son capuchon baissé sur le front, écoutait William s'entretenir avec le moine chevalier qui les avait introduits dans une antichambre. Elle restait immobile et tendait l'oreille alors que William expliquait dans quelles circonstances ils avaient trouvé Philippe de Sens.

Après avoir transmis au Templier les dernières paroles qu'avait prononcées le mourant, William lui présenta les pièces que lui avait confiées ce dernier. Les deux hommes conversèrent à mi-voix un instant et, avant qu'Isabel comprît ce qu'il lui arrivait, ils furent conduits le long d'une sombre galerie, franchirent plusieurs salles, pour se retrouver dans le cloître puis dans la salle du chapitre.

De là, ils furent introduits dans une petite pièce contenant divers objets et des parchemins. Quand il eut refermé la porte derrière eux, le Templier déplaça quelques meubles et roula le tapis qui était au sol, laissant apparaître une trappe. Il la souleva, révélant un escalier en colimaçon s'enfonçant dans le noir.

Isabel, réalisant qu'ils allaient quitter la commanderie par un chemin dérobé, resta interloquée, clignant des paupières comme si elle venait de sortir d'un profond sommeil.

William échangea quelques mots avec le Templier et s'empara de la torche qu'il lui présentait.

— Il faut que nous partions, Isabel.

— Je ne comprends pas, fit la jeune fille. Où allons-nous ?

— Venez, répondit-il en lui tendant la main. Je vous expliquerai en chemin.

Elle saisit sa main et se laissa guider dans l'escalier de pierre aux marches humides et glissantes, non sans avoir d'abord pris sous son bras Perdu qui n'avait cessé de les suivre depuis la tour de la Lanterne.

Quand ils eurent terminé leur descente, elle remit l'animal à terre et découvrit avec étonnement qu'ils se trouvaient dans une large galerie aux parois munies de porte-torches.

— Me direz-vous maintenant pourquoi nous nous retirons par ce souterrain ?

— C'est la façon la plus sûre de quitter la commanderie sans être suivis. Je ne nous crois pas hors de danger et ne veux courir aucun risque.

Isabel hocha la tête tristement en pensant à la façon dont le chevalier Philippe de Sens était mort.

— Je suppose que c'est messire Philippe de Sens qui vous a conseillé de fuir de cette manière ?

William alluma une torche pendue au mur, faite en joncs serrés dans une toile de jute.

— Oui, répondit-il en reprenant sa marche. Il a voulu nous protéger.

Isabel se sentait d'autant plus coupable de la mort du chevalier du fait qu'il avait eu une telle préoccupation alors qu'il rendait le dernier souffle. Elle en arrivait à éprouver du dégoût pour elle-même, se tenant pour entièrement responsable de la fin tragique du Templier.

Une autre pensée lui vint soudain à l'esprit.

— En plus de la mort de ce pauvre homme, nous avons perdu le vélin ! Et nous ne le retrouverons peut-être jamais !

— Je l'ignore.

— Pensez-vous que l'assassin de messire Philippe le lui aura pris ? Ce qui voudrait dire qu'il serait, maintenant, entre les mains de Rolleston.

— Non. Philippe de Sens n'était pas assez inconscient pour apporter le parchemin à notre rendez-vous.

— Comment pouvez-vous le savoir ? fit-elle en tirant sur la manche de son manteau.

— Parce qu'il me l'a dit…

William s'arrêta de marcher et se tourna vers Isabel en reprenant :

— Il l'a détruit avant de nous retrouver.

— Comment ? s'exclama la jeune fille, stupéfaite. Pourquoi aurait-il fait cela ?

— Il ne m'en a pas donné la raison, mais avant de mourir il a passé un marché avec moi.

Seigneur ! songea Isabel en son for intérieur. Elle n'aimait pas ça !

— Je vous écoute.

— Il m'a demandé un service contre la promesse de

nous assurer une traversée sans encombre sur l'un des navires de la flotte des Templiers.

— Quel est ce service ?

— Il m'a prié instamment de transmettre à ses frères Templiers le secret contenu dans le vélin s'il nous arrivait de le percer.

— Pardon ? Vous n'aviez pas le droit de lui promettre cela sans m'en avoir d'abord parlé.

— Je n'ai pas eu le temps de négocier avec lui. Il était mourant, comme vous le savez. Pour la paix de son âme, je lui ai juré sur mon épée d'agir comme il me le demandait.

— Mais pourquoi vous a-t-il fait cette requête ?

— Quelle qu'en soit la raison, je ne pouvais pas lui refuser d'agir selon sa volonté alors qu'il mourait et que votre sécurité était en jeu.

William se rapprocha d'Isabel, collant son front au sien, si bien qu'elle se trouva au bord des larmes.

— Je referais mille fois le même serment si c'était la condition pour vous ramener saine et sauve en Angleterre. Rien d'autre ne compte pour moi.

— C'est vrai ? murmura-t-elle d'une voix étranglée par l'émotion.

Incapable, semblait-il, de rien dire, il se contenta de hocher la tête.

Après un long silence, il laissa échapper un soupir et prit la main d'Isabel.

— Venez. Il faut continuer.

— Où allons-nous ? demanda-t-elle en tirant sur sa manche.

— Ce souterrain devrait nous conduire jusqu'à un port où nous serons en sécurité. Et, demain, si Dieu le veut, nous prendrons la mer.

— C'est, en fin de compte, la seule chose qui importe, dit Isabel, se ralliant sans réserve aux intentions de William.

— Exactement.

— Tant pis pour le secret contenu dans le vélin, remarqua Isabel. J'ai l'intuition que nous n'en saurons plus jamais rien.

— Sans doute, et pourtant il devait être d'une importance capitale.

— Quel qu'il soit, il s'est évanoui avec la mort de Philippe de Sens.

— C'est à craindre…

William lança un regard en biais à Isabel en ajoutant :

— Nous en savons plus sur la question qu'il renfermait que vous ne le pensez. Le problème, maintenant, est de déterminer si nous voulons ou non continuer à chercher la vérité, avec tous les risques que cela comporte.

— Pour le moment, je ne saurais dire ce que je préfère, répondit Isabel avec une expression lasse, mais je vous remercie pour tout ce que vous avez fait.

Il lui serra affectueusement la main.

— Venez. Il ne faut plus perdre un instant.

Chapitre 14

Ils poursuivirent leur chemin en silence, réfléchissant l'un et l'autre à la nuit qui venait de s'écouler.

Elle avait été émaillée d'événements aussi dramatiques qu'émouvants, lesquels s'étaient succédé depuis leur arrivée à La Rochelle.

L'appréhension liée à la crainte d'être suivis, le brûlant baiser, puis la conséquence tragique de la curiosité d'Isabel qui voulait absolument comprendre les inscriptions sur le vélin contenu dans les pendentifs.

Si elle n'avait pas été aussi insistante, Philippe de Sens serait toujours en vie !

Ils atteignirent soudain l'extrémité du souterrain et durent monter les marches d'un autre escalier en colimaçon se terminant par une trappe située au-dessus de leurs têtes.

William la souleva et sortit le premier avant de se pencher pour donner la main à Isabel et l'aider à s'extraire à son tour. Ils se trouvaient dans une petite salle au sol dallé. Une pièce austère dépourvue de mobilier.

Ils venaient à peine d'y arriver qu'une porte s'ouvrit et un homme de haute stature parut qui les pressa aussitôt de quitter les lieux.

William lui mit dans la main l'une des pièces que lui avait données Philippe de Sens.

— Nous avons été informés, messire William, que vous et votre compagnon alliez arriver, dit l'homme.

— La communication a été diablement rapide, remarqua William. Puis-je savoir qui vous êtes ?

— Il n'est pas nécessaire que vous le sachiez. Quant aux communications au sein du Temple, elles sont, en effet, très rapides. Et maintenant, si vous voulez bien me suivre, je vais vous conduire en un lieu où personne ne vous trouvera.

L'homme, qui portait un flambeau, les précéda dans la nuit…

Isabel était si épuisée qu'elle ne tenait plus sur ses jambes quand ils atteignirent finalement une cabane en planches couverte de chaume hors les murs de la cité. Il ne leur restait que quelques heures de sommeil avant le lever du jour, moment auquel leur guide reviendrait les chercher pour les conduire au port de La Rochelle.

Isabel jeta un regard circulaire sur la salle, où plusieurs paillasses étaient alignées le long d'un mur. Une table à tréteaux, sur laquelle se trouvaient des bols et des tranchoirs, des tabourets et un banc disposés tout autour complétaient le mobilier. Un feu avait été allumé dans une cheminée de pierre qui occupait le mur opposé au couchage. Tout attestait que la chaumière servait à accueillir discrètement des hôtes en relation avec l'ordre des Templiers.

Isabel s'étonnait qu'ils se préoccupent ainsi de leur sort, mais il était vrai que William avait pris un engagement sur l'honneur auprès du chevalier Philippe de Sens.

Chaque fois qu'elle pensait au vieux Templier, une boule se formait dans sa gorge. Ses vaines tentatives pour percer le mystère du vélin avaient abouti à la mort de ce dernier, dont elle porterait toute sa vie la culpabilité. William, pourtant, l'avait mise en garde, mais elle n'avait rien voulu écouter.

— Pourquoi ne profitez-vous pas de ces paillasses pour prendre un peu de repos, Isabel ? demanda William, arrachant la jeune fille à sa réflexion.

— Pas encore, fit-elle en levant les yeux sur lui. Je repensais à ce que vous m'avez dit… Vous aviez raison… C'était trop dangereux.

— Isabel…

Il fit un pas vers elle et posa les mains sur ses épaules.

— Le vélin ne m'intéresse pas. Je n'y pense même plus. C'est à ce pauvre homme que je pense. Je regrette de ne pas vous avoir écouté, William. Nous n'aurions jamais dû chercher à percer le mystère de ce parchemin. C'était une entreprise bien trop périlleuse et le père Grégoire nous l'avait laissé entendre.

— Vous ne pouviez pas savoir à quel point le danger était grand.

— Certes, mais vous m'aviez prévenue, répondit-elle, l'estomac noué.

— Ce qui s'est passé n'est pas de votre faute.

— De la faute de qui serait-ce si ce n'est de la mienne ? Philippe de Sens serait encore en vie si je ne m'étais pas mêlée de vouloir décrypter coûte que coûte ce vélin.

Voyant les larmes qu'elle retenait depuis un moment ruisseler sur son visage, William la prit dans ses bras.

— C'est ma faute… ma seule faute…, répétait-elle en sanglotant.

— Du calme, ma petite, ne vous torturez pas ainsi, dit-il en lui passant la main dans le dos pour tenter de l'apaiser. Vous ne pouvez pas vous accuser d'être responsable de la mort d'un homme, alors que vous n'avez eu aucune prise sur les événements qui y ont conduit.

— Certes, mais si nous n'étions pas allés le trouver, il serait toujours en vie…

— Je veux bien vous croire, Isabel, fit William en

essuyant ses larmes du pouce, mais ce sont ceux qui l'ont assassiné qui sont coupables de sa mort et non vous.

— Je ne peux pas m'empêcher de penser que, si nous ne l'avions pas interrogé au sujet du parchemin, il serait toujours en vie.

— Oui, mais il savait les risques qu'il prenait en nous donnant rendez-vous dans cette tour de guet éloignée de la commanderie, seule au milieu du port désert et, en outre, de nuit. Il connaissait le danger, pourtant il a pris cette décision et s'y est conformé.

— Mais pourquoi donc nous a-t-il donné rendez-vous dans la tour ? Je n'arrive pas à le comprendre.

— Comment savoir ? Il avait peut-être l'intention de nous conduire sur une fausse piste, c'est bien ce que laisse entendre le fait qu'il ait brûlé le vélin. Mais, confronté à la mort, il aura changé son plan. Ceci, cependant, n'est que pure conjecture.

Isabel planta son regard dans celui de William.

— Et maintenant, il est mort à cause de moi.

— N'oubliez pas que vous parlez d'un Templier rompu au combat, qui a versé son sang sur plus d'un champ de bataille. Il est mort comme il a vécu, en sauvegardant ce qu'il avait juré sur son épée de défendre.

— Ce n'est pas pour nous protéger qu'il a été tué ?

William esquissa un sourire en prenant le visage d'Isabel entre ses mains.

— Non, pas vraiment, ma chérie. C'est là qu'intervient le marché que j'ai conclu avec lui.

— Oh ! William…

Elle s'efforçait de sourire, elle aussi, mais son sourire tremblait sur ses lèvres sans réussir vraiment à se former.

— Mon Dieu ! Comme j'aimerais n'avoir jamais eu ne serait-ce que l'idée de nous faire expliquer les inscriptions de ce parchemin.

— Je sais ce que c'est de regretter ses actes, Isabel,

dit William avec sérénité, mais autant que vous désiriez que les choses soient différentes, vous ne pouvez revenir sur ce qui s'est passé.

— Non…

— Il vous faut accepter ce qui s'est produit, puis vivre avec cette connaissance.

— Ce n'est pas facile.

— Non, ça ne le sera pas, mais vous ne pouvez pas permettre à cette amertume et ce regret de vous ronger du matin au soir car, un jour, vous vous réveillerez avec le sentiment de ne plus être qu'une coquille vide.

Isabel leva le regard vers lui tandis qu'elle lui effleurait des doigts le bas du visage.

— Est-ce ce que vous avez ressenti après la trahison de Portchester ?

Elle comprenait beaucoup mieux, à présent, les sentiments qu'avait pu éprouver William après la tragédie qu'il avait vécue.

— Oui, répondit-il à mi-voix au bout d'un long silence.

Isabel l'observait à la faveur du clair de lune qui entrait par la fenêtre et, de ses doigts fins, elle suivait le contour de son visage. Sans même avoir conscience de ce qu'elle faisait et avec une spontanéité empreinte de candeur, la jeune fille se dressa sur la pointe des pieds et pressa doucement les lèvres contre les siennes.

Elle s'arrêta un instant puis, le regard plongé dans le sien, renouvela son baiser inlassablement. Seigneur ! Comme elle avait envie qu'il l'embrassât lui aussi, qu'il la serrât dans ses bras, lui transmît toute sa chaleur…

S'écartant légèrement de lui, elle murmura :

— Vous valez tellement plus que la coquille vide que vous prétendez être.

Elle avait prononcé ces mots autant pour elle que pour lui, et sur un ton vibrant trahissant la profondeur de ses sentiments pour William.

— L'homme que vous étiez est toujours là, reprit-elle en tapotant sa poitrine de ses doigts légers.

Il ouvrit la bouche pour répondre, mais aucun son n'en sortit.

Alors que leurs regards restaient attachés l'un à l'autre, Isabel sentit le sang lui monter au visage. Son cœur se mit à battre plus fort tandis qu'une étrange sensation naissait dans son corps en anticipation de quelque chose d'indéfinissable, quelque chose dont elle ignorait l'existence jusqu'à cet instant précis : le pur désir de se décharger de toutes ses peines pour les dissoudre dans le plaisir.

Elle baissa les yeux sur la poitrine de William qui se gonflait au rythme rapide de sa respiration.

Le regard brillant d'émotion, il s'inclina sur elle et s'empara de ses lèvres. Cette fois, il l'embrassa avec une telle intensité et une telle passion que la jeune fille sentit ses jambes se dérober sous elle.

Il lui emprisonna la taille, la serrant contre lui tandis qu'elle posait les mains sur ses épaules. Il approfondit son baiser, immisçant la langue entre ses lèvres, lui arrachant un soupir puis une réponse timide alors qu'elle mêlait sa propre langue à la sienne.

Seigneur ! Que lui arrivait-il ?

William souleva Isabel dans ses bras et la déposa sur une paillasse. Se penchant sur elle, il glissa la main dans ses cheveux et lui pressa légèrement la nuque pour l'embrasser de nouveau. D'une main fébrile, il écarta les pans de sa tunique, caressa la base de son cou, la naissance de ses épaules…

— Isabel, fit-il, interrompant brusquement leurs baisers de plus en plus ardents. Il faut arrêter.

— Non, murmura-t-elle en l'attirant vers elle pour embrasser fiévreusement sa bouche.

Elle aimait trop cela pour s'arrêter…

— Vous avez besoin de dormir.

— Non…

Elle avait besoin d'autre chose que de sommeil. Elle avait besoin de lui, de sa chaleur, du contact de sa peau, de ses mains sur son corps, de ses lèvres sur les siennes, et partout ailleurs. Et elle mourait d'envie de le toucher, de découvrir tous ses charmes cachés…

— Je vous en prie, William…

Elle l'attirait contre elle, mais il lui prit les mains et les porta à sa bouche, embrassant chacun de ses doigts.

— Vous ne savez pas ce que vous dites, ma chérie, fit William avec un tendre sourire. Je ne voudrais pas que ce soit une nouvelle occasion de regret pour vous.

Isabel s'assit, les genoux sous le menton, et ferma les yeux, mais elle ne renonça pas à son brûlant désir. S'appuyant insensiblement contre lui, elle déposa un baiser sur sa joue et, de la main, fit tourner son visage vers elle, l'obligeant à lui faire face tandis qu'elle passait le bout de la langue sur sa lèvre inférieure.

— Je ne le regretterai pas, je vous le promets…

— Mon Dieu… Isabel… Que faites-vous ?

Il la contemplait avec une telle fébrilité et tant de désir qu'elle en retint sa respiration.

— Il ne faut pas nous laisser emporter comme ça…

Ses mots moururent au bord de ses lèvres quand, baissant les yeux, il la vit soulever de ses doigts tremblants sa tunique pour la faire passer par-dessus sa tête.

Elle le regarda avec effronterie, comme si elle le défiait d'oser renoncer.

— Ne vous arrêtez pas, William, dit-elle dans un murmure.

Lentement, sa confiance commença de la quitter et elle couvrit instinctivement sa poitrine avec ses bras.

Elle s'était conduite comme une idiote, pensa-t-elle en son for intérieur.

William ne la désirait pas comme elle le désirait. À moins qu'il ne fût bien plus capable qu'elle de se contrôler ?

Son expression, cependant, changeait petit à petit. Une flamme brillait dans son regard et son sourire avait quelque chose d'énigmatique. Assis près d'Isabel, il la dévorait des yeux et continuait de jouer avec les doigts de la jeune fille.

Il prit finalement ses mains dans les siennes et embrassa longuement leurs paumes. La chaleur de ses lèvres, l'insistance de son baiser communiquèrent à Isabel un plaisir inattendu qui courut le long de ses membres, se répandit à tout son corps.

Quand elle eut éprouvé cette exquise sensation seulement, il la couvrit du regard des pieds à la tête et, laissant échapper un soupir, souleva à son tour sa tunique et la retira.

Ils s'agenouillèrent l'un et l'autre sur la paillasse, s'observant mutuellement, emplissant leurs regards de la vision fascinante de leur partielle nudité.

Isabel fut la première à réagir. Ses doigts lui brûlaient trop de toucher la poitrine large de William, ses muscles fermes sous la peau bien tendue couverte d'un duvet brun. Elle avait l'irrésistible envie de lui caresser les épaules, de suivre le dessin sinueux de ses bras.

Ne pouvant résister plus longtemps, elle posa ses paumes à plat sur son torse et sentit sous ses doigts les battements redoublés de son cœur.

Il reprit rapidement sa respiration et la fit s'allonger sur la paillasse tandis qu'il s'accoudait sur le matelas de laine, la tête reposant dans une main, et de son autre main, il entama la découverte du corps d'Isabel, qui se mit à frissonner sous ses caresses.

Il arrêta le pouce sur la pointe de l'un de ses seins et commença un lent massage qui éveilla chez elle un plaisir insupportable. Elle se retint de crier quand les lèvres de

William succédèrent à son doigt et que sa main se mit à titiller l'autre sein. Là, elle ne put retenir un gémissement.

— Est-ce que vous aimez ? demanda-t-il timidement, alors qu'il savait parfaitement quel trouble il créait en elle.

— Oui, c'est merveilleux, fit-elle d'une voix haletante.

Enhardi par sa réponse, il s'arracha à son sein et suivit des lèvres la plaine de son ventre jusqu'à la jonction de ses cuisses. Il y déposa un baiser, laissant son haleine chaude se répandre sous l'étoffe des chausses qu'elle portait encore, puis il retourna s'emparer de sa bouche.

Il joignit sa langue à celle d'Isabel dans un long et voluptueux baiser tandis que sa main descendait le long de son corps, se glissait sous ses reins, soulevait ses fesses dont elle épousait la délicieuse rondeur, palpant ses chairs avec impatience.

Isabel avait l'impression que son corps languissant de caresses et de baisers ne lui appartenait plus. Un besoin incontrôlable se nouait au plus profond d'elle, une sensation inconnue et indomptable l'envahissait…

Il emprisonna entre ses dents la lèvre inférieure de la jeune fille et la suça doucement.

— Isabel ? murmura-t-il.

Leurs regards s'attachèrent l'un à l'autre comme si William cherchait une réponse dans celui d'Isabel puis, sans attendre celle-ci, il descendit la main le long du corps de la jeune fille jusqu'à ses chausses resserrées autour de la taille. Il en défit fébrilement le nœud et allait les lui retirer quand il stoppa net.

— Il faut arrêter maintenant avant d'aller plus loin, dit-il en se redressant pour la regarder.

Elle le fixa de son regard suppliant alors que sa poitrine se soulevait au rythme de sa respiration rapide.

Comment aurait-elle pu imaginer que ses baisers innocents déclencheraient cet incendie ? Elle ne savait pas qu'un tel volcan sommeillait au fond de son corps.

Mais elle ne voulait pas s'arrêter là. Elle avait besoin de plus encore…

Pour toute réponse, la jeune fille porta la main sur ses chausses et en défit le nœud exactement comme il l'avait fait pour elle. Puis elle leva les yeux sur son visage pour voir sa réaction alors qu'il retenait sa respiration et semblait incapable de rien dire.

William ne s'était pas attendu à cette réaction de la part d'Isabel. Il avait voulu satisfaire certains besoins qu'il sentait naître en elle, mais n'avait pas anticipé une telle explosion de ses sens.

Déterminée à poursuivre ce qu'elle avait commencé, elle fit descendre ses chausses, dénudant sa force mâle.

— Isabel ? fit-il en lui arrêtant la main.

— Je vous en prie…

Elle passa sa main libre derrière la nuque de William et attira son visage vers elle.

— Ne vous arrêtez plus, dit-elle avant de l'embrasser avec passion.

Chapitre 15

Le jour se levait, pénétrant dans la chaumière par l'unique petite fenêtre.

William ouvrit les yeux et réprima un bâillement. Sans attendre, il étendit le bras, cherchant près de lui la présence d'Isabel, mais il ne rencontra que la chaleur imperceptible qu'elle avait laissée sur le matelas.

Il se redressa et les souvenirs de la nuit l'assaillirent, lui arrachant un juron.

Nom d'un chien !

Qu'avait-il fait ?

Il n'aurait jamais dû se laisser aller ! C'était lui, entre eux deux, qui avait de l'expérience. C'était donc à lui de se contrôler !

Il aurait dû arrêter cela avant que ça ne devînt impossible. Il n'aurait jamais dû l'embrasser comme il l'avait fait ni la toucher, la caresser dans l'intention de la connaître, de découvrir tous ses secrets.

Elle n'était peut-être pas capable de réprimer ses ardeurs, mais lui en avait les moyens. Il fallait lui résister et à aucun moment ne céder à la faiblesse.

Seigneur ! Quel idiot il avait été !

Il était évident qu'Isabel n'était pas dans son état normal après l'épouvantable soirée qu'ils avaient eue. Elle avait besoin d'être réconfortée, rassurée. Il lui fallait quelqu'un sur qui s'appuyer, mais il ne fallait pas profiter de l'occasion pour lui dérober son innocence !

Jamais il n'aurait dû se comporter ainsi ! C'était un crime ! Il n'avait aucun droit sur elle !

Elle avait éveillé en lui, cependant, des sentiments dont sans elle il n'aurait jamais deviné l'existence. Ils étaient mal venus, entièrement nouveaux, et inacceptables chez un homme qui ne valait plus que la moitié de ce qu'il avait été.

Isabel méritait mieux, beaucoup mieux que lui.

William soupira et bondit hors de la paillasse, plongeant la main dans ses cheveux ébouriffés.

D'un coup d'œil, il balaya la pièce, dont il remarqua aussitôt qu'elle avait été remise en ordre. Ses vêtements avaient été pliés et disposés sur la table à côté d'une cruche d'eau et d'un plat de nourriture dans lequel avait été réuni tout ce qu'il restait de leurs vivres.

Quelques pétales de fleurs séchées extraites de la sacoche d'Isabel avaient été placés de part et d'autre du plat dans l'intention de décorer la table.

Touché par cette délicatesse, William s'habilla.

Sorti de la maison, il se fraya un passage à travers les branches basses des chênes rabougris et tordus par le vent marin qui enfermaient la chaumière dans un écrin de verdure, et rejoignit le chemin sableux où poussait ici et là du chiendent.

Il marcha jusqu'à la dune, qu'il franchit, avant de découvrir la plage de sable fin s'étendant à perte de vue. Isabel, au bord de l'eau, jouait avec Perdu.

Cette vision rappela à sa mémoire des souvenirs enfouis de sa jeunesse, à l'époque où ses parents étaient allés vivre sur la côte du Norfolk. Son beau-père, récemment accueilli dans la corporation des tailleurs de pierre, venait de rejoindre un maître maçon dirigeant la construction d'une église.

Pour l'enfant qu'il était, ç'avait été une expérience

merveilleuse après la vie londonienne de se retrouver au bord de la mer, avec le sentiment de liberté que conféraient ces immenses étendues sauvages.

Ce n'était pas très longtemps après que William avait quitté sa famille pour commencer son entraînement en tant qu'écuyer auprès de messire Perceval d'Halsted.

Il avait compris, plus tard, qu'il n'était pas habituel qu'un jeune garçon issu du peuple soit conduit à se former au métier des armes avec un chevalier célèbre pour sa vaillance. C'était une exception, mais il y avait une explication à cette rareté.

William avait toujours été habité par le sentiment d'être différent de ses frères et sœurs, qui avaient hérité de la teinte de cheveux de leur père. Aussi ne fut-il pas surpris le jour où sa mère lui avoua qu'il n'était pas le fils de sang de Matthew Geraint, mais qu'il avait été conçu par messire Guy de Maneville.

La vérité n'avait pas été facile à accepter, même s'il avait enfin eu la raison du manque d'intérêt que son beau-père lui avait toujours manifesté.

William chassa ces pensées de son esprit et concentra son attention sur la scène qui se déroulait devant lui. En voyant Isabel lancer un bâton au petit chien, il lui vint à l'esprit qu'il la ramenait à sa famille alors que lui-même n'avait jamais cessé de fuir la sienne. Il espérait seulement qu'elle s'adapterait facilement à la nouvelle vie qui l'attendait. Elle échapperait, du moins, au sentiment d'abandon dont il souffrait depuis son exil.

Son regard s'arrêta sur Isabel, qui avait remis les vêtements de la veille, autrement dit ses propres vêtements : les chausses trop près du corps pour qu'il ne fût pas ému en les voyant sur elle, et la tunique bleu nuit qui était sa préférée et pendait à présent sur les jambes de la jeune femme.

Les vagues venant mourir à ses pieds nus, elle tournait

sur elle-même en brandissant un bâton que le petit chien, qui ne cessait d'aboyer, essayait vainement de saisir dans sa gueule.

La brise légère soulevait sa splendide chevelure d'un blond de miel qu'elle avait, en vain, essayé d'attacher. De folles mèches lui barraient le visage alors qu'elle s'élançait en courant et riant avec un complet abandon, poursuivie par son petit compagnon.

William sentit son cœur se serrer…

Seigneur ! Comme elle était belle ! C'était un émerveillement de la voir si joyeuse et libre.

Quelques heures plus tôt, il passait les doigts dans ses cheveux, caressait son corps, s'enivrait de sa suave odeur de fleurs. Quand elle s'était agenouillée devant lui, à demi nue, cette même chevelure était tombée en vagues soyeuses sur ses épaules et jusqu'à sa taille.

Isabel, à cet instant, remarqua sa présence et croisa son regard. Elle lui sourit timidement tout en le saluant de la main et alors qu'une soudaine rougeur trahissait son émotion.

Il lui rendit son sourire et attacha son regard au sien tandis qu'il marchait tranquillement vers elle.

Peut-être ne la méritait-il pas, mais il préférait être damné plutôt que dire qu'il regrettait la nuit passée avec elle. Il n'aurait, certes, pas dû coucher avec elle. Il aurait été préférable de s'abstenir, mais il n'avait aucun regret de ce qu'ils avaient fait ensemble. Ne lui avait-il pas dit, d'ailleurs, de ne jamais avoir de regrets ? Des remords, peut-être, mais pas de regrets.

Il se pencha pour caresser Perdu qui avait couru vers lui puis, se redressant, il s'adressa à la jeune femme :

— Bonjour, damoiselle, fit-il. Avez-vous bien dormi ?

— Non, pas assez sans doute, répondit-elle. Et vous-même ?

— Comme vous, pas tout à fait assez.

Il était tout proche d'elle et la couvait du regard.

— Avez-vous déjeuné ? demanda-t-elle en regardant au loin comme si elle n'osait plus croiser ses yeux.

— Oui, merci d'avoir décoré la table si délicatement.

Il ouvrit la main pour lui montrer les pétales de roses qu'il avait emportés.

— Une simple petite fantaisie, répliqua-t-elle en haussant les épaules.

— Que j'ai beaucoup appréciée.

Il cherchait en vain son regard, Isabel continuant de le diriger vers le lointain horizon.

— Vous avez du sable sur le visage…

Elle porta la main à sa joue, mais se trompa de côté.

— Non, ici, lança-t-il en lui essuyant l'autre joue.

Un silence gêné descendit sur eux alors que l'un et l'autre cherchaient quelque chose à dire. Seul se faisait entendre le bruit régulier des vagues qui venaient mourir sur la grève.

Grâce à Dieu, la mer était calme. Ils devaient embarquer avant la nuit et auraient, semblait-il, une traversée sans grain ni mauvaise surprise.

— Isabel, fit enfin William, la nuit dernière…

— Pas maintenant, répondit-elle en s'éloignant de lui.

Il la suivit alors qu'elle longeait la plage avec Perdu sur les talons.

— Attendez, Isabel. J'ai quelque chose à vous dire.

Il la rattrapa et écarta une mèche qui lui recouvrait les yeux.

— Nous allons encore passer plusieurs semaines ensemble avant d'atteindre le château de Clancey.

— Que vouliez-vous me dire ?

— Eh bien… J'espère que nous ne nous retrouverons pas dans une situation comme celle de la nuit dernière.

Elle redressa la tête d'un air offusqué.

— Ne pourrions-nous oublier cet incident ?

Comme elle reprenait sa marche, il la retint par le coude.

— Isabel ?

Elle s'arrêta et, cette fois, le regarda dans les yeux :

— Comme vous le disiez hier soir, ce qui est fait ne peut être défait.

Sur ces mots, elle se pencha et ramassa un morceau de bois qu'elle lança au loin pour Perdu, qui partit aussitôt en courant.

— Je ne renierai jamais ce que nous avons vécu et n'éprouve aucun regret, dit-il dans un murmure, mais vous êtes une noble dame et je suis… J'appartiens à cette catégorie de personnes que l'on nomme gens de rien par opposition aux gens de qualité. Je n'aurais jamais dû profiter de la situation.

— Ne voulez-vous pas voir les choses telles qu'elles sont, William, et reconnaître que nous avons profité l'un de l'autre ?

Conscient qu'il n'avait pas dit ce qu'il convenait de dire, il se frotta le front d'un air déconcerté autant que navré. Une fois de plus, il l'avait involontairement offensée.

Il n'y avait, cependant, rien à faire. Isabel ne serait jamais à lui. Ils avaient partagé un moment de bonheur merveilleux, mais c'était fini. Cette joie éphémère ne reviendrait jamais.

Une fois qu'il l'aurait escortée jusque chez elle, ils reprendraient chacun le cours de leur vie et leurs chemins ne se croiseraient peut-être plus à l'avenir.

— Oui, damoiselle, répondit-il enfin. Je veux bien voir les choses ainsi et vous en suis reconnaissant. Il est temps maintenant de retourner à la chaumière. Nous devrions nous préparer pour la traversée.

Isabel de Clancey n'était décidément pas pour lui et elle ne le serait jamais.

La jeune fille ne savait pas comment se comporterait William après la nuit qu'ils avaient passée ensemble, mais ce n'était certes pas à ça qu'elle s'était attendue.

Il était proprement exaspérant ! Pourquoi s'ingéniait-il à porter toute la responsabilité de ce qui s'était passé entre eux alors qu'il lui avait laissé toute liberté de décision. Pourquoi fallait-il qu'il se comportât toujours aussi noblement et qu'il se châtiât systématiquement pour tout ce qui leur arrivait ?

Elle laissa échapper un soupir et lui lança un regard de frustration tandis qu'ils retournaient côte à côte à la chaumière.

En vérité, elle avait vraiment voulu ce qui avait eu lieu. Elle se sentait peut-être, par moments, un peu gênée en sa présence, mais elle n'avait aucun regret de ces instants de délicieuse intimité qu'elle avait vécus avec lui.

Elle n'éprouvait aucune honte, alors qu'elle était parfaitement consciente que si son acte était connu on dirait d'elle qu'elle était une femme légère, une dévergondée. Pourtant elle ne se sentait nullement rabaissée pour s'être donnée à William, au contraire même. Elle ne s'était jamais sentie aussi bien dans son corps et dans son esprit.

Quant à William, elle avait au moins la certitude qu'il éprouvait la même chose qu'elle, mais il lui était insupportable de voir qu'il se sentait indigne d'elle et qu'il s'accusait d'avoir, d'une certaine manière, abusé d'elle.

Isabel avait eu envie de hurler en l'entendant s'exprimer ainsi. Elle serra les poings en pensant aux idées ridicules qui se formaient dans sa tête. Il l'énervait au point qu'elle était déchirée entre l'envie de le frapper et celle de se jeter dans ses bras.

Perdu se mit à aboyer à son côté, l'arrachant momentanément à ses pensées.

— Qu'est-ce que je vais faire de toi, mon Perdu ?

murmura-t-elle d'un air absent. Tu sais que je ne peux pas t'emmener.

William lança un regard au chien.

— Je pourrais demander à l'homme qui nous a conduits ici s'il peut s'en occuper ? dit-il. Peut-être connaîtra-t-il quelqu'un susceptible de le prendre ?

— Ce serait idéal.

Le petit chien leva sur Isabel un regard triste, comme s'il comprenait ce qu'elle disait. Il aboya à plusieurs reprises avant de partir en courant pour ramasser un bâton qu'il lui rapporta fièrement en agitant la queue.

— Il faut que nous y allions, lança Isabel en se penchant pour le caresser. Nous n'avons pas le temps de jouer.

Elle se redressa et croisa le regard de William, dans lequel elle décela une brève émotion, le bleu de ses yeux se confondant avec l'immensité de l'océan.

Non seulement elle ne regrettait rien, mais elle était heureuse que sa première fois eût été avec lui. Cela avait été un bonheur incomparable de découvrir qui il était en vérité derrière le masque qu'il affichait. C'était un homme tendre, passionné, attentif. Il avait tout pour plaire, mais elle savait malheureusement que leur relation serait sans lendemain.

Dès qu'elle serait entrée en possession de ses biens, leurs vies deviendraient incompatibles et ils se sépareraient pour toujours.

À la pensée, cependant, qu'elle ne le reverrait jamais après qu'il aurait accompli sa mission auprès d'elle, la jeune fille était emplie d'une tristesse insondable qui lui pesait douloureusement sur le cœur.

Elle devait lutter contre cette faiblesse et bannir de ses pensées tout sentiment envers William. Lui-même, d'ailleurs, l'avait déjà fait. Il ne fallait pas laisser se développer son attachement à sa personne, sinon elle souffrirait inutilement. Elle devait, en premier lieu, se préserver comme elle l'avait toujours fait.

Ils parvinrent en silence à la chaumière et Isabel se changea, revêtant de nouveau sa robe et son surcot. Elle rangea ensuite ses quelques affaires dans sa sacoche, et à peine eut-elle fini que l'homme qui les avait conduits ici la veille arriva pour les accompagner au port.

Après un dernier regard à la chambre où elle avait perdu sa virginité, Isabel rejoignit les deux hommes qui l'attendaient à l'extérieur.

Chapitre 16

Isabel n'avait jamais vu un vaisseau aussi grand et massif que le navire de commerce des Templiers, baptisé *La Fortune*.

Le vent fort des journées précédentes l'avait obligé de rester à quai mais, pour la plus grande joie de William et de la jeune fille, l'amélioration soudaine du temps lui offrait dès ce jour la possibilité de lever l'ancre.

Du quai où ils attendaient le signal de leur embarquement, Isabel leva un regard admiratif sur la grand-voile d'un blanc éclatant sous le soleil, avec l'immense croix pattée rouge en son centre, qui ondulait dans la brise.

D'énormes tonneaux de vin, de blé et d'épices, dont les Templiers faisaient le commerce, encombraient le pont dans l'attente d'être descendus dans les soutes, où l'on avait déjà disposé des barils d'eau douce et des réserves d'aliments, essentiellement du poisson et de la viande fumée, des salaisons et du pain.

Isabel eut un serrement de cœur en pensant que la dernière fois qu'elle avait vu un bateau aussi imposant, c'était lors de sa traversée vers la France alors qu'elle n'était qu'une petite fille. Or, aujourd'hui, elle allait de nouveau franchir la Manche, mais en étant devenue une femme à part entière. Elle rentrait chez elle…

Était-ce vraiment un foyer qu'elle allait retrouver ? Se sentirait-elle réellement chez elle au château de Clancey ?

La jeune femme chassa de son esprit ces pensées qui ne menaient à rien et s'efforça d'envisager l'avenir sous un angle positif. Rien ne lui interdisait d'espérer être heureuse, et elle pouvait prier pour qu'il en fût ainsi.

Ce fut, enfin, leur tour de monter à bord, et Isabel se pencha une dernière fois sur Perdu, qui ne s'éloignait pas d'elle d'un pouce, pour le caresser et lui faire ses adieux.

— Le moment est venu de nous séparer, mon petit Perdu, dit-elle en caressant son pelage noir et blanc. Tu as un nouveau maître. J'espère que tu seras bien sage avec lui.

Elle se redressa et salua l'employé du port qui avait accepté de recueillir l'animal.

Après un dernier regard à Perdu, elle suivit William qui s'engageait sur la passerelle derrière le capitaine. Ce dernier lui expliquait avec fierté les caractéristiques de son navire, une puissante cogue récemment sortie des chantiers navals.

À peine avaient-ils posé le pied sur le pont qu'ils virent arriver une boule de poils qui s'était élancée sans peur sur la passerelle et agitait à présent la queue en sautant autour d'Isabel avec un air de défi qui semblait dire : Tu n'oseras tout de même pas me renvoyer sur la terre ferme !

— Perdu ! fit la jeune femme en se penchant pour le prendre dans ses bras. Tu as déjà faussé compagnie à ton nouveau maître ! C'est très mal élevé ce que tu as fait.

Elle le caressait et le serrait contre elle.

— Je te fais des reproches, ajouta-t-elle sous le regard amusé de William, mais je suis bien contente que tu m'aies désobéi.

Le capitaine les conduisit à la poupe du navire, où un abri de fortune avait été installé pour Isabel se composant de planches sur deux côtés, d'un toit en bois et d'une toile tendue sur le devant servant d'entrée. On y avait disposé une large paillasse, un petit coffre, des traversins et des coussins ainsi qu'un matelas avec des couvertures en laine et en fourrure pour se protéger du froid.

William écarta le rideau puis fit entrer Isabel et Perdu sous l'abri.

— J'espère que cela vous suffira pour le voyage, damoiselle.

— Parfaitement, fit-elle avec un petit sourire amer. Je vous remercie.

— Bien, dit-il en évitant le regard d'Isabel. Comme convenu, restez ici pendant tout le voyage, à moins que vous n'ayez besoin de vous délasser les jambes, auquel cas je vous accompagnerai pour une petite promenade sur le pont.

— Il n'y a pas lieu de vous inquiéter pour moi.

— Détrompez-vous. Si nous sommes convenus avec les Templiers que vous restiez à l'écart des marins, c'est parce qu'ils ne sont pas habitués à voir des femmes à bord.

— Et vous ? Dois-je me tenir loin de vous également ?

Il soupira, dissimulant difficilement sa déception, et ne répondit pas.

Après un instant de silence, toutefois, il reprit la parole :

— Il ne me reste plus qu'à vous souhaiter une agréable traversée, Isabel. Je viendrai vous apporter votre repas. D'ici là, j'espère que vous serez suffisamment confortable dans ce petit abri confectionné uniquement pour vous.

William s'inclina et laissa la jeune femme seule avec le petit chien.

Ce dernier aboya à plusieurs reprises et sa maîtresse hocha la tête en lui disant :

— Oui, je sais… Tout ça pour ne pas se retrouver dans une situation gênante ou, plutôt, pour être sûr de ne pas se laisser tenter.

Les jours et les nuits se suivaient et se ressemblaient comme s'ils n'étaient qu'un alors que *La Fortune* poursuivait son chemin sur une mer faiblement agitée. Comme on le lui avait demandé, Isabel restait dans son petit réduit, s'efforçant d'échapper aux regards curieux et non dépourvus de convoitise des marins.

Elle devait d'autant plus s'efforcer d'être discrète que, le second jour de la traversée, elle était sortie des limites qui lui étaient imposées en partageant avec certains marins des fruits chargés à La Rochelle.

C'était à l'occasion de l'une de ses rares promenades avec Perdu où elle n'était pas accompagnée de William qu'elle avait eu l'idée de proposer des quartiers de pomme, du raisin et des prunes aux marins qu'elle croisait.

William, qui l'avait aperçue au moment où elle gâtait un jeune mousse, avait dû intervenir contre son gré.

De retour dans l'abri avec Isabel, il lui avait expliqué que les marins étaient habitués à une alimentation pauvre et que la consommation de fruits était un luxe qu'ils ignoraient en mer.

Elle n'avait voulu que se rendre utile. Il lui coûtait, en effet, de ne rien faire quand tout le monde s'agitait autour d'elle. Sans doute n'aurait-elle pas commis cette erreur si William avait daigné lui tenir compagnie, mais il semblait ne pas le souhaiter. Or, il était hors de question qu'elle s'imposât à lui.

L'isolement auquel on la contraignait présentait l'avantage de lui permettre de réfléchir à son passé ainsi qu'à son avenir, dont elle ignorait ce qu'il lui réservait.

Ainsi, alors que le navire fendait les vagues en progressant vers l'Angleterre, essayait-elle de se représenter à quoi ressemblerait son existence au château de Clancey. Mais elle avait beau avoir conservé quelques bribes de souvenirs de son enfance, elle n'y parvenait pas.

Elle aurait aimé être un peu plus enthousiaste au sujet

de ce changement de vie qui l'attendait, mais quels que fussent ses efforts pour nourrir son imagination et stimuler sa confiance, cela lui était impossible.

Elle se sentait plus seule que jamais, en particulier depuis que William la désertait.

Ils s'étaient à peine adressé la parole depuis qu'ils avaient embarqué sur *La Fortune*. Le jeune homme lui témoignait toujours la même attention et se montrait extrêmement courtois avec elle, mais la nature de leur relation avait complètement changé. Ce qui affligeait particulièrement Isabel, c'était qu'il donnait l'impression de préférer garder ses distances vis-à-vis d'elle, comme si cette situation lui avait convenu.

Ce n'était certes pas le cas pour elle. En ce qui la concernait, il était trop tard pour se comporter comme il le faisait. Ses sentiments pour William étaient si profonds qu'elle en perdait la tête.

De constater qu'elle ne pouvait plus le chasser de ses pensées et qu'il en occupait même tout le champ la plongeait dans une terrible confusion. Sa présence, sa tendresse, leur conversation lui manquaient horriblement. Aurait-il voulu lui accorder la camaraderie dans laquelle ils avaient vécu jusqu'à leur arrivée à La Rochelle, qu'elle l'aurait accueillie à bras ouverts sans exprimer aucune récrimination.

Isabel sentait son cœur se décrocher chaque fois qu'elle l'apercevait et elle n'était pas aidée par les rêves torrides qu'elle faisait chaque nuit, où elle revivait leurs voluptueuses étreintes. Si bien que, chaque matin, elle s'éveillait dans un état d'énervement et de désir que seule la présence de William aurait pu calmer et combler.

Mais peut-être avait-il de bonnes raisons de rester éloigné d'elle ? Et, de son côté, la meilleure façon de calmer ses ardeurs était, sans doute, d'observer la même retenue. Elle devait faire tout ce qu'elle pouvait pour ne pas se rapprocher de lui.

La jeune femme caressa Perdu qui se serrait contre elle alors que des vagues plus fortes ébranlaient le navire.

— Qu'en penses-tu ? demanda-t-elle.

Le petit chien émit un gémissement en réponse.

— Oui, je suis d'accord. J'aimerais que les choses redeviennent comme elles étaient, mais je suis bien heureuse de t'avoir avec moi, mon tout beau.

De nouvelles secousses engendrèrent une certaine inquiétude chez Isabel. Que se passait-il ?

Comme s'il avait lu dans ses pensées, William, dont elle avait entendu approcher le pas décidé, tira brusquement le rideau de son abri.

— Il y a un grain devant nous, Isabel, annonça-t-il. Le capitaine m'a dit de vous prévenir que nous allions subir de fortes turbulences. Tenez-vous aux gréements à la portée de votre main et ne les lâchez sous aucun prétexte.

— Et vous ? Qu'allez-vous faire ?

— Je me suis mis à la disposition du capitaine pour l'assister partout où il aura besoin de moi. La mer va devenir très forte.

— William ? fit-elle en martelant son prénom. Soyez prudent !

Il acquiesça de la tête et se retira aussi rapidement qu'il s'était présenté.

Une embardée soudaine du vaisseau obligea Isabel à une réaction immédiate. Elle prit Perdu sous son bras et de sa main libre s'accrocha au gréement. Elle se mit, dès lors, à prier pour William et les marins qui allaient risquer leur vie pour éviter le naufrage.

À mesure que le temps passait, la mer devenait plus forte. Le vent sifflait dans les haubans et l'écume des vagues éclaboussait le pont. Elle entendait crier les hommes au milieu du vacarme des paquets de mer qui venaient frapper la proue du navire.

La Fortune se mit, soudain, à gîter dangereusement et

Perdu fut projeté hors des bras de la jeune femme. Voyant qu'il passait sous le rideau, Isabel lâcha la corde à laquelle elle s'accrochait et s'élança à son secours.

Le pont était toujours incliné sur le côté et, comme il était détrempé, il n'était pas aisé de marcher sans glisser. Il pleuvait à verse, à présent. Des torrents d'eau s'abattaient sur le navire. Isabel, qui cherchait des yeux Perdu, l'aperçut finalement alors qu'il essayait vainement de revenir vers elle.

De crainte de ne passer par-dessus bord, la jeune femme se mit à ramper vers lui.

— Viens, mon chien ! cria-t-elle sans parvenir à couvrir le vacarme.

À force d'efforts, elle réussit à se rapprocher suffisamment de l'animal pour le saisir.

— Ouf ! Je t'ai enfin !

Elle serra Perdu contre elle, frottant son visage contre son pelage, quand elle s'aperçut qu'en rampant elle s'était considérablement éloignée de la poupe.

— Nom d'une pipe ! s'écria William qui venait de remarquer sa présence sur le pont. Que faites-vous ici ?

Au même instant, une énorme vague souleva la cogue qui retomba ensuite violemment dans un creux de la mer démontée, si bien qu'Isabel et le petit chien furent jetés par-dessus bord.

Par miracle, Isabel parvint à saisir le garde-corps et resta couchée sur le flanc du navire qui, heureusement, ayant brusquement changé de cap, s'était mis à gîter de l'autre côté.

En un instant, William l'eut rejointe et, la prenant par le bras, la tira à l'intérieur du bateau avec Perdu qu'elle avait réussi à garder contre elle.

— Dieu soit loué, dit-il dans un murmure.

Puis il raccompagna Isabel à son abri en la tenant par

les épaules dans un geste protecteur tandis que l'équipage luttait pour éviter le naufrage.

William ouvrit le rideau et fit entrer dans le réduit Isabel qui tremblait de tous ses membres.

— Tenez-vous au gréement, dit-il avec autorité. Il faut retirer vos vêtements. Ils sont trempés.

— Laissez-moi, fit-elle. Je me déshabillerai toute seule.

Elle essaya de défaire les lacets de sa tunique, mais ses doigts engourdis n'y parvenaient pas.

— Je vais le faire, insista-t-il alors qu'elle tentait de repousser ses mains.

Ignorant sa résistance et voyant qu'elle grelottait de froid, il commença de la débarrasser de ses vêtements ruisselants.

Pour Isabel, ce n'était pas comme la dernière fois. Elle se sentait impudique et éprouvait le besoin de dissimuler sa poitrine. Elle se retourna alors qu'au même moment il posait la main sur son épaule pour éviter qu'elle ne tombât car le vaisseau continuait de tanguer d'une manière redoutable.

— Me direz-vous pourquoi vous êtes sortie de votre abri ? demanda-t-il en lui présentant sa sacoche.

Sans se retourner, elle en tira une serviette et se mit à s'essuyer avant de passer les vêtements secs contenus également dans la besace. Elle revêtit une longue chemise qui laissait voir son corps en transparence. Aussi se pencha-t-elle pour ramasser prestement une cotte en laine brune.

— Perdu allait être emporté par les flots, dit-elle. Je ne pouvais pas l'abandonner.

— Alors vous avez défié les éléments. Vous avez eu de la chance. Vous auriez pu mourir.

Vêtue de sa cotte, elle se retourna brusquement vers lui.

— Vous aussi, vous avez mis votre vie en péril en venant à mon secours !

— Cela est entièrement différent, rétorqua-t-il sèchement.

J'ai pris l'engagement de vous protéger jusqu'à votre retour dans votre famille. Je ne pouvais pas attendre en vous regardant vous noyer sous mes yeux.

Il eut un profond soupir comme s'il se déchargeait d'un coup d'une accumulation d'angoisses et de soucis puis, enlaçant la jeune femme, il la serra contre lui.

— C'est la chose la plus folle que vous ayez jamais faite, Isabel de Clancey. Un moment, j'ai cru que j'allais vous...

Il ne termina pas sa phrase et s'éclaircit la voix avant d'ajouter :

— Ne refaites jamais plus quelque chose de semblable ! M'avez-vous bien compris ?

— Oui, parfaitement, répondit-elle.

Il la serra plus fort dans ses bras en murmurant :

— Seigneur ! Si vous saviez la peur que vous m'avez donnée.

— Je suis désolée, William...

Elle appuya la tête contre sa poitrine et, comme il baissait les yeux pour la regarder, elle ajouta :

— Merci.

Il murmura une réponse inaudible et la garda blottie dans ses bras. Un long moment s'écoula ainsi tandis qu'il passait doucement la main dans le dos d'Isabel.

— Entendez-vous ? fit-il en redressant la tête pour mieux percevoir le bruit de la tempête. Il semblerait que le pire fût derrière nous.

— Dieu soit loué !

— Je vais aller voir si je peux me rendre utile. Restez ici !

Elle acquiesça et ramassa Perdu qu'elle tint serré contre elle tandis qu'elle saisissait de nouveau le gréement qu'elle avait lâché quand elle était sous la protection de William.

— Tu as vu dans quel pétrin tu nous as mis ? dit-elle en s'adressant au chien. Il ne sert à rien de me regarder comme ça. Ce qui s'est passé est entièrement de ta faute, mais je suis bien contente, maintenant, de t'avoir avec moi.

Chapitre 17

Tout l'équipage s'affairait sur le pont pour tenter de délester le navire dans lequel étaient entrées des trombes d'eau.

Passant outre les recommandations de William, Isabel avait rejoint les marins et elle jetait par-dessus bord des seaux et des seaux d'eau.

Quand on eut fini d'écoper, Isabel, pâle comme la mort, épuisée, semblait sur le point de perdre connaissance. William, qui l'observait depuis quelques instants, s'empressa de la rejoindre et passa le bras autour de sa taille pour la soutenir.

Elle avait tellement insisté pour se joindre à l'équipage qu'il avait fini par céder, alors qu'elle avait plutôt besoin de repos et de se réchauffer après avoir été trempée en voulant sauver Perdu.

Il la reconduisit à son abri et la fit s'étendre sur la paillasse. Elle se recroquevilla sur le côté et s'endormit aussitôt. William s'allongea alors près d'elle et remonta la couverture sur eux. Trop fatigué pour mesurer les risques qu'il prenait en partageant la couche de la jeune femme, il la serra dans ses bras et s'assoupit à son tour.

Il s'était tenu éloigné d'elle depuis le début de la traversée autant par respect pour le rang qu'elle occupait que pour ne pas perturber les marins, mais surtout parce qu'il ne se faisait pas confiance. Dès qu'il restait un peu trop longtemps en sa présence, en effet, il ressentait le besoin de l'embrasser, la toucher…

Cette nuit-là, cependant, où il s'octroyait le privilège de dormir près d'elle, il savait qu'il ne serait pas tenté de profiter de la situation. Pas après ce qui s'était passé. Pas après qu'il avait failli la perdre…

Jamais il n'avait eu aussi peur de sa vie. Au moment où il avait cru que les flots allaient l'engloutir, il avait éprouvé un terrible déchirement au fond de l'âme. À la pensée de la perdre, il avait cru devenir fou et une force inconnue s'était emparée de lui. Sans cette intervention, il n'aurait pas pu la hisser à bord comme il l'avait fait.

Mais aussi héroïque qu'eût été son action, il n'avait en fait qu'accompli son devoir car il avait pris l'engagement de ramener Isabel saine et sauve en Angleterre. Sa sécurité passait avant toute chose et si, pour la garantir, il fallait la tenir dans ses bras toute la nuit, il n'hésiterait pas.

William observait le soleil qui paraissait à l'horizon au-dessus de brumes aux nuances d'or et de nacre. Les flots apaisés, si différents de la féroce tempête qui avait failli les engloutir, reflétaient l'éclat de l'astre, l'écume des vagues se gorgeant de sa lumière.

William, qui depuis quelques instants observait le lever du soleil, entendit Isabel bouger derrière lui. Se retournant vers elle, il lui sourit.

Sans attendre, elle se leva et vint auprès de lui.

— Êtes-vous encore fâché contre moi ? demanda-t-elle en lui prenant la main.

— Oui… Fâché, furieux, fou de colère !

— Oh ! là, là !

— C'est vrai. Je suis sérieux.

— C'est par pur instinct que je me suis lancée à la recherche de Perdu. Je n'ai pas réfléchi.

— C'est admirable, mais vous avez mis votre vie en péril.

— Je ne l'ai compris qu'après.

— Ce que vous avez fait était d'une témérité telle que je n'en ai jamais vu. Je ne crois pas que j'aurais eu votre courage.

— Vous ne manquez pas de courage, William, vous l'auriez eu. Mais la témérité, qui s'apparente à la folie, ce n'est pas votre genre. Vous êtes l'homme le plus sensé que je connaisse.

— Vraiment ? fit-il en souriant. Il faut bien que l'un de nous deux le soit, Isabel. On m'a trouvé toutes sortes de qualités et de défauts, mais je ne me suis jamais entendu dire que j'étais sensé.

— Ah bon ? Alors serait-ce plutôt fidèle, loyal et résolu ?

— Pour vous servir, damoiselle, fit-il en inclinant la tête.

— Tout en étant tendre, attentionné et courtois.

— Mon Dieu ! Vous allez me faire rougir.

— Et avant tout courageux, vaillant et honnête, comme il convient à un vrai chevalier.

Il aurait aimé correspondre en tout point à la description qu'Isabel faisait de lui, mais la réalité était différente, du moins bien plus compliquée. Cependant, pour complaire à la jeune femme, il aurait tout fait pour ressembler davantage à ce portrait.

Il porta la main d'Isabel à ses lèvres et l'effleura d'un baiser.

— Je suis très sensible à l'opinion que vous avez de moi, dit-il, mais je ne suis pas celui que vous croyez.

— Il me déplaît de vous contredire, mon cher William, mais je suis convaincue du contraire.

Elle pressa sa main en ajoutant :

— Auriez-vous oublié l'estime que j'ai pour vous ?

Il fit non de la tête en murmurant :

— Je vous remercie.

— Dois-je comprendre que vous me pardonnez ?

— Je me doutais bien que si vous m'attribuiez toutes ces qualités ce n'était pas gratuit, répondit-il en riant. Vous êtes une femme déroutante, Isabel.

— N'oubliez pas que j'ai un tempérament de combattante.

— Ce n'est que trop vrai.

Un silence suivit le constat de William, mais il n'avait rien de pesant.

Après quelques instants, il se tourna vers elle en déclarant :

— En vérité, vous êtes la femme la plus remarquable que j'aie jamais rencontrée. Une femme de cœur, attentive aux autres et toujours prête à aider les plus faibles.

— C'est vous, maintenant, qui allez me faire rougir, répliqua-t-elle en haussant les épaules.

— Je le pense vraiment… Promettez-moi, à présent, que vous ne commettrez plus de folies comme hier.

— Je vous en donne ma parole, William.

Un sourire dansa sur les lèvres d'Isabel quand elle reprit :

— Ma folie s'explique du fait que je n'ai jamais rencontré un petit être vivant qui se soit attaché autant à moi que Perdu.

— Je saisis bien ce que vous voulez dire, répondit-il alors qu'un souvenir enfoui au fond de sa mémoire lui revenait à l'esprit. Lorsque j'étais enfant, j'avais un chien, le meilleur compagnon qu'on pût imaginer. Or, j'ai été obligé de le donner quand nous sommes partis vivre à Londres. Il était avec moi comme Perdu avec vous. Il me suivait partout.

Isabel ne renchérit pas pour l'inciter à poursuivre.

— Je n'oublierai jamais à quel point j'ai souffert au moment de le quitter. Aussi ne m'est-il pas difficile de comprendre ce que vous avez ressenti quand vous avez cru perdre votre petit animal.

L'enfant qu'il était avait eu le cœur brisé de devoir se

séparer de son compagnon à quatre pattes. Or, son beau-père l'avait violemment corrigé pour avoir montré ainsi une émotion qu'il aurait dû, selon lui, dissimuler. C'était pourquoi, en grandissant, William avait pris l'habitude de ne rien laisser voir de ce qu'il ressentait, et ce comportement, avec le temps, était devenu chez lui une seconde nature.

— Il vous a fallu abandonner votre chien, remarqua Isabel, mais ça a dû être exaltant de changer de lieu d'habitation et de découvrir d'autres provinces du royaume, non ?

— Nous ne restions jamais assez longtemps au même endroit, répondit William en haussant les épaules. Nous n'avions pas le temps de planter nos racines.

— Mais du moins n'étiez-vous pas séparés les uns des autres…

Le souvenir de la jeune Isabel, arrachée à sa famille, qu'il avait sauvée dans une forêt du Périgord revint à la mémoire de William. Elle avait dû horriblement souffrir de cette séparation.

Leurs expériences enfantines, à elle comme à lui, avaient été forgées par les dures réalités du monde.

Il lui sourit tendrement en espérant qu'elle saurait reconnaître dans ce sourire toute la compassion qu'il éprouvait pour elle.

— À la différence de vous, répondit-il. L'arrachement à votre famille a dû être très dur à vivre.

— Au début, en particulier, mais avec le temps et l'instinct de survie, ma douleur s'est apaisée. D'ailleurs, comme vous l'avez constaté, ma vie à Saint-Jean-de-Cole, chez les Meunier, était plutôt agréable.

— Certes, mais cela devait être très douloureux quand même de savoir que vous ne reverriez peut-être jamais les vôtres.

— Oui, bien sûr, surtout lorsque je pensais à ce que j'avais perdu, mais avec le temps j'avais fini par oublier qui j'avais été et me préoccuper de celle que j'étais en train de devenir. Votre arrivée, bien sûr, a bouleversé ma nouvelle existence.

Elle eut une expression rêveuse, quelque peu nostalgique, en reprenant :

— Des souvenirs de mes frères me sont revenus en mémoire depuis, hélas, que vous m'avez appris qu'ils étaient morts. Je me rends compte, à présent, qu'ils me manquent. J'aurais aimé connaître les hommes qu'ils étaient devenus.

— Votre mère pourra peut-être vous le dire.

— Oui… Je l'espère…

William, lui aussi, avait la nostalgie de sa famille, ses amis et son ancienne vie, mais il avait pris l'habitude de taire ses émotions et de ne pas s'appesantir sur ses sentiments, sachant que ça ne pouvait conduire qu'à plus de tristesse.

— À la différence de vous, reprit-il, j'étais impatient de quitter ma famille lorsque j'étais enfant. Je voulais, surtout, m'éloigner de mon beau-père. C'est ce que j'ai fait en devenant écuyer de messire Perceval.

— Votre beau-père ne vous a-t-il jamais adopté ?

— Si, mais dans les faits il n'a jamais pu me considérer comme son fils légitime.

— Vous avez dû en souffrir.

— Oui, d'autant plus que je n'ai découvert qu'il n'était pas mon père qu'après sa mort.

— Je croyais que vous l'aviez toujours su.

— Non… Il aurait été plus simple, pourtant, que je sache la vérité. Cela explique pourquoi je ne ressemblais pas à mes frères et sœurs, et pourquoi aussi Matthew Geraint ne m'aimait pas. C'est également la raison pour laquelle le fils d'un tailleur de pierre a pu devenir chevalier.

En parlant, William avait l'estomac noué comme toujours quand il évoquait son passé, mais cette fois, peut-être parce qu'il se confiait à Isabel, il lui semblait que quelque chose au fond de lui s'était, enfin, libéré.

— Après la mort de Matthew Geraint, reprit-il, qui correspondait d'ailleurs avec le siège de Portchester, ma mère a fini par m'apprendre que je n'étais pas son fils et que mon père naturel était Guy de Manville. Il avait offert de l'argent à ma mère et à Matthew pour qu'ils m'élèvent, mais quand j'ai été en âge de devenir écuyer, il m'a obtenu une place auprès de messire Perceval d'Halsted.

— Oh… William…

— Vous voyez que toute ma vie a été fondée sur un mensonge.

Ils se turent, le regard perdu vers le lointain horizon où le soleil s'élevait dans sa gloire.

William avait la gorge trop serrée pour continuer à parler. Comment en étaient-ils venus à évoquer des sujets aussi personnels ? Des questions qu'il n'avait jamais abordées même en compagnie de son ami Hugues de Villiers.

Isabel laissa échapper un soupir et se tourna vers lui.

— Non, répondit-elle. Moi, je vois un homme qui essaie d'expliquer son passé, mais qui, ce faisant, se condamne lui-même et tous ceux qu'il aime.

— C'est faux.

— Vraiment ? Il ne me semble pas impossible que votre mère, votre père naturel et même votre beau-père aient voulu votre bien.

— Certes, mais…

Elle leva la main pour le faire taire :

— Il n'y a pas de mais, William. Personne n'est parfait, même vous avec vos immenses qualités.

— Ce n'est pas vous qui me l'apprenez.

— Mais ces défaillances sont justement là pour nous rappeler que nous sommes mortels, reprit Isabel. Nous faisons tous des erreurs, vous, moi et même ceux qui sont censés vouloir notre bien.

— Ce que vous dites n'est pas faux, mais ce n'est pas aussi simple qu'il y paraît. Ma mère aurait dû me dire depuis longtemps que Matthew n'était pas mon père.

— Oui, sans doute, mais réfléchissez... Votre mère aurait très bien pu faire le serment à votre beau-père de ne jamais vous révéler la vérité de son vivant.

La suggestion d'Isabel déconcerta William, qui n'avait jamais pensé à cette éventualité. Or, il n'était pas impossible que l'orgueil de Matthew Geraint l'eût conduit à cette extrémité.

— Croyez-vous sincèrement que votre mère eût voulu délibérément vous faire du mal ? demanda Isabel. À votre expression, je comprends que cela est totalement exclu. Alors cessez de vous torturer. Contentez-vous de lui pardonner et libérez-vous de toute cette culpabilité sous laquelle vous étouffez. Absolvez-vous de vos erreurs passées, ou plutôt de vos prétendues erreurs.

— Isabel, je...

— Vous m'avez dit un jour que vous n'étiez plus qu'une coquille vide. Je n'en crois rien. L'homme que j'ai sous les yeux vaut bien plus que cela. Ne vous fiez pas à ce que les gens pensent ou peuvent penser de vous. C'est à vous de vous connaître et de vous estimer pour ce que vous valez. Ne jouez pas à être un autre que celui que vous êtes en vérité.

William, qui voulait retenir tout ce qu'elle lui disait, la regardait dans les yeux.

— Comment avez-vous acquis cette sagesse ? demanda-t-il après un moment de silence.

— Je ne sais pas... Vous me prêtez des qualités que je n'ai pas.

— Détrompez-vous. Vous ne cessez de me surprendre.

Ce fut son tour de serrer la main de la jeune femme.

— Merci, murmura-t-il, incapable de rien ajouter.

— Si je puis vous aider d'une manière ou d'une autre, répondit-elle en rougissant, j'en suis heureuse. C'est le minimum que je puisse faire pour vous après toutes les fois où vous m'avez sauvé la vie.

On avait parfois besoin d'un regard extérieur pour appréhender sa propre situation. Était-ce possible qu'il eût conçu une mauvaise appréciation des dispositions prises par sa mère pour assurer son avenir ?

Il regrettait, maintenant, d'avoir agi aussi impulsivement la dernière fois qu'il avait vu cette dernière. Il aurait dû la questionner au sujet de son père de sang au lieu de claquer la porte. L'émotion et les sentiments blessés l'avaient emporté sur la raison.

Tout cela était arrivé, en outre, à une époque de sa vie où il était rempli de tristesse et de remords après le désastre de Portchester.

La mort de l'homme qui l'avait élevé comme un fils même s'il ne lui témoignait pas beaucoup d'affection n'avait fait qu'aggraver son état. Chaque nouvelle circonstance envenimant l'autre, il avait fini par renoncer à son ancienne vie pour se jeter dans une nouvelle existence sombre et triste, dominée par la colère et l'amertume.

Se tournant vers Isabel, il rencontra son regard inquiet et plein de compassion, auquel il répondit par un sourire de gratitude.

Il eut confirmation, à cet instant, qu'un poids s'était levé de sa poitrine. Son cœur, d'ailleurs, se dilata comme la jeune femme lui souriait à son tour. Et il mesura avec étonnement la profondeur de son attachement pour elle.

Isabel de Clancey, décidément, était aussi gentille qu'elle était belle. C'était assurément la femme la plus remarquable qu'il eût jamais rencontrée, et il se découvrait à son égard une insondable tendresse.

Ils passèrent encore plusieurs jours en mer avant d'être en vue du port de Southampton. Debout sur le pont, Isabel tenait Perdu dans ses bras en observant la côte qui se rapprochait. Elle revoyait l'Angleterre pour la première fois depuis son enfance et n'éprouvait absolument rien.

Elle était de retour chez elle…

Quelque effort qu'elle fît, elle n'arrivait pas à retirer une émotion particulière de l'instant qu'elle vivait. Elle se sentait vide et comme privée de tous sentiments, mais probablement n'était-ce que la conséquence de l'impatience dans laquelle elle se trouvait de revoir les lieux où elle avait vécu. Ses émotions lui reviendraient lorsqu'elle arriverait au château de Clancey et qu'auraient lieu les retrouvailles avec sa mère.

Elle sentit une présence près d'elle et n'eut aucun doute qu'il s'agissait de William. Tournant le visage vers lui, elle lui sourit. La tendresse de son expression la réconforta aussitôt. Elle s'étonnait que chaque fois qu'il la regardait ainsi elle éprouvât la même sensation : une chaleur bienfaitrice coulait dans ses veines, gagnant l'extrémité de ses membres.

Il porta comme elle son regard sur le port de Southampton et il vint à l'esprit d'Isabel que lui aussi, après une longue absence, revenait dans sa patrie.

— Nous voici de retour, damoiselle.

— Oui…

— Comment vous sentez-vous ?

Elle haussa les épaules.

— Je ne sais pas très bien. Je suppose que c'est étrange aussi pour vous de revoir l'Angleterre ?

— Oui, en effet. La dernière fois que je l'ai quittée, je pensais ne plus jamais y retourner.

— Moi aussi.

— Et pourtant, nous sommes là tous deux, à quelques encablures de la côte anglaise, murmura-t-il. Ça devrait tout de même être beaucoup plus émouvant pour vous que pour moi.

— Sans doute, répondit-elle en soupirant. Je m'attendais à éprouver de la colère, de l'amertume ou peut-être même de la tristesse, une certaine émotion… mais je ne ressens rien.

Il lui prit la main, entremêlant leurs doigts, et la porta à ses lèvres.

— C'est tout à fait normal, Isabel, après ce que vous avez vécu.

— Le pensez-vous vraiment ?

— Bien sûr. Vous avez quitté l'Angleterre en laissant derrière vous tous ceux que vous aimiez et sans savoir vers quel destin vous alliez. Votre retour ne peut que vous paraître irréel.

— En vérité, maintenant que nous sommes de retour, je ne sais pas à quoi je dois m'attendre.

— Et c'est ça qui vous met mal à l'aise ?

Elle acquiesça de la tête.

— Cela peut vous paraître exagéré, mais il me semble que j'avance vers l'inconnu.

— Je vous comprends, murmura-t-il. J'éprouve la même chose. Dans la vie, nous empruntons souvent des chemins qui donnent l'impression de ne déboucher sur rien, et nous sommes forcés de prendre des décisions les yeux bandés.

— Un peu comme ce voyage.

— Oui, précisément. Tout ce voyage s'est fait en avançant vers l'inconnu, comme vous le dites si bien. J'avais à peu près le même sentiment la veille d'une bataille.

Elle leva les yeux sur lui pour mieux voir sa réaction.

— Avez-vous le regret de ne plus faire partie de l'ost royal ?

— Il y a si longtemps que je n'ai pas rejoint le ban, Isabel, que je ne sais plus si j'en ai encore le désir ou non, répondit-il en regardant au loin, mais je reconnais que l'amitié qui se crée entre compagnons d'armes me manque.

— À présent que vous êtes de retour en Angleterre, vous ne serez plus condamné à rester seul, dit-elle en rougissant comme il venait de tourner vivement le regard vers elle.

— Je l'espère, fit-il en haussant les épaules, bien que je ne sache pas non plus ce qui m'attend.

— C'est préférable. Au moins, vous ne serez pas déçu.

Elle fronça les sourcils en reprenant :

— Comme vous, j'ai été seule pendant toutes ces années. Certes, j'ai eu de la chance par rapport à beaucoup d'autres enfants adoptés, mais je n'ai jamais pu être vraiment moi-même puisque je me faisais passer pour une autre. Paradoxalement, maintenant que je vais pouvoir être celle que je suis en vérité, je ne suis pas certaine d'être en mesure d'incarner la jeune fille noble qu'on attend de moi.

— Vous n'avez pas à devenir ce que les autres attendent de vous. Soyez la jeune aristocrate que vous souhaitez être. Vous êtes une personne incroyable, Isabel. D'abord et avant tout, vous avez du cœur. C'est cela qui fait votre force. Ne changez jamais, sous aucun prétexte !

Isabel, le sang aux joues, le regardait sans pouvoir articuler le moindre mot. Elle n'en revenait pas que William lui trouvât autant de qualités. Et elle était d'autant plus impressionnée par ce qu'il venait de lui dire qu'elle n'était pas habituée à recevoir des compliments. Venant de lui, ils avaient encore plus de poids car elle savait qu'il ne les lui ferait jamais s'il ne les pensait pas vraiment.

— Je ne suis plus celui que j'étais, reprit-il à mi-voix. Tout ne cesse de fluctuer dans la vie.

Ils retombèrent dans le silence alors que le navire ne cessait de s'approcher du port. Les contours des bâtiments et des vaisseaux amarrés devenaient plus précis. On distinguait même les marins s'affairant sur les quais.

— Comment avez-vous acquis autant de sagesse ? demanda-t-elle, répétant quasiment les mêmes mots que les siens quand, quelques jours plus tôt, ils admiraient le lever de soleil en mer.

Il ne répondit pas, mais l'expression de son regard suffit à satisfaire Isabel. Elle l'avait à peine vu depuis cette aube magnifique où il s'était livré à elle. Manifestement, cela lui avait fait du bien de se confier. Il semblait beaucoup plus gai, comme s'il était déchargé du poids qu'il portait depuis des années.

Elle avait souffert avec lui en recueillant sa confession, mais elle avait été touchée aussi qu'il l'eût choisie pour être le témoin de cet aveu. Et, grâce à cela, elle le comprenait d'autant mieux.

À partir de ce moment, leur relation s'était transformée. La tension qui n'avait jamais cessé d'exister entre eux s'était évanouie. On eût dit que la tempête l'avait emportée, ne laissant derrière elle qu'une relation plus intense et plus intime. C'était même, dans le cas d'Isabel, une attirance si forte pour William qu'elle en avait, par moments, le souffle coupé.

Cependant, si elle avait des sentiments très forts pour lui, elle n'en gardait pas moins à l'esprit que tout cela était vain.

Or, maintenant qu'ils étaient en Angleterre et si proches de la fin de leur périple, elle avait le sentiment qu'elle n'en sortirait pas indemne.

Elle chassa de son esprit ces pensées mélancoliques avant de remarquer :

— J'aurais aimé ressentir quelque chose à mon retour en Angleterre.

— Ça va venir avec le temps.

Le temps...

C'était justement ce qui lui manquait. Ce temps précieux qu'il lui restait à vivre avec William. C'était peut-être la raison pour laquelle elle était incapable de se réjouir d'être de retour sur la terre de ses ancêtres. Savoir que sa relation avec William allait très rapidement arriver à son terme la rendait très malheureuse.

— Oui, répondit-elle. Vous avez raison.

Chapitre 18

Dès qu'ils eurent débarqué, William, conscient qu'ils n'étaient plus sous la protection des Templiers, redoubla de précaution. Pour peu qu'ils eussent eu connaissance de leur traversée, les hommes de Rolleston pouvaient de nouveau frapper à tout moment.

Il s'enquit sans délai, d'un logement pour passer la nuit. Ce fut chez l'architecte naval de Southampton, dont la maison se dressait à l'extrémité du port, qu'il trouva deux chambres confortables à louer.

Une fois installé, son premier souci fut de demander du parchemin, de l'encre et une plume pour écrire à Hugues de Villiers, sire de Tallany, en espérant que celui-ci se trouvait au château de Winchester.

Son messager, ainsi, ne serait pas obligé de se rendre jusqu'au château de Tallany, situé plus au nord.

Le ton de sa missive était pressant mais qu'y pouvait-il ? Il lui fallait joindre au plus vite son vieil ami en espérant que les liens du passé seraient assez contraignants pour le convaincre de lui venir en aide.

Il écrivit également à sa mère, sachant que bien qu'elle ne sût pas lire il pouvait compter sur le prêtre du village pour lui faire la lecture de son message.

On les conduisit à leurs chambres, où on leur servit un

ragoût de mouton, du pain croustillant et de l'ale chambrée ainsi qu'un gros os garni de viande pour Perdu.

Après leur dîner, ils eurent le plaisir de se baigner chacun dans un baquet de bois rempli d'une eau chaude et parfumée.

Le baquet destiné à William était disposé à l'extérieur, dans une petite cour invisible aux regards, alors que celui d'Isabel était placé dans sa chambre. William l'aperçut à sa fenêtre alors qu'elle jetait un coup d'œil au-dehors, mais elle disparut aussi vite qu'elle était apparue.

Plus tard, avant d'aller se coucher, tous deux s'étaient installés côte à côte devant l'âtre de la petite antichambre, pour jouir de la chaleur du feu de bois. Il faisait nettement plus frais en Angleterre, où soufflait un vent du nord qui faisait trembler les volets intérieurs.

William s'occupait à terminer sa sculpture, à laquelle il avait donné une forme ovale. Il voulait la finir avant le terme de leur voyage.

Il lança un rapide coup d'œil à Isabel et ne put retenir un soupir. Depuis leur arrivée en Angleterre, elle était pensive, comme perdue dans une sorte de mélancolie.

— Vous avez l'air malheureuse, damoiselle, dit-il en se tournant vers elle.

Elle tendit la main et caressa Perdu couché à ses pieds.

— Si vous êtes inquiète à l'idée de revoir votre mère…

— Non, ce n'est pas ça, interrompit Isabel en regardant droit devant elle.

William savait ce qui la mettait dans cet état. À partir du moment où il lui avait exposé ses intentions au sujet de la suite du voyage, elle était rentrée en elle-même. Les dispositions qu'il avait dû prendre ne l'enthousiasmaient pas davantage qu'elle, mais c'était le seul moyen envisageable de se rendre au château de Clancey.

Ce soir, c'était la dernière nuit où ils seraient seuls…

Il avait retenu, en effet, un chariot dans lequel Isabel voyagerait en compagnie d'un chaperon, une veuve de Southampton. Il avait également commandé pour elle des vêtements neufs à un tailleur qui avait accepté de les confectionner pendant la nuit.

Quant à lui-même, il ferait le trajet sur un cheval qu'il lui restait à trouver, ainsi qu'un palefrenier faisant office d'écuyer et un sergent d'armes pour garantir leur sécurité.

Il demeurait encore quelques détails à régler, mais William avait bon espoir de se mettre en route dans le courant de la matinée.

Il était satisfait de l'organisation qu'il avait mise en place, sauf qu'à partir de demain il n'aurait plus aucune intimité avec Isabel. Elle serait officiellement damoiselle de Clancey en chemin vers son fief.

— Parlons d'autre chose, dit-elle brusquement. Voudriez-vous m'apprendre à sculpter ?

Une expression de surprise parut sur le visage de William.

— Bien sûr, si cela vous fait plaisir.

Il posa la pierre et ses outils pour aller prendre un petit tabouret qu'il plaça devant son propre siège.

— Voudriez-vous vous asseoir ici, Isabel ? suggéra-t-il. En vous tournant vers l'âtre.

Elle fit comme il le lui demandait et il reprit sa place derrière elle.

La jeune femme retint son souffle quand elle sentit qu'il se penchait sur elle et l'enveloppait de ses bras pour lui prendre les mains. William était si près d'elle qu'il distinguait parfaitement les petites taches de rousseur parsemant sa nuque, et respirait le parfum de sa peau et de ses cheveux mouillés. Cette proximité lui rappelait douloureusement ce dont il mourait d'envie, mais qui n'était plus pour lui.

Il s'éclaircit la gorge puis prit ses outils d'une main tandis que de l'autre il tenait l'ardoise.

— Voulez-vous commencer par ce ciseau, suggéra-t-il en lui présentant l'outil. À moins que vous n'en désiriez un autre plus adapté à la taille de votre main ?

— Celui-ci fera l'affaire.

— Parfait. Vous voyez les motifs que j'ai gravés dans la pierre... Vous pouvez continuer de la même manière ou en inventer de nouveaux si vous le souhaitez.

— Devrais-je répéter ce motif-là ? demanda-t-elle en indiquant du doigt un détail sculpté dans l'ardoise.

William, paralysé par l'émotion, la regarda rassembler la masse de ses cheveux qu'elle passa d'un côté de sa tête pour la faire reposer sur son épaule.

— Choisissez ce que vous voulez, répondit-il enfin. Quelque chose qui vous plaise.

Il l'aida à placer le ciseau dont elle s'était emparée.

— Tenez-le ainsi et maintenez fermement l'ardoise avec votre main libre.

Isabel avait le dos appuyé à la poitrine de William et elle sentait son souffle contre sa joue tandis qu'il lui murmurait des conseils.

— C'est très bien, fit-il alors qu'elle poursuivait son effort.

Elle était si concentrée sur son travail qu'elle avait avancé le bout de la langue entre ses lèvres. La tentation qu'elle faisait naître chez William était telle qu'il en avait le cœur serré, sachant que celle-ci ne pouvait pas être comblée.

Il ravala sa salive pour dénouer sa gorge. Il se souviendrait toute sa vie de ce moment où, à la tombée du jour, Isabel avait sculpté entre ses bras, complétant minutieusement son œuvre. Il garderait précieusement dans sa mémoire tous ces instants merveilleux vécus avec elle.

Elle finit par se laisser aller contre lui et lui rendre le ciseau tandis qu'elle élevait l'ardoise pour vérifier ce qu'elle avait fait.

— Qu'en pensez-vous ?

— C'est infiniment mieux, répondit-il en souriant.

— Nous savons parfaitement l'un et l'autre que ce n'est pas vrai, fit-elle en se levant du tabouret pour retourner s'asseoir près de lui. Vous moquez-vous de moi, messire William ?

— Moi ? Votre chevalier errant ? Me croyez-vous assez méprisable pour faire de faux compliments à une gente damoiselle ?

— Non, certes, du moins je l'espère ?

Elle ajouta ces derniers mots avec un petit sourire espiègle.

— N'ayez aucune inquiétude, j'en suis incapable, énonça-t-il d'un air énigmatique. Ne m'avez-vous pas fait le reproche d'être sensé ? Vous n'y ajouterez pas celui d'être menteur.

Elle se mit à rire.

— Tant mieux. Je n'aimerais pas que mon chevalier errant ne me dît pas la vérité.

— N'est-ce pas ?

Il prit l'ardoise et l'examina de plus près.

— Le résultat n'est pas mal du tout, déclara-t-il.

— Vous trouvez que toutes les imperfections que j'y ai ajoutées n'anéantissent pas votre œuvre ? Pour ma part, j'aurais tendance à penser qu'elles l'ont gâchée.

Il lui releva le menton pour mieux plonger le regard dans ses yeux et en détailler toutes les nuances de tons, incluant le vert, l'ambre, l'ocre et, pour l'une des prunelles, la tache brune incomparablement belle.

— J'ai tendance à préférer les imperfections, Isabel, dit-il tandis qu'un sourire flottait sur ses lèvres. Mais ce qui me plaît, surtout, dans cette œuvre commune, c'est qu'un peu de moi et un peu de vous s'y trouvent à jamais inscrits.

Il la vit cligner des paupières alors que ses yeux se remplissaient de larmes.

Elle se leva soudain et, tournant le dos à William, s'éloigna de lui.

À aucun moment il n'avait voulu la blesser, mais pourquoi avait-il évoqué, indirectement, que leur aventure commune arrivait à son terme ?

Certes, par ces mots, il avait mis son cœur à nu. Isabel pouvait comprendre à travers ce qu'il avait dit que le souvenir de leur relation le hanterait jusqu'au dernier de ses jours.

Si Isabel avait les yeux remplis de larmes, il avait lui-même la poitrine oppressée au point qu'il n'arrivait plus à respirer. Il lui était insupportable de savoir qu'ils vivaient leur dernière soirée en tête à tête. Le lendemain, tout serait différent. Ils ne seraient plus seuls et se rapprocheraient inéluctablement du but de leur voyage, et de leur séparation.

William se leva et rejoignit Isabel. Il posa les mains sur ses épaules puis les laissa descendre le long de ses bras avant d'entrecroiser ses doigts avec les siens.

— Je vous demande pardon, Isabel.

— Pardon de quoi ? fit-elle en se retournant, un sourire douloureux aux lèvres. Il n'y a rien à pardonner.

— Vraiment ? fit-il en lui prenant la taille entre les mains. Je veux seulement que vous sachiez que je n'ai jamais voulu vous faire du mal.

— Bien sûr… Je le sais…

Le sourire d'Isabel s'évanouit alors qu'elle se mordait la lèvre inférieure.

— Mais c'est… si difficile…

— Oui, en effet.

— Tout va être différent.

— Oui.

— Et si nous ne le voulons pas ? Cela fait-il une différence ?

Il remua la tête.

— Nous n'avons pas le choix.

— Je savais que ça se terminerait comme ça, dit-elle en plongeant le visage dans ses mains. Je savais que ce serait dangereux pour moi de m'approcher de vous.

— Parce que je suis dangereux ? lança-t-il d'un ton vaguement ironique.

— Non, vous ne l'êtes pas, William, répondit-elle. Vous êtes même le meilleur homme que je connaisse.

Il aurait aimé qu'elle dît vrai. Il avait envie de bien des choses hors de sa portée mais, surtout, il aurait aimé avoir le pouvoir de changer le cours de sa vie et se rendre digne d'Isabel.

— Certains changements sont pour notre bien, remarqua-t-il après un moment de silence. Après tout, rien n'est immuable.

— Je ne suis pas certaine d'être prête à vivre ces changements.

Il ferma les yeux en appuyant le front contre celui de la jeune femme.

— Je sais, Isabel, que de votre manière inimitable vous ferez face avec succès à tous les défis.

— Vous avez davantage confiance en moi que moi-même.

— C'est pareil de mon côté. Vous croyez davantage en moi que moi-même.

Il s'écarta d'elle et ils restèrent longuement face à face. William pouvait lire dans le regard d'Isabel toutes les émotions qui la traversaient.

— Vous savez, William Geraint, fit-elle en lui caressant la joue, vous êtes digne de bien plus que vous ne le pensez. Vous êtes digne de ma confiance et de mon amour. En fait, si vous daignez l'accepter, je vous donne mon cœur.

Elle lui couvrit les lèvres de sa paume alors qu'il ouvrait la bouche pour parler.

— Non, s'il vous plaît, ne dites rien.

Il écarta sa main sans la quitter un instant des yeux.

— J'ai beaucoup de choses à vous dire, ma chérie, déclara-t-il en la soulevant dans ses bras.

Il l'emporta dans la plus grande des deux chambres, qu'il lui avait donnée, et l'étendit sur le lit avant de reprendre :

— Comment vous faire comprendre que j'ai une profonde affection pour vous si vous m'empêchez de parler ?

Il l'embrassa délicatement sur les lèvres puis poursuivit :

— Comment vous dire que je vous aime ?

Isabel ouvrit tout grands les yeux en retenant sa respiration. Elle voulut parler, mais ce fut au tour de William de l'en empêcher. Ce n'était plus le temps de la parole.

Il s'était emparé de nouveau de ses lèvres et étendu près d'elle. En appui sur un coude, il suivait d'une main le contour harmonieux de son corps.

— Vous m'aimez ? fit-elle comme si elle avait peine à le croire.

— De tout mon cœur.

— William…

Elle lui enlaça le cou pour l'attirer vers elle.

— Comment pourrais-je me séparer de toi ?

— Il le faut, Isabel, murmura-t-il contre la commissure de ses lèvres. Nous n'avons pas le choix.

— Je le sais… Je me le suis répété mille fois, mais ça ne rend pas la chose plus facile.

— Non, sans doute, mais il nous reste encore cette nuit, dit-il en lui passant tendrement la main dans les cheveux.

— Oui…, fit-elle tandis qu'elle se laissait aller sur le dos.

Les mots ne suffisaient pas à exprimer ce qu'elle ressentait au fond d'elle-même et dont son cœur, qui battait la chamade, se faisait l'écho.

Le désir brûlant qu'elle éprouvait pour William risquait de la consumer. D'ailleurs, n'était-elle pas déjà toute tremblante entre ses bras ?

Ils s'étaient mutuellement dévêtus dans une fiévreuse impatience et leurs peaux nues étaient collées l'une à l'autre. Haletants, ils mouraient d'envie l'un de l'autre. Isabel voulait qu'il la dévorât de baisers et de caresses, elle voulait ses lèvres et ses mains partout sur son corps, mais ce n'était pas encore assez. Elle voulait…

Lui appartenir en totalité… Elle désirait que cette nuit durât éternellement… Que ces moments s'inscrivent à jamais dans sa mémoire.

Il nous reste une nuit…

Si c'était tout ce qu'elle pouvait avoir, elle le prendrait. Elle accueillerait tout ce qu'il avait à lui donner et, en retour, elle lui montrerait ce qu'il était pour elle. Elle lui livrerait tout son corps, son cœur et son âme.

La jeune femme retint son souffle quand il la pénétra…

Son regard d'un bleu profond brillait d'une émotion qu'elle ne lui avait encore jamais vue. Leurs mains couraient sur leurs corps, leurs doigts exploraient, leurs langues se confondaient.

William se retira d'elle, festoya de sa poitrine, insistant sur le bout de ses seins, descendit dans la plaine de son ventre, écarta ses cuisses…

Ô merveille ! Il pressait les lèvres contre les replis soyeux de sa féminité… Sa langue la titillait d'une exquise manière…

Quand il l'eut comblée, Isabel se sentit l'audace de découvrir son corps. Elle laissa descendre les mains le long de son dos jusqu'au creux de ses reins puis saisit ses fesses fermes et musclées. Elle sentait contre ses seins le frottement de sa poitrine couverte d'un duvet sombre.

Elle s'arqua pour mieux le sentir lorsqu'il revint en elle avec l'un de ses lents et profonds mouvements. Elle eut l'impression de se dissoudre sous lui alors qu'il accélérait son va-et-vient jusqu'au moment où il sembla hors de contrôle.

Le sang battait à ses tempes. Son corps se liquéfiait, se fondait dans William qui ne s'arrêtait plus…

Soudain cela arriva… Une sensation toute nouvelle, inattendue, à couper le souffle… et elle eut l'impression que son corps allait éclater alors qu'une vague voluptueuse la soulevait, l'emportait dans un tourbillon étourdissant…

— Toujours…, fit William d'une voix tremblante. Je t'aimerai toujours.

Isabel était incapable de parler. Son émotion était trop grande d'entendre ces mots après ce qu'elle venait de vivre entre les bras de William. Lentement, les battements de son cœur ralentissaient et sa respiration redevenait normale. Son visage et son cou étaient couverts de larmes.

— Isabel ? murmura William. Qu'y a-t-il ?

— Rien.

Elle secoua la tête alors qu'il essuyait ses larmes.

— Peux-tu faire quelque chose pour moi ? Juste une fois.

— Tout ce que tu veux. Tu n'as qu'à parler.

— Embrasse-moi.

Isabel voulait que cette nuit ne se terminât jamais. Elle savait que, jusqu'à la fin de ses jours, elle puiserait du réconfort dans le souvenir de leurs étreintes.

Il lui permettrait de croire à la possibilité du bonheur en dehors des obligations auxquelles elle serait contrainte. Même si elle savait qu'elle aurait le cœur brisé et qu'après une telle nuit la douleur n'en serait qu'encore plus forte, elle était prête à la supporter. Elle aurait toute la vie pour penser à ce qu'elle était condamnée à perdre, mais pas maintenant.

Maintenant, c'était fait pour s'aimer. Elle aurait avec William la plus belle et la plus étonnante de toutes les nuits.

Cette nuit était dédiée à l'amour…

Chapitre 19

Le jour se leva trop vite. Un jour gris et froid après une nuit torride.

William avait étreint plusieurs fois Isabel avant de sombrer dans le sommeil avec elle.

Elle fut la première à s'éveiller. Ses membres étaient entremêlés avec ceux de William, l'un de ses bras étendu sur son ventre. Elle se redressa légèrement pour le regarder dormir. Il était en paix. Cela faisait un contraste énorme avec la tension qui l'habitait en permanence durant le jour.

Il se mit à sourire et devint d'une beauté excessive pour un homme.

— Tu recommences, Isabel, fit-il. Tu me regardes dormir.

— Tu ne dors pas, répondit-elle en lui caressant la joue où commençait d'apparaître une barbe naissante. Je me demande comment tu peux savoir que je te regarde, alors que tu as les yeux fermés.

— C'est un don qui m'a été imparti avec bien d'autres.

— Quelle impudence ! On est sans complexes, ce matin, chevalier !

Elle poussa un petit cri comme il la saisissait à la taille et la retournait sur le dos avant de venir sur elle.

— Tu ne te trompes pas.

Il s'inclina sur elle et s'empara de ses lèvres, l'embrassant avec une passion qui la laissa haletante.

— Je ne devrais pas, fit-il en se redressant.

— Pourquoi ?

— Cela ne fait que nous exposer à une plus grande souffrance, mais comment te résister, Isabel de Clancey ?

Elle voulut le serrer dans ses bras pour le retenir, mais il s'écartait déjà d'elle.

— Il est temps de se lever, dit-il à mi-voix.

Il sortit du lit et s'approcha de la table où avaient été disposés un broc d'eau et une cuvette. Il se lava rapidement tandis qu'Isabel, restée au lit, l'observait. Elle le vit s'habiller non moins vite puis passer à son cou le bijou qu'elle lui avait donné.

À peine l'eut-il mis, cependant, qu'il le retira et le lui tendit.

— Tiens, reprends-le

— C'est hors de question. Il est à toi.

— Mais il s'agit d'un bijou de famille.

— Oui, et j'ai choisi de t'en faire don.

— Tu devrais tout de même le garder avec l'autre. Ils forment une paire et, depuis que le vélin en a été retiré, ils ne présentent plus de danger pour toi.

— Cela n'empêche que je veux que tu le gardes, William. Considère que c'est un souvenir de moi. Quand tu le verras ou le toucheras, tu penseras à moi. Je t'en prie ! Il est à toi !

— Très bien… Tu me fais un grand honneur. Mais sache que je n'aurai pas besoin de ce pendentif ni de rien d'autre t'ayant appartenu pour penser à toi.

Elle sentit la chaleur émaner de son regard avant qu'il ne le détournât pour se diriger vers la porte avec Perdu sur les talons.

— Je vais chercher de quoi déjeuner, et aussi quelque chose pour toi, Perdu.

Le petit chien, qui sautait autour de lui, le suivit hors de la chambre tandis qu'Isabel se laissait aller contre son oreiller. Les yeux fixés sur la poutraison du plafond, elle poussa un long soupir.

Quand il revint dans la chambre avec leur repas, William trouva Isabel levée et habillée.

— Tes nouveaux vêtements ne vont pas tarder à arriver, Isabel, dit-il. J'espère que le manteau sera assez chaud car le vent est glacial.

— Tu es sorti ?

— Perdu avait besoin de faire un tour et j'avais à faire quelques vérifications avant que nous ne nous mettions en marche.

— Merci, fit-elle avec un petit sourire douloureux. C'est gentil de t'occuper de tout.

— Je t'en prie, damoiselle.

Ils déjeunèrent en silence, pénétrés par la dure réalité : c'était la dernière fois qu'ils étaient seuls tous les deux.

La femme du charpentier de marine, en servant le repas à William, l'avait informé que son amie Mme Mildert, qui se réjouissait de jouer le rôle de chaperon auprès de damoiselle Isabel de Clancey, était en chemin pour venir les rencontrer.

Il s'aperçut qu'Isabel jouait avec sa nourriture après avoir mangé quelques bouchées de son petit pain. C'était apparemment aussi difficile pour elle que pour lui d'avaler.

— Tu n'as pas faim ?

— Non… J'ai perdu l'appétit.

— Je vais emballer ton déjeuner. Peut-être que la faim te viendra en cours de route.

— Non, ce n'est pas nécessaire, répondit-elle en essayant vainement de sourire. Je le ferai moi-même.

— Comme tu veux, fit-il en soupirant.

Ils continueraient de se voir pendant le trajet. Ils seraient dans un rapport cordial, mais la familiarité entre eux devait cesser. Il le fallait dans leur intérêt à l'un et à l'autre.

— Je vais aller trouver le charpentier et m'assurer que le chariot est arrivé. Nous n'avons aucune raison de nous attarder ici.

William se levait quand elle le retint par la manche de sa tunique.

— Attends, je t'en prie ! Je veux que tu saches que lorsque je te regarde dormir…

Elle s'éclaircit la voix et, les yeux emplis de larmes, poursuivit :

— C'est parce que je veux m'imprégner de ton souvenir, et tu es si beau lorsque tu dors…

Il ferma les yeux tant ce qu'elle lui disait le bouleversait.

— Isabel…

— Mon cœur t'appartient, William. Est-ce que cela ne te suffit pas ?

Seigneur ! C'était insupportable. La part égoïste de lui-même voulait la prendre dans ses bras et faire d'elle sa femme, mais il ne s'en sentait pas le droit.

— J'ai le regret de te dire que non, ma chérie. Ni pour moi, ni pour toi.

— Mais si nous voulons que les choses soient autrement ?

Il lui prit le visage entre les mains et, des pouces, essuya ses joues inondées de larmes.

— Regarde-moi. Je suis un bâtard et je ne veux pas gâcher ta vie.

— Mais…

— Tu ne peux te figurer les conséquences qu'aurait la révélation de ma bâtardise. Lorsqu'on apprendrait que je porte un nom qui n'est pas le mien. Quand on saurait que tout est mensonge dans ma vie. La rumeur nous suivrait, les courtisans parleraient dans notre dos. Tu serais humiliée. Je ne veux pas que cela t'arrive. Je ne le permettrai pas.

— Alors retournons en Aquitaine. Fuyons l'Angleterre.

— Nous ne le pouvons pas, ma chérie. Nous avons fait tout ce chemin pour te ramener dans ta famille. D'ailleurs, il est temps que nous cessions d'échapper à notre destin.

— Alors il n'y a pas d'espoir pour nous ?

Il s'agenouilla devant elle et fit non de la tête.

— Si j'avais une chance de te conquérir, ne crois-tu pas que je la saisirais ?

Il lut dans son regard le flot d'émotions qui la traversait puis elle finit par hocher le menton en signe de résignation. Il eut envie de la prendre dans ses bras, de la tenir encore un moment serrée sur son cœur, mais à quoi cela aurait-il servi sinon à prolonger leur agonie ?

— Viens, dit-il. Il faut partir. Nous avons une longue journée devant nous.

Ils entamèrent la dernière partie de leur voyage en se dirigeant vers l'ouest, le château de Clancey se trouvant dans le Somerset.

Isabel était à bord d'un solide chariot dont le cocher était un vieil homme grincheux, mais elle avait pour compagnie une femme exceptionnellement bavarde. William, qui avait dégoté un cheval, chevauchait à son côté avec un écuyer qui se trouvait être le plus jeune fils du charpentier de marine. Un sergent d'armes, que William avait recruté, Isabel ne savait ni où ni comment, fermait la marche.

Bien qu'ils formassent un ensemble hétéroclite, ils étaient organisés à la perfection, comme tout ce que William Geraint mettait sur pied. Heureusement, il ne manquait pas de ressources financières et, Isabel l'ignorait, il recevrait une somme considérable quand il l'aurait reconduite chez sa mère.

Isabel trouvait injuste qu'ils fussent condamnés à voyager dans ces conditions. Elle avait eu à peine l'occasion de parler à William depuis qu'ils avaient quitté Southampton. Elle en connaissait la raison, mais cela, néanmoins, restait difficile à accepter et encore plus à vivre.

Elle lisait dans son regard à quel point il était peiné par la situation, mais il ne faisait aucun geste vers elle. Il se montrait, certes, toujours aussi protecteur et d'une irréprochable courtoisie, s'inquiétant constamment de son confort, s'assurant qu'elle ne manquait de rien, mais il était clair que les choses ne seraient plus jamais entre eux ce qu'elles avaient été.

Il apparaissait, en outre, que William hâtait leur colonne pour qu'ils arrivent le plus tôt possible au château de Clancey, où il pourrait enfin échapper à l'insupportable tension qui pesait sur lui. Une petite voix au fond d'Isabel lui murmurait qu'il allait aussi se débarrasser d'elle.

Elle eut un geste de la main comme pour écarter ces pensées néfastes qui ne lui apportaient rien. À quoi bon les ressasser interminablement ? Tout avait été clarifié au sujet de sa relation avec William. Il était inutile de revenir là-dessus. Elle ferait mieux de réfléchir à ce qui l'attendait au château de Clancey, où elle ne tarderait pas à arriver.

Elle éprouvait d'ailleurs quelque appréhension à ce sujet. Il y avait longtemps, en effet, qu'elle n'avait vu ni entendu parler de sa mère. Or, la jeune femme n'avait aucun moyen de savoir ce à quoi elle devait s'attendre. Elle n'avait d'autre solution que de se nourrir d'espoir.

Après tout, c'était sa mère qui avait fait rechercher William pour lui confier la tâche délicate de la retrouver et de la lui ramener. Cette démarche ne pouvait partir que d'une bonne intention. Elle allait concentrer son attention sur cet aspect positif et cesser de se préoccuper des bouleversements qui, après son retour à Clancey, se produiraient dans sa vie.

De jour en jour, tandis qu'ils s'acheminaient vers son fief familial, elle devenait un peu plus la damoiselle Isabel de Clancey. Ce changement de perspective tenait peut-être aux nouveaux vêtements, plus lourds et plus richement décorés, qu'elle portait depuis qu'ils avaient quitté Southampton.

À moins que cela ne fût la conséquence de la manière dont leurs hôtes les accueillaient au fur et à mesure de leur pérégrination. Qu'il s'agît de fermiers, de forgerons ou de commerçants, ils lui témoignaient tous le même respect empreint d'admiration. Cette façon de la considérer, de la part de gens qu'elle ne connaissait pas, était étrange pour elle. Il lui faudrait manifestement du temps pour s'y habituer.

William, de son côté, redevenait chaque jour un peu plus l'homme qu'autrefois il avait dû être. Il avait acheté de nouveaux habits plus adaptés à sa position sociale : une tunique de drap fin, des chausses, un pourpoint de cuir et, même, un haubert.

Bien qu'il ne portât pas de cotte de maille ni d'écusson, il ne faisait aucun doute dans cette tenue qu'il appartenait à la caste des chevaliers. Isabel ignorait s'il en avait tout à fait conscience, mais elle l'espérait vivement.

Au bout de plusieurs jours de voyage, ils parvinrent enfin devant l'impressionnant château de Clancey.

Cette fois, la réaction d'Isabel ne fut pas la même qu'en arrivant à Southampton. La vue de la splendide autant que redoutable demeure de ses ancêtres ne pouvait la laisser indifférente. Dès que son regard se porta sur les hautes tours dont la forteresse était flanquée, une boule se forma dans sa gorge. Son émotion était intense.

Seigneur ! fit-elle en son for intérieur. La jeune femme était au bord des larmes.

Le château était bien tel que dans sa mémoire. Planté au

sommet d'une colline, entouré de remparts présentant aux quatre angles de puissantes tours que dominait l'énorme donjon en son centre. Un fossé en eau encerclait le tout.

Les maisons du village, édifiées au pied de la forteresse, se blottissaient les unes contre les autres à l'abri de ce géant de pierres grises. Elles étaient cernées par une campagne verdoyante et de nombreux bois.

Les couleurs des de Clancey, rouge, noir et gris, flottaient au sommet de chaque tour. La vue de ces bannières bouleversa peut-être plus encore la jeune femme. Elles portaient l'écusson de sa famille, le signe distinctif de la race dont elle était issue.

Isabel se tourna vers William qui, du haut de son cheval, lui fit un petit signe de tête en esquissant un sourire qu'elle lui rendit.

Ils traversèrent le village jusqu'à la barbacane précédant le pont-levis. Isabel entendait les voix étouffées des habitants qui regardaient passer son escorte avec une admiration muette. Ils se demandaient manifestement si c'était bien elle la damoiselle dont la prochaine arrivée avait été annoncée.

Mal à l'aise du fait de sentir autant de regards tournés vers elle, Isabel, un sourire figé sur les lèvres, se tenait droite comme la justice, donnant faussement une impression de fierté.

Le cœur de la jeune femme s'emballa quand elle vit le pont-levis descendre avec un grincement de chaînes. Les roues du chariot résonnèrent sur les madriers du pont et ils surgirent dans la basse-cour du château.

Elle balaya du regard les bâtiments, qui n'avaient pas changé. Rien n'avait bougé. Tout semblait l'avoir attendue dans son état initial, depuis qu'à l'âge de huit ans elle avait franchi le pont-levis dans l'autre sens pour ne plus revenir… jusqu'à ce jour.

Elle leva les yeux vers la haute cour et vit une silhouette

féminine se précipiter hors du donjon et en descendre en courant les marches d'accès.

Le chariot s'étant arrêté, Isabel sauta à terre et s'empressa en direction de la femme qui venait au-devant d'elle. Elle s'arrêta à quelques pas d'elle et lui fit la révérence, puis les deux femmes se regardèrent longuement sans rien dire alors que les yeux d'Isabel se remplissaient de larmes.

— Maman…

Adélaïde de Clancey franchit l'espace qui les séparait et regarda intensément Isabel avant de la prendre dans ses bras.

— Ma fille… C'est bien toi…

Émue aux larmes, elle reprit sa respiration.

— Oh ! mon enfant ! fit-elle en sanglotant. Dieu soit loué ! Tu es enfin de retour !

Chapitre 20

William et le reste de l'escorte suivirent Isabel qui venait d'être introduite dans la grande salle du donjon, dont les murs étaient décorés de grandes tapisseries là où il n'y avait pas de torchères.

Des filles de cuisine s'affairaient, disposant sur des tréteaux des brocs d'étain remplis d'ale ainsi que des tranchoirs surchargés de viandes froides, des plateaux de fromages, et des corbeilles de petits pains et de pommes.

— Soyez la bienvenue, damoiselle, fit un homme que William avait aperçu dans la haute cour. C'est une joie de partager notre maigre repas avec vous et vos amis.

Il s'inclina devant Isabel et l'invita à s'asseoir à la table d'honneur sous le dais.

William prit conscience qu'il avait dû regarder avec insistance l'homme, mince et de grande taille, lorsque celui-ci se retourna vers lui en lui tendant une coupe d'ale.

— Messire William Geraint, je suppose ?

— En effet. À qui ai-je l'honneur ?

— Geoffrey Fitzwalter, répondit-il en inclinant la tête. Vous avez droit à toute notre estime pour avoir retrouvé damoiselle Isabel et l'avoir reconduite ici.

Toute notre estime ? Au nom de qui cet homme parlait-il ?

Il revint soudain à l'esprit de William que Rolleston avait évoqué un cousin par alliance qui serait resté auprès de la mère d'Isabel après la mort de son père et qui aurait continué de vivre au château, se rendant indispensable, du moins en apparence.

Le front dégarni, Geoffrey Fitzwalter semblait avoir une dizaine d'années de plus que lui-même. Le visage allongé, le regard impénétrable, il avait une manière de sourire qui déplaisait à William, en particulier quand ces sourires s'adressaient à Isabel.

La gêne qu'il éprouvait en présence de cet homme le renvoya à Rolleston, dont il se demandait où il se trouvait à présent. Était-il encore en France ou se cachait-il ici, derrière les murs du château ?

Tant qu'il n'aurait pas résolu cette question et quelques autres sujets qui le préoccupaient, William ne laisserait pas Isabel sans protection. Il ne l'avait pas conduite le long de tous ces chemins pour, maintenant, l'abandonner à son sort.

— C'était un honneur pour moi de raccompagner damoiselle Isabel en Angleterre.

Il lança un regard en direction de la jeune femme, qui serrait les mains de sa mère dans les siennes, et eut un pincement au cœur en pensant que plus jamais il n'aurait ces gestes envers elle.

Depuis qu'ils avaient quitté Southampton, il avait gardé délibérément ses distances vis-à-vis d'elle, sachant que c'était la meilleure façon de sortir de sa vie. C'était une nécessité pour les préserver de trop souffrir, mais la douleur de la séparation n'en avait pas été moins forte.

Mon Dieu ! Comme elle était belle dans sa cotte de laine vert foncé au-dessus d'une tunique crème. Ses magnifiques cheveux tombaient en cascade sur ses épaules et le long de son dos jusqu'aux reins, où ils se terminaient en une multitude de tresses rassemblées dans un voile comme c'était la mode en Aquitaine.

— J'espère, messire William, que vous nous ferez

l'honneur de séjourner chez nous aussi longtemps qu'il vous plaira, dit la mère d'Isabel qui gardait les mains de sa fille dans les siennes.

En les voyant côte à côte, William remarqua à quel point elles se ressemblaient, bien qu'Isabel fût plus grande.

— C'est trop aimable de votre part, ma dame. Je resterai volontiers quelques jours si cela vous convient.

— Nous aimerions que vous restiez plus longtemps. Les simples mots ne peuvent suffire à exprimer la reconnaissance que je vous voue pour m'avoir rendu ma fille.

— Je suis très heureux d'avoir pu vous rendre ce service, répondit William en s'inclinant.

Il remarqua l'expression étonnée d'Isabel qui se gardait, néanmoins, de formuler sa surprise. Elle ne s'attendait pas, évidemment, à ce brusque changement de plan de la part de William, mais la jeune femme avait été si concentrée sur sa prochaine rencontre avec sa mère qu'elle n'avait pas eu la disponibilité requise pour ressentir comme lui l'imminence d'un danger dès qu'ils étaient entrés dans le comté du Somerset.

Il ne pouvait, quant à lui, se départir de la lancinante impression qu'Isabel n'était peut-être pas en sécurité dans le château de ses ancêtres.

Il ne la quitterait, c'était bien clair dans sa tête, que lorsqu'il serait convaincu du contraire.

William ne croisa guère Isabel jusqu'au jour où se donnait le banquet en l'honneur de son retour. Entretemps, il s'était familiarisé avec les lieux et avait appris à connaître les sergents d'armes en charge de la garde du château ainsi que leur capitaine.

Il avait interrogé les uns et les autres au sujet de Rolleston, mais aucun ne l'avait vu depuis au moins quinze jours. Il avait questionné Fitzwalter à son sujet, évidemment, et s'était entendu dire par ce dernier qu'il ignorait tout de son lieu actuel de résidence. Il l'avait rassuré, toutefois, en ce qui concernait la promesse de récompense qui lui avait été faite.

Ce n'était certes pas pour cette raison que William avait interrogé Fitzwalter, mais celui-ci n'avait pas besoin de le savoir. William sentait qu'on ne pouvait pas lui faire confiance et avait la conviction qu'il lui mentait au sujet de Rolleston. Mais, pour le moment, il ne pouvait rien faire qu'observer et attendre.

De son enquête, il avait au moins retiré une certitude : la garnison du château avait prêté allégeance à Fitzwalter. Sans compter qu'il était arrivé ici avec ses propres hommes d'armes. Quoi qu'il en fût, la situation était précaire. Assurément, Fitzwalter s'était considéré comme le seigneur du château de Clancey en l'absence du père d'Isabel et de son héritière.

William vida sa coupe en l'observant, installé au côté d'Isabel, dînant tout en prenant soin d'elle. Ils partageaient le même tranchoir où arrivaient les morceaux de choix. L'ambition de l'homme était par trop évidente, mais William ne pouvait que s'incliner devant la situation. La seule chose qu'il pût faire dans l'intérêt d'Isabel était de la mettre en garde en l'informant de ses soupçons.

Il planta son couteau dans une tranche de gigot d'agneau et la plongea dans un bol de sauce à la menthe avant de l'engloutir sans en apprécier le goût. Il semblait être le seul des convives à ne pas se réjouir de la fête.

Ce n'était certes pas le cas de Perdu qui, aux pieds de sa maîtresse, accueillait tous les morceaux qu'elle lui jetait.

William ne put retenir un soupir et détourna les yeux de la table d'honneur pour les promener à travers la grande salle, dont il se mit à étudier les tapisseries une à une.

Riches en couleurs et d'une somptueuse facture, elles représentaient des scènes bibliques, mais avec la particularité d'inclure dans chaque composition un membre de la famille de Clancey, reconnaissable à l'écusson qu'il portait sur son vêtement.

Une troupe de musiciens entra dans la salle, attirant l'attention de William. Dès qu'ils commencèrent à jouer, Fitzwalter quitta la table d'honneur avec Isabel et tous deux se mirent à danser tandis que les convives applaudissaient en criant de joie.

D'autres couples les rejoignirent et William, qui rongeait son frein depuis le début de la danse, se leva et entra dans le cercle. Il ne perdit pas de temps et marcha directement vers Isabel, qu'il invita à danser alors que les musiciens entonnaient un mouvement plus lent qui, espérait-il, leur permettrait d'échanger.

— Quelque chose ne va pas ? demanda la jeune femme à mi-voix.

— Non, damoiselle. Pourquoi voudriez-vous qu'il en soit autrement ?

Il vit qu'elle se renfrognait, comme elle le faisait à chaque fois qu'il s'adressait à elle d'une manière formelle, mais c'était une façon de rappeler qu'ils n'étaient plus sur un pied d'égalité.

— Ah ! Tu me rassures, fit-elle avec un petit sourire désabusé. Mais cela n'explique pas ta mauvaise humeur.

— Ne fais pas attention à mon humeur, Isabel. Je suis très préoccupé.

— À quel sujet ? Tu fais la tête depuis notre arrivée.

— Il ne s'agit pas de ça.

D'une main, il la saisit à la taille tandis que, de l'autre, il tenait la main de la jeune femme au-dessus de leurs têtes alors qu'ils accomplissaient un mouvement circulaire en accord avec la musique.

C'était la première fois qu'ils se parlaient intimement depuis qu'ils avaient quitté Southampton. Ils n'avaient jamais, non plus, été aussi proches l'un de l'autre. La sensation était merveilleuse même si ce n'était peut-être pas une bonne idée de se rapprocher ainsi.

William, cependant, ne pouvait résister au bonheur d'être de nouveau réuni avec Isabel. Lui tenir la main, serrer sa taille fine, respirer son parfum redoublait les battements de son cœur. Elle était resplendissante dans sa robe de velours rouge magenta, avec ses longues manches et son décolleté carré laissant voir son pendentif, qu'elle portait pour la première fois.

Dans cette tenue, elle ressemblait absolument à la jeune aristocrate qu'elle n'avait jamais cessé d'être quelles que fussent les circonstances de sa vie.

Il attacha brièvement son regard à celui d'Isabel avant qu'elle ne passât devant lui pour venir sur son côté puis s'éloigner. Il devinait qu'elle était aussi émue que lui. Une fièvre presque palpable les habitait. Il était heureux que le mouvement de la danse les eût séparés car rien de bon ne résulterait de ce feu qui les consumait.

Lorsqu'ils se retrouvèrent de nouveau, William, qui avait eu le temps de maîtriser sa fougue, parvint à dissimuler ses sentiments. Il avait en tout cas la preuve que le seul moyen de se libérer du charme qu'Isabel exerçait sur lui était de quitter dès que possible le château de Clancey.

Il ne pourrait cependant le faire qu'après s'être assuré de sa sécurité.

— Comment vas-tu ? demanda-t-il.

Le mouvement de la danse empêcha Isabel de lui répondre.

Il les contraignit de se joindre au groupe de danseurs, avec lequel ils formèrent un cercle. Chacun se tenant par la main, ils avançaient vers le centre du cercle pour, soudain, repartir en sens inverse et ainsi de suite.

— Pour dire la vérité, répondit Isabel en se retrouvant la partenaire de William, je trouve que ma vie ici est un peu pesante.

— Je peux l'imaginer. Et tes retrouvailles avec ta mère ? Comment cela s'est-il passé ?

— Ça ne s'est pas fait tout seul, répondit-elle d'un air mélancolique. Mais j'espère qu'avec le temps nous réussirons à être plus proches.

— Je suis certain que vous y arriverez.

— Je te remercie pour tout ce que tu as fait pour moi… Mais ne te crois pas obligé de rester ici. Il est clair que tu n'en as pas envie.

— Voudriez-vous vous débarrasser de moi, damoiselle ? fit-il en lui prenant la main pour se déplacer entre les couples qui alternaient.

— Je ne crois pas avoir dit quoi que ce soit dont on puisse déduire cette conclusion.

— Il faut que tu saches qu'avant de partir je veux m'assurer de ta sécurité.

Elle lui sourit en remuant la tête d'un air déconcerté.

— Crois-tu sérieusement que je sois en danger avec tous les hommes de garde et les chevaliers qui vivent ici ?

— Oui, je le crois.

— Qu'est-ce qui t'inquiète ainsi ?

— Je ne le sais pas exactement, Isabel, mais je sens que quelque chose ne va pas et j'ai pour habitude de me fier à mon instinct qui ne m'a jamais trompé.

William remarqua qu'Isabel pâlissait.

— C'est l'unique raison pour laquelle tu as accepté de rester quelques jours de plus avec nous ?

— Oui.

— Je vois…

— Que veux-tu dire ?

— Rien, mais je comprends mieux pourquoi tu passes ton temps à bouder.

— C'est sérieux, Isabel, lança-t-il entre ses dents. Je ne partirai que lorsque j'aurai la garantie que tu n'es pas en danger.

— Je crois que tu vois des dangers là où il n'y en a pas, mais fais comme il te plaît. Tu es libre de rester aussi longtemps qu'il te plaira.

— Je vivrai ici jusqu'au jour où j'aurai la certitude qu'aucune menace ne pèse sur toi.

— Il faut que tu me donnes une explication, William, dit-elle en fronçant les sourcils. Qu'est-ce qui t'inquiète tant ?

— Je ne suis pas encore capable de le formuler précisément, mais je ne tarderai pas à le savoir.

Il s'interrompit, le regard fixé sur la tapisserie derrière Isabel.

— Sacrebleu ! marmonna-t-il.

La jeune femme tourna la tête, balayant la salle du regard, avant de diriger de nouveau son attention sur William dont le visage exprimait une profonde confusion.

— Qu'y a-t-il ? Qu'as-tu vu ?

— Rien, répondit-il sans parvenir à taire l'impatience dans le ton de sa voix.

Ils se joignirent à l'ensemble des couples dans cette phase de la danse, ce qui permit à William de recomposer ses traits.

— Je ne te crois pas, lui lança Isabel qui lui tenait la main. Tu ne me dis pas tout.

— Parle moins fort.

— Seulement si tu consens à me dire ce qu'il en est.

— Soit, répliqua-t-il alors que la danse arrivait à son terme, mais pas maintenant. Retrouve-moi dans cette salle un peu avant l'aube, quand tout le monde dormira encore.

Il la reconduisit sous le dais et s'inclina devant elle avant de s'éloigner sans attendre sa réponse.

William avait conscience que ce n'était pas une bonne idée de l'informer de sa découverte, mais comment revenir en arrière ? Ce n'était certes pas le meilleur moyen de la protéger, mais il devrait composer avec la nouvelle situation.

William s'avança vers Isabel au moment où elle entra dans la grande salle avec une torchère au poing. Elle portait le manteau de laine gris qu'il lui avait offert à Southampton. Il se représentait son corps vêtu d'une simple chemise sous le drap de laine.

Ils n'étaient pas vraiment seuls, quelques serviteurs et chevaliers attachés à la maison dormant sur des paillasses, mais William avait promis à Isabel de s'expliquer ici au sujet de ses inquiétudes.

— Tu es venu, dit-elle.

— En doutais-tu ? fit-il en levant un sourcil.

— Je n'en étais pas certaine, mais je suis heureuse que tu sois au rendez-vous.

Il dut se contraindre pour ne pas l'enlacer. Il lui était interdit d'avoir en public le moindre geste d'affection vers elle. Seule la danse les autorisait à avoir un contact physique.

— Eh bien ? fit-elle à mi-voix pour ne pas réveiller les dormeurs, dont ils s'étaient éloignés autant que possible. Qu'avais-tu à me confier de si secret ?

Comment s'y prendre ? Que pouvait-il révéler et que devait-il éviter de dire ?

— C'est en relation avec ce qui s'est passé à La Rochelle.

— Je m'en doutais. Je t'en prie, continue.

— Lorsque Philippe de Sens m'a appris qu'il avait détruit le vélin, j'ai cru que nous n'en entendrions plus parler.

— Moi aussi.

— Il n'y avait plus aucune raison de s'inquiéter du sens contenu dans le parchemin, sans compter ce que j'avais promis au Templier avant sa mort.

Isabel observa un moment William avant de lui demander :

— Qu'a-t-il dit avant de mourir ? Je veux la vérité !

Le visage de William se contracta alors qu'il détournait les yeux.

— Beaucoup de choses.

— Plus que tu ne m'en as dit sur le moment ?

— Tu étais choquée, Isabel. Je n'ai pas vu l'intérêt de te donner davantage d'informations, mais je t'ai répété tout de même l'essentiel de ce qu'il m'avait confié.

— T'a-t-il expliqué pourquoi il avait brûlé le vélin ?

— Non, je l'ignore, mais je crois qu'il redoutait surtout qu'il ne tombât entre les mains de Rolleston. Ceci expliquerait son geste.

— Il t'a fait confiance, par contre, en te demandant de transmettre aux Templiers tes conclusions au cas où tu finirais par trouver ce que contenait le parchemin.

— Il n'avait pas le choix. Il m'a contraint, comme tu le sais, à prendre solennellement cet engagement.

Le visage d'Isabel s'éclaira comme si, finalement, elle saisissait ce qu'il essayait de lui faire comprendre.

— Il te l'a dit, n'est-ce pas ? Il t'a confié à quoi il pensait que le vélin faisait allusion.

— Oui, fit William en soupirant comme s'il renonçait à se battre. Tu te souviens que, lorsque nous sommes allés le trouver à la commanderie, il nous a dit que ce à quoi ce vélin faisait référence avait une valeur inestimable.

— Oui, je ne l'ai pas oublié.

— Il l'a pleinement saisi au moment précis où il rendait l'âme. Le vélin évoquait une relique dérobée aux Templiers en Terre Sainte, il y a environ cent ans, et rapportée en France.

— Une relique ? Je ne comprends pas… et volée par qui ?

Isabel écarquilla soudain les yeux.

— Seigneur ! Tu penses que c'est l'un de mes ancêtres qui est l'auteur de ce vol ?

— Oui, Isabel. Je le crois.

— Ce n'est pas possible… C'est absolument impensable.

— Je crois néanmoins que c'est la pure vérité. Et j'en suis d'autant plus convaincu maintenant.

— Et pourquoi, je te prie ? Tu sais quelque chose que tu me caches.

Comme il ne répondait rien, elle insista, plissant les yeux :

— Dis-le-moi !

— Cela pourrait être dangereux pour toi de le savoir.

— Il n'y a rien de nouveau là-dedans. Je me suis habituée au danger. Qu'allons-nous faire ?

— Toi, Isabel, tu ne feras rien d'autre que ce que tu fais depuis ton retour ici. Quant à moi, j'attends de recevoir des nouvelles de Hugues.

Habité, soudain, par le doute, il fronça les sourcils. À mesure que les jours passaient, il perdait l'espoir que son vieil ami répondît à sa missive.

Il y avait plus d'un an qu'il n'avait entendu parler de lui. Hugues de Villiers avait alors tenté de le faire revenir de France, mais William était resté sourd à ses sollicitations. C'était lui qui était responsable de la rupture de leurs relations, mais il espérait les rétablir maintenant qu'il se trouvait en Angleterre.

Ce n'était cependant peut-être pas très adroit de solliciter son aide à peine de retour au royaume ?

— Le seigneur de Tallany ? fit Isabel. Qu'a-t-il à voir avec tout ça ?

— Rien. Je voulais seulement avoir son aide au cas où j'aurais retrouvé Rolleston ici. C'est la raison pour laquelle je lui ai écrit dès que nous avons débarqué à Southampton.

— Mais Rolleston n'est pas là.

— Non, apparemment, mais c'est encore plus inquiétant.

— Tu ne fais pas confiance à Geoffrey ?

— Non, pas du tout, et tu ferais bien de te méfier de lui.

— Mais il n'a rien fait qui puisse m'inquiéter. Je…

— Fais-moi confiance au moins à ce sujet, Isabel, interrompit William. Je t'en prie.

Elle le regarda dans les yeux comme si elle y cherchait un complément d'information puis hocha lentement la tête.

Un instant après, fronçant les sourcils, elle demanda :

— Pourquoi veux-tu que je ne fasse rien pendant que tu mènes ton enquête ?

— Tu ne dois y être impliquée d'aucune façon. Comme je te l'ai déjà dit, le danger rôde. Pour agir, j'ai besoin de savoir que tu n'es pas exposée.

— Je t'interdis de me tenir à l'écart, William. D'ailleurs, permets-moi de te le rappeler, le danger ne me menace que depuis que tu es entré dans ma vie.

— Ce n'est pas la question.

— Je ne formule ce rappel que pour te faire comprendre que j'ai le droit de t'assister dans tout ce que tu entreprends, quelle qu'en soit la nature.

— Non, Isabel.

— Attends un peu, lança-t-elle soudain en ouvrant des yeux immenses. Sais-tu où se trouve cette fameuse relique ?

— Je n'avais aucune idée de l'endroit où elle pouvait être cachée. Je n'ai d'ailleurs pas pensé une seule fois à cette question depuis notre nuit à La Rochelle, en tout cas jusqu'à ce que nous arrivions ici.

— Certes, mais maintenant tu le sais, n'est-ce pas ?

— Pas avec certitude, mais j'ai de fortes présomptions qu'elle est cachée ici, au château de Clancey.

— Comment ?

Nom d'un chien ! Il n'en avait déjà que trop dit !

— Tu me caches quelque chose, William !

— Je t'ai déjà expliqué que je ne voulais pas te mêler à cela ! répondit-il d'un ton irrité en se passant la main dans les cheveux avec humeur.

— C'est trop tard, William. Je te répète quant à moi que de toute façon je suis déjà impliquée.

— Je veux qu'il soit dit que je vous ai prévenue, Isabel

de Clancey. Morbleu ! Cela risque d'être plus dangereux que toutes les épreuves par lesquelles nous sommes passés !

— Qu'importe. Nous formons une équipe. L'as-tu oublié ?

Non, William n'avait rien oublié de leur voyage ni du temps qu'il avait passé avec elle. Cela resterait imprimé dans sa mémoire jusqu'à ce qu'il rendît le dernier souffle.

— Très bien, prononça-t-il, capitulant enfin.

Il la prit par les épaules et la fit se retourner pour faire face à la série de tapisseries.

— Regarde ! Chaque tapisserie présente un élément commun.

— Je ne vois rien.

Il lui prit la torche de la main et éclaira l'une d'elles de plus près :

— Regarde bien. Que vois-tu ? As-tu remarqué l'homme à l'angle droit de la tapisserie ? Regarde ce qu'il porte. Il est petit, mais il n'y a aucun doute sur la nature de cet objet.

La jeune femme, soudain, comprit ce qu'il voulait lui faire remarquer.

— Mon Dieu ! fit-elle en tournant la tête vers lui. Les pendentifs !

Chapitre 21

Isabel se mit à examiner les tapisseries une à une, cherchant le motif qu'avait indiqué William. Or, qu'il s'agît de tel ou tel événement marquant de la vie du Christ rapporté par les Évangiles et représenté sur une de ces magnifiques tentures, il s'y trouvait toujours, tissé dans un coin ou un autre de l'œuvre, le rubis ceint dans sa monture d'argent.

La jeune femme, abasourdie par ce qu'elle venait de découvrir, mais qui s'était toujours trouvé au château sans qu'elle en eût connaissance, se retourna vers William.

— Comprends-tu, maintenant, pourquoi je crois que la fameuse relique est ici ? demanda-t-il en croisant les bras sur sa poitrine.

— Tout cela est incroyable, répondit-elle, l'expression de stupéfaction qu'elle avait eue en découvrant le pendentif sur chaque tapisserie ne s'effaçant toujours pas de son visage. Tu supposes qu'elle est là, mais Philippe de Sens ne t'a-t-il pas dit qu'elle avait été volée ?

— En effet.

— A-t-il précisé que le vol avait été commis par l'un de mes ancêtres ?

— C'est ce que j'ai compris, et qui est confirmé par les inscriptions sur le vélin ainsi que par le fait que les pendentifs…

— … Sont un bijou de famille ! compléta Isabel. Mais pourquoi commettre un tel vol ?

— Par amour du pouvoir, par cupidité ? La relique, le Templier nous l'a dit, est d'une valeur inestimable. Mais ce ne sont que des supputations. Je doute que nous connaissions un jour la raison exacte de ce vol.

William se tut un instant avant de reprendre :

— Le problème majeur, c'est que les Templiers, à la suite de cet événement, ont maudit la famille de Clancey.

— Nous devons donc mettre un terme à cette malédiction.

— Exactement. Ce qui suppose que nous mettions la main sur cette relique et la rapportions au Temple. Le régent du royaume, Guillaume le Maréchal, alors qu'il accomplissait un pèlerinage en Terre Sainte en 1185, s'est donné au Temple en attendant de devenir pleinement chevalier quand la mort sera proche. Je suis certain qu'il nous aidera.

— Je n'en doute pas, William, mais il faut d'abord que nous retrouvions la relique. As-tu une idée de la façon dont nous allons nous y prendre ?

— J'ai passé toute la nuit à observer ces tapisseries pour essayer d'en percer le mystère.

— Tu n'as pas du tout dormi ?

— Je ne le pouvais pas. Il y a trop de questions à résoudre.

Il lui lança un regard en ajoutant :

— J'ai aussi beaucoup pensé à toi et à plein d'autres choses associées à ta personne. J'oserais à peine te parler de la nature de mes rêves.

— Moi aussi, mais nous ne devrions pas…

Incapable de rien ajouter, elle fit non de la tête.

— Oui, sans doute, confirma William, la gorge serrée.

Depuis leur arrivée au château de Clancey, Isabel avait imaginé plusieurs fois le départ de William, et cela avait toujours été avec un serrement de cœur et un nœud à l'estomac. À tel point qu'en présence de sa mère elle ne parvenait pas à trouver autant de bonheur qu'elle le devrait.

Si les seuls moments qu'elle passait avec lui dépendaient de leur enquête, elle les vivrait avec passion et en tirerait le plus grand profit. C'était un moyen, en tout cas, de jouir un peu plus longtemps de sa compagnie.

Elle reprit sa respiration et s'obligea à diriger son attention sur la question qui les préoccupait.

— Alors qu'as-tu découvert, cette nuit ? Nous sommes bien d'accord que pour point de départ nous n'avons rien d'autre que deux pendentifs et une série de tapisseries ?

— Tu oublies un élément, Isabel.

— Ah bon ? Lequel ?

— Le vélin. Tout est lié.

Il replaça une mèche des cheveux de la jeune femme derrière son oreille et sa main, en frottant contre sa joue, déclencha chez elle un frisson qui courut le long de ses reins.

— Tes ancêtres, reprit-il, ont eu l'opportunité de voler une relique aux Templiers, qu'ils ont rapportée ici et cachée de façon à ce que personne ne pût la trouver. Sans doute pensaient-ils que cette relique les protégerait de génération en génération, mais il n'en est rien. C'est même tout le contraire qui s'est produit.

— Ce serait à la suite de ce vol qu'ils auraient fait fabriquer les pendentifs dans lesquels était inséré le vélin.

— Précisément.

— C'est la raison pour laquelle Rolleston nous a poursuivis pendant tout notre voyage. Il voulait récupérer les pendentifs et le vélin pour s'emparer de la relique. Il était informé de tout cela.

— Oui, confirma William, et je pense qu'il n'est pas le seul. Je parierais que le secret de la famille de Clancey s'est transmis de père en fils, jusqu'au jour où une oreille indiscrète l'a intercepté.

— Le problème, remarqua Isabel, c'est que nous n'avons plus le vélin.

— Non, mais nous en avons identifié à peu près toutes les inscriptions. Pour peu que nous nous en rappelions, nous finirons par en percer le mystère grâce à nos autres découvertes.

— Crois-tu que cela suffira ?

— Il n'y a qu'un moyen de le savoir, répondit-il avec un petit sourire désabusé en relevant la tête.

— Tu as raison. Nous n'avons pas un instant à perdre.

— Attends, Isabel, fit-il en la retenant par le coude. Le jour va se lever et dans peu de temps le château va fourmiller d'activité.

— Quand commencerons-nous notre investigation ?

— Cette nuit. Nous nous retrouverons ici avant l'aube comme maintenant.

— Très bien. À plus tard, William.

— Passez une bonne journée, damoiselle. Et, surtout, pas un mot de tout ceci à quiconque.

Elle lui lança un regard éloquent avant de disparaître.

Isabel avait passé la journée à attendre son rendez-vous avec William. Elle était tellement préoccupée par la mission qu'ils s'étaient donnée qu'elle avait l'impression d'être prise dans un tourbillon. Elle en avait perdu l'appétit et ne pouvait pas penser à autre chose qu'à ce dont elle avait discuté avec William dans la nuit.

Sa mère avait dû se demander plus d'une fois si elle ne devenait pas sourde tant il lui avait fallu se répéter, Isabel perdant constamment le fil de la discussion. La jeune femme n'y pouvait rien, et pourtant elle était désireuse de renouer en profondeur avec sa mère. Elle n'y parviendrait, cependant, elle le savait parfaitement, que lorsque le mystère aurait été résolu.

En attendant, elle ne pouvait trouver aucune tranquillité d'esprit.

Une torche à la main, elle descendait l'escalier à vis conduisant à la grande salle tandis que le fidèle Perdu marchait sur ses talons.

À peine eut-elle pénétré dans la salle qu'elle reconnut la voix de William.

— C'est toi, Isabel ?

— Oui... Et j'ai fait quelques découvertes très intéressantes dont j'aimerais te parler.

La jeune femme n'avait pas vu William de la journée mais, étrangement, elle avait constamment senti sa présence auprès d'elle comme s'il avait passé son temps à veiller sur elle. Sans doute, plus d'une fois, avait-il été occupé à observer les mêmes choses qu'elle. En premier lieu, les tapisseries qui ne cessaient de révéler d'autres détails d'importance.

La grande salle était éclairée par la torche qu'elle avait au poing et par celles, pendues aux murs, qui finissaient de se consumer ainsi que par les braises dans l'immense âtre. Cela devrait donner suffisamment de lumière pour leur permettre d'étudier ensemble les tapisseries.

— Bonsoir ou, plutôt, bonjour, Isabel. Je vois que tu es accompagnée de notre ami à quatre pattes.

Il se pencha pour caresser Perdu et le gratter derrière les oreilles avant de se redresser.

— Moi aussi, j'ai beaucoup de choses à t'apprendre.

Le cœur d'Isabel bondit dans sa poitrine en voyant William dans des chausses sombres, une tunique de laine et un pourpoint de cuir.

— Eh bien ? fit-il comme elle restait muette. Qu'as-tu découvert ?

— Oh ! oui... C'est sur cette tapisserie, répondit-elle en désignant l'une des œuvres représentant la Crucifixion.

Regarde sur la gauche. Mais si tu pouvais t'aider de ma torche pour l'éclairer, nous verrions mieux.

— Excuse-moi, fit-il en prenant la torche de la main d'Isabel.

— Lève-la le plus haut possible… C'est cela… Vois-tu ?

Elle montrait du doigt les vitraux d'une haute fenêtre en arc brisé dans l'angle droit de la tapisserie.

— J'y ai pensé tout l'après-midi. Cette fenêtre n'a pas sa place dans cette composition. Je me suis demandé pourquoi elle y avait été insérée.

— En effet…

— Après réflexion, j'ai fini par comprendre.

Elle se mordit la lèvre inférieure, s'efforçant de contenir son excitation.

— En fait, je l'ai reconnue.

— Que veux-tu dire ?

— Il s'agit d'une réplique d'une fenêtre de la chapelle du château.

— Pourquoi serait-elle représentée ici ?

— Je vais te montrer, William. Viens. Il y a plus à voir.

Elle lui prit la main et se précipita avec lui hors de la salle.

— J'ai l'intuition que la relique est cachée quelque part dans la chapelle. Et si ce n'est pas le cas, j'ai le sentiment que nous y trouverons au moins de nouveaux indices.

Ils sortirent dans la haute cour puis franchirent le pont qui la reliait à la basse-cour.

— Au fait, remarqua William, je me suis renseigné au sujet de Rolleston. On m'avait affirmé qu'il avait quitté le château avant notre arrivée, mais j'ai découvert depuis qu'on ne l'avait jamais vu en sortir. Aussi ai-je la forte impression qu'il est encore à l'intérieur de ces murs.

Isabel s'arrêta brusquement en entendant ces derniers mots.

— Ne t'en fais pas, dit-il en lui reprenant la main. Je

ne serai pas long avant de le débusquer. Viens. Allons voir ce que tu as trouvé.

La chapelle était située dans un angle du mur d'enceinte et à l'intérieur d'un petit jardin clos où s'épanouissait une odorante roseraie.

Sa porte grinça sur ses gonds lorsqu'ils l'ouvrirent. L'office des matines n'était plus très éloigné. Il fallait trouver au plus vite ce qu'ils recherchaient.

Isabel alluma toutes les chandelles de la chapelle pour leur donner autant de lumière que possible avant de conduire William dans le chœur de l'édifice. À droite de l'autel, le mur était percé d'une fenêtre en arc brisé dont les vitraux représentaient une scène identique à celle de la fenêtre de la tapisserie.

Isabel planta sa torche dans un support alors que William faisait de même dans le support opposé. Libres de leurs mouvements, ils s'approchèrent de la fenêtre et l'observèrent dans le détail. Cinq coloris formaient la composition, exactement comme sur la tapisserie.

— Tu constates, William, qu'elle est en tout point pareille et, ce qui est singulier, c'est qu'elle soit représentée sur la tapisserie consacrée à la Crucifixion.

— En quoi est-ce singulier ?

— As-tu oublié ce que nous avait dit l'abbé Grégoire lorsque nous lui avons rendu visite à Saint-Savinien ?

— Je ne vois pas…

— Il nous avait fait remarquer que les symboles sur le vélin renvoyaient essentiellement à la Croix. La rose et ses cinq pétales, par exemple, évoquaient…

— Les cinq plaies du Christ, dit William qui se rappelait, soudain, la conversation qu'ils avaient eue avec le prêtre.

— Oui. Or, il y avait sur le vélin cinq marques en forme de croix qui font écho aux cinq plaies du Christ. T'en souviens-tu ?

— Oui, mais quel lien cela pourrait-il avoir avec la sainte relique ?

— C'est précisément ce que je cherche à établir.

— Et qu'as-tu trouvé à ce sujet ?

— J'ai scruté la chapelle de fond en comble depuis que j'ai fait ma découverte.

William laissa échapper un soupir d'exaspération.

— Ne t'ai-je pas demandé de ne rien faire sans moi ?

— Mais je n'ai rien fait sinon une petite investigation à ma manière. Je te l'assure.

— J'espère que tu dis vrai.

Il la fixa un instant avant d'ajouter :

— Je vois à ta tête que tu as fait une autre découverte.

Elle lui saisit les deux mains et les serra dans les siennes.

— C'est vrai. Regarde le sol du chœur. Il est entièrement recouvert de mosaïques, à l'exception de cette plaque de fer près de l'autel sur laquelle on a peint un décor identique.

William s'agenouilla.

— On y reconnaît les mêmes symboles en forme de croix que sur le vélin, dit-il d'un air ébahi. Et elle est munie d'une serrure. L'entrée de la clé est habilement dissimulée dans le décor. Le problème, c'est de trouver la clé.

— Rien de plus facile, fit Isabel en brandissant une longue clé dont la tête avait la forme d'un losange.

Un sourire se forma sur le visage de William, ses yeux d'un bleu intense se mettant à briller d'une impatience mêlée d'émerveillement.

— Où l'as-tu trouvée ?

— C'est le chapelain, le père Lambert, qui me l'a donnée. En tant que gardien de cette clé qui lui avait été confiée par mon père, il a déclaré qu'il ne pouvait la transmettre qu'à son héritière.

— C'est-à-dire à toi ! Isabel de Clancey, vous êtes, vraiment, un être d'exception !

Il lui prit le visage entre les mains et déposa un baiser sur sa bouche.

— Mais je l'ai toujours su, ajouta-t-il.

Elle toucha ses lèvres là où il lui avait donné ce petit baiser aussi inattendu qu'impulsif, et qui avait allumé un feu en elle. Ce n'était pas le moment, cependant, de s'abandonner à ce genre d'émotion.

— Exception ou pas, répondit-elle, ouvrons cette cachette. Tiens, prends la clé.

William l'introduisit dans la serrure et la fit tourner sans difficulté. La serrure ouverte, il ne lui restait plus qu'à glisser la pointe de son poignard dans l'interstice entre la mosaïque et la plaque, puis à l'utiliser comme un levier pour faire basculer cette dernière.

Ils se penchèrent pour regarder à l'intérieur. Il y faisait trop sombre pour distinguer quoi que ce fût. Aussi Isabel décrocha-t-elle l'une des torches pour la plonger dans la cavité.

Il s'y trouvait un coffre en bois cerclé de fer.

— Regarde, fit la jeune femme, il y a des inscriptions sur la partie métallique. On dirait les cinq roses du vélin.

— En effet, répondit William en soulevant le couvercle du coffre.

Ils découvrirent à l'intérieur un autre coffret entièrement en métal, présentant un creux en forme de losange sur le dessus.

— J'ai une certaine idée de ce qui pourrait correspondre à cela, murmura William. Portes-tu ton pendentif ?

— Oui.

Elle le fit passer par-dessus sa tête et le donna à William, qui retira le sien également et réunit les deux bijoux. Il les inséra, ensuite, dans la forme en losange.

— Tu vois ? Ils y entrent parfaitement.

— Et maintenant, que fait-on ?

— Je jurerais que je connais la solution, répondit

William en se tournant vers Isabel. Pense à ce symbole que nous retrouvons partout depuis que nous avons découvert le vélin…

— La croix ! fit la jeune femme en ouvrant tout grands les yeux.

— Exactement. On la retrouve partout. Ce n'est, d'ailleurs, pas pour rien. Nous allons bientôt en avoir le cœur net…

William déplaça les pendentifs toujours joints vers le haut, le bas, la gauche puis la droite, comme s'il traçait le signe de la croix sur son corps et, à chaque mouvement, il entendit un déclic.

— Au nom du Père, du Fils et du Saint-Esprit…

En revenant au centre, ils perçurent le dernier clic.

— Amen.

Le couvercle s'ouvrit, révélant un coffret en bois. William plongea le bras dans la cavité et en remonta le coffret qu'il déposa sur la mosaïque.

Isabel prit le visage de William entre ses mains et, l'attirant vers elle, planta un baiser sur ses lèvres comme il l'avait fait un peu plus tôt avec elle.

— Si je suis une merveille, William Geraint, tu l'es au centuple.

Il l'avait étonnée, mais n'était-ce pas une nuit riche en surprises ?

Rassemblant ses idées, il fit signe à la jeune femme de soulever le couvercle du coffret en bois. Tous deux découvrirent alors avec admiration un autre coffret en or, richement décoré de pierres précieuses, qui se trouvait à l'intérieur.

— À toi l'honneur, Isabel, dit-il.

Puis, comme Perdu aboyait pour la seconde fois, il le fit taire.

Isabel se mordit la lèvre inférieure en extrayant le coffret de sa cachette.

— C'est un reliquaire, déclara-t-elle, et… Seigneur ! Qu'il est beau ! Est-ce que je peux l'ouvrir ?

Il plaça la main sur la sienne en secouant la tête.

— À ta place, je ne le ferais pas. Ne devines-tu pas ce qu'il contient ?

— Si… Je pense qu'il s'agit de morceaux de la vraie Croix.

Elle se redressa et fronça les sourcils en dirigeant le regard sur le coffret.

— Crois-tu qu'il s'agisse vraiment de la Croix du Christ ?

— Je l'ignore, Isabel, mais en tout cas les Templiers le pensent et c'est ça qui importe. Quiconque est en possession de cette relique peut en tirer un pouvoir considérable. C'est la raison pour laquelle il est impératif pour les chevaliers du Temple de la récupérer.

— Ils ne tarderont pas à l'avoir, dit Isabel dans un murmure.

À cet instant, les aboiements de Perdu redoublèrent.

— Qu'y a-t-il, Perdu ? fit William.

Il se releva et se tourna vers la nef, pour se retrouver en face de Geoffrey Fitzwalter, Eustache Rolleston et l'homme au visage vérolé qu'ils avaient combattu en Aquitaine.

Ces derniers venaient d'entrer dans la chapelle et, l'épée à la main, avançaient vers eux. Une poignée d'hommes d'armes marchaient derrière eux.

Perdu ne cessait d'aboyer et de grogner en découvrant les canines.

— Vous êtes bien curieuse, Isabel de Clancey, lança Fitzwalter, ses fines lèvres esquissant un sourire sardonique.

Chapitre 22

— Vous !

— Serviteur, damoiselle, répondit Fitzwalter en feignant de s'incliner.

— Comment osez-vous entrer dans cette chapelle l'arme au poing et avec tous ces gens brandissant leurs épées ?

— Oh ! oui, j'ose, chère Isabel. Vous ne manquez pas d'arrogance derrière votre champion, mais vous oubliez que nous sommes plus nombreux.

— Nous verrons bien si le nombre l'emporte sur la bravoure, dit en rugissant William qui avait déjà tiré sa lame de son fourreau. Je vois que vous vous entourez de vos gueux préférés, en particulier Rolleston. Ravi de vous revoir !

— Le plaisir est pour moi, messire William.

— Baissez votre épée, Geraint, dit Fitzwalter. Vous ne voudriez pas mettre en péril damoiselle Isabel de Clancey.

Devant l'hésitation de William, il reprit :

— Alors, vous vous décidez ?

— Vous n'avez pas d'ordre à donner à messire Geraint, intervint Isabel, désireuse de prolonger l'échange pour donner le temps à William de réfléchir à la façon de sortir de cette souricière.

— Il y a longtemps que j'attendais ce moment, reprit Fitzwalter. Oh ! certes, je n'étais pas certain qu'il eût lieu. N'étiez-vous pas supposée être morte et enterrée depuis de longues années ? Ensevelie, de surcroît, avec votre pendentif.

— Vous aviez connaissance de l'existence des pendentifs ?

— Bien sûr. Votre imbécile de père ne savait pas garder un secret. Lorsque j'ai appris que vous étiez partie avec les deux bijoux, je n'ai eu de cesse de les récupérer par tous les moyens, même une embuscade.

Isabel, à cet instant, sentit la main réconfortante de William sur son épaule.

— Vous êtes un malade, marmonna-t-elle entre ses dents.

L'expression qui parut sur le visage de Fitzwalter l'écœura au dernier degré.

— Non point malade, rusé plutôt, perspicace, capable d'estimer la colossale valeur de ce que vous avez entre les mains, damoiselle, et que vous allez bien gentiment me remettre.

Il tendit sa paume ouverte pour recevoir le reliquaire.

— Et surveillez ce damné chien sinon je le traverse avec ma lame !

Isabel avança de deux pas pour prendre Perdu dans ses bras et revint à sa place où elle le déposa à ses pieds.

— Ne bouge plus ! lui dit-elle avant de se redresser.

S'adressant à Fitzwalter, elle reprit :

— Ne menacez jamais plus mon chien !

Elle s'efforçait de paraître sûre d'elle-même, alors qu'elle était terrorisée.

— Vous pensiez que les pendentifs étaient perdus, n'est-ce pas, messire ? Et par conséquent, vous aviez aussi perdu l'espoir de retrouver ceci.

Elle désigna du menton le reliquaire.

— Alors, dans ces conditions, pourquoi êtes-vous resté à Clancey ? Auriez-vous une responsabilité dans la mort de mon père et de mes frères ?

Isabel n'était pas certaine de vraiment vouloir apprendre

les raisons de la mort de ses proches, mais elle avait besoin de connaître la vérité pour sa mère, et même dans son intérêt personnel.

— Votre père était aussi négligent que débauché et ses fils n'étaient pas meilleurs. Ces terres sont infestées de leurs bâtards. Croyez-moi, plus d'un a soupiré de soulagement quand ils ont été retirés de ce monde.

— C'est faux ! Vous mentez !

— Oh ! mais non, damoiselle. Ce n'est que la pure vérité. Ce qui est arrivé à votre père et à vos frères n'est que justice.

Il avança d'un pas vers Isabel.

— Et maintenant, donnez-moi ce reliquaire !

— Arrière ! s'écria William.

Celui-ci se porta en avant, s'interposant entre Fitzwalter et la jeune femme.

— Fais un pas de plus et je t'ouvre du cou au nombril, dit-il d'un ton menaçant en dirigeant la pointe de son épée sur son opposant.

Le temps de réflexion que lui avait octroyé Isabel ne lui avait pas permis de trouver une solution satisfaisante pour échapper à ce guet-apens.

Leur seule chance serait de rejoindre la porte de côté dans la nef. Dans cette intention, il commença d'entraîner Isabel dans cette direction.

Lentement, très lentement, ils s'étaient mis à reculer sans que William baissât un instant la garde. Il était prêt, à tout moment, à répondre à une attaque, qu'elle vînt de la gauche ou de la droite.

Fitzwalter avançait simultanément sur eux tandis que ses hommes essayaient de les contourner pour bloquer leur progression.

— As-tu une arme à me passer ? chuchota Isabel à l'oreille de William.

— Tiens ! fit-il en lui donnant sa dague. Mais ne t'en sers que si tu dois te défendre.

À cet instant, deux des hommes d'armes lancèrent un assaut conjoint de part et d'autre de William.

— Attention, William ! cria Isabel.

Il para la charge de l'un des soudards et, aussitôt, se rabattit sur l'autre, le désarmant d'un seul coup de son épée.

— Recule ! fit-il en poussant du dos Isabel vers la porte latérale.

D'autres assaillants, l'épée à la main, se présentèrent.

— Ça ne sert à rien, messire William, dit Fitzwalter. Vous êtes cernés.

— Ce qui ne vous empêche pas de nous laisser partir. Agissez en homme d'honneur !

— Vous vous moquez ? Allez ! Donnez-moi ce reliquaire et qu'on n'en parle plus.

— Je suis au regret, messire Geoffrey, mais c'est impossible.

Isabel marmonna la même réponse dans le dos de William, il était hors de question de leur remettre le reliquaire.

Seigneur ! Comme il l'aimait !

En entendant sa voix suave derrière lui, il en fut plus convaincu que jamais. Il ferait tout ce qui était en son pouvoir pour lui venir en aide. Il n'hésiterait pas à donner sa vie pour elle.

Lui-même était remplaçable, mais pas Isabel de Clancey. Et le moment de le prouver, semblait-il, s'approchait. Tant qu'il parvenait à la tirer de cette situation périlleuse, rien d'autre ne comptait.

Ils continuaient de battre en retraite alors que Fitzwalter et ses hommes les menaçaient de toutes parts.

William balaya du regard la chapelle à la recherche d'un élément qu'il pourrait utiliser pour échapper à leurs adversaires, mais rien ne semblait pouvoir leur permettre de se soustraire à l'inéluctable.

L'ennemi était de plus en plus proche… William sentait battre son cœur à coups redoublés.

Mon Dieu ! Qu'allaient-ils devenir ?

— Nous sommes devant la porte, William, chuchota Isabel derrière lui.

Il entendait Perdu gratter le bois de l'huis.

— Très bien, répondit-il sur un ton assuré, alors même qu'il doutait de plus en plus qu'ils pussent s'en sortir. Essaie de l'ouvrir pendant que je les retiens.

À peine eut-il parlé qu'il dut soutenir l'assaut de plusieurs hommes d'armes à la fois.

— Je n'y arrive pas, dit Isabel d'une voix étranglée par l'angoisse. Elle ne veut pas s'ouvrir.

— Essaie encore, lança-t-il en faisant front à un nouvel assaut. Vite, Isabel !

— Rendez-vous ! s'écria Fitzwalter. Vous êtes faits comme des rats ! Je ne veux que le reliquaire.

— Ah bon ? fit une voix puissante et familière derrière le rideau des assaillants.

Ces derniers se retournèrent pour découvrir des gens d'armes, portant un autre écusson sur leurs tuniques, qui venaient de pénétrer dans la chapelle derrière leur capitaine.

Hugues de Villiers !

Le soulagement se lut sur le visage de William quand il vit son ami entouré de ses gardes remonter fièrement l'allée au centre de la nef. Il croisa le regard du sire de Tallany et lui fit un signe de tête pour lui exprimer sa gratitude.

— Qui êtes-vous ? s'exclama Fitzwalter. Vous n'avez rien à faire ici. Retournez d'où vous venez.

— Je suis ici à la requête de mon ami, messire William Geraint, d'Isabel de Clancey, châtelaine de ce lieu, et de Guillaume le Maréchal, comte de Pembroke et régent du royaume, lança Hugues d'une voix forte en s'adressant aux hommes de Fitzwalter et non à ce dernier qu'il choisissait délibérément d'ignorer. Jetez vos armes à terre et il ne vous sera fait aucun mal !

À l'expression de Fitzwalter, William comprit qu'il ne se rendrait pas. Il voulait manifestement livrer combat jusqu'à la mort.

— C'est votre tour de tomber dans le piège, Fitzwalter, dit William. Messire de Tallany est venu en force. Vous feriez mieux de vous rendre.

S'adressant aux gens d'armes, il reprit :

— Quant à vous qui faites partie de la garnison du château de Clancey, c'est à votre châtelaine et à elle exclusivement que vous devez rendre l'hommage. Saisissez-vous de cet imposteur !

Les mots de William eurent l'effet désiré, un murmure d'incertitude s'élevant parmi les gardes du château de Clancey.

Isabel s'avança pour s'adresser à son tour à ces derniers.

— J'assure de mon pardon ceux qui me seront fidèles et qui se retourneront contre ce félon de Fitzwalter. Il est inutile de combattre. Faites simplement comme je vous le demande.

Les paroles, venues du fond du cœur, prononcées par Isabel donnèrent tout le temps à William d'échanger par signes avec Hugues. Il lui fit ainsi comprendre que la meilleure façon de contraindre Fitzwalter à s'avouer vaincu était de l'encercler avec ses hommes.

— Celui qui serait tenté de me trahir ferait bien de se mettre dans la tête que quiconque commet cet acte de félonie sera exécuté et sa famille effacée de cette terre, lança Fitzwalter de sa voix grinçante. N'est-ce pas, Rolleston ? Le Jeniquens ? Canerue ?

— Vous avez perdu, Fitzwalter, reprit William. Soumettez-vous !

Ils étaient encerclés et Geoffrey Fitzwalter avait bien compris qu'ils avaient peu de chance d'en réchapper. Aussi pouvait-il se montrer encore plus dangereux.

William, qui en avait conscience, se tenait prêt.

— Jamais ! s'écria Fitzwalter en portant un assaut contre lui avec son épée.

William, de plus grande taille et d'une force supérieure, para sans peine l'attaque.

— Je suis allé trop loin pour renoncer, dit Fitzwalter avec rage.

Au bruit des épées se heurtant et en entendant les cris des hommes, William comprit que Hugues et ses gens d'armes avaient engagé le combat. Il espérait seulement qu'Isabel s'était mise en retrait et qu'elle ne courait aucun danger.

— Eh bien, battez-vous jusqu'au bout ! répondit William en portant un puissant assaut contre Fitzwalter.

Ce dernier dut battre en retraite. William en profita pour lancer un regard à Hugues qui se tenait à côté de lui et ferraillait avec Rolleston. De toute évidence, ce dernier n'était pas de taille à lui poser des problèmes.

— Tu as pris ton temps, remarqua William avec un petit sourire ironique.

— Est-ce ta façon de me remercier pour m'être empressé de venir à ton aide dès que tu as mis les pieds en Angleterre ?

William eut l'impression de faire un bond dans le passé, quand il combattait au côté de son ami, chacun veillant sur l'autre.

— Tu m'as manqué, vieux frère, au cours de toutes ces années, lança-t-il en chargeant Fitzwalter dont il rabattit l'épée à plusieurs reprises.

— Je suis heureux de te l'entendre dire, répondit Hugues qui venait de s'adosser au mur pour décocher un coup de pied dans le ventre de Rolleston. Mais n'abuse pas trop du « vieux ».

— C'est que tu me sembles un peu moins rapide qu'autrefois. Tu manques d'entraînement. Ne serait-ce pas lié à ton bonheur conjugal ? Au fait, comment va la belle Éléonore ?

Hugues fit la grimace en repoussant un assaut de Rolleston.

— Elle est de nouveau enceinte et souffre de nausées.

— Je ne puis imaginer ta femme vaillante et pleine de vie affectée par la moindre indisposition.

— Il lui arrive d'être fatiguée, particulièrement avec William, ton filleul, qui ne lui laisse pas un instant de répit. Le petit bonhomme tient de son parrain.

— C'est bon à savoir, répondit William tandis que son épée glissait le long de celle de Fitzwalter.

Leurs deux adversaires étaient à bout de souffle. Encore un peu et ils n'auraient plus la force de soulever leurs armes.

Fitzwalter changea d'appui pour soulager ses muscles. Il ne manquait pas d'imagination, pensa William qui voulait bien lui accorder ce mérite.

Il chercha du regard Isabel, qui faisait de son mieux pour se rendre utile. Son petit chien, à ses pieds, la défendait vaillamment, aboyant et grondant chaque fois que quelqu'un osait s'approcher un peu trop près d'elle.

Elle ne manquait pas de courage, mais William voulait absolument la rejoindre. Elle était trop exposée pour qu'il la laissât seule où elle était. Il lui fallait, cependant, en finir d'abord avec Fitzwalter.

Il se fendit et tenta à plusieurs reprises d'atteindre de la pointe de son épée son adversaire, qui reculait tout en se défendant.

— Rendez-vous, Fitzwalter ! lança William alors qu'il venait de lui caresser le bras du plat de sa lame. Vous êtes perdu !

— C'est ce que nous allons voir.

Sur ces mots, Fitzwalter saisit par l'épaule le plus jeune de ses hommes et, s'en servant comme d'un bouclier, le poussa devant William.

Ce dernier désarma le garçon, qui n'offrit aucune résistance, mais son maître en avait profité pour faire trois bonds en arrière et rejoindre Isabel. Il la tenait par-derrière, à présent, et la menaçait à l'aide de la dague qu'il lui avait arrachée de la main.

En voyant la pointe de l'arme qu'il avait imprudemment confiée à la jeune femme dirigée contre sa gorge, William s'efforça de ne pas montrer son émotion.

Il ne voulait pas donner à ce félon de Fitzwalter le plaisir de voir à quel point il était affecté par le danger menaçant Isabel, et il fit le serment en son for intérieur que si jamais il lui arrivait quelque chose…

Non ! C'était insupportable ! Il ne pouvait pas même envisager que son sang fût versé !

Il devait rester parfaitement maître de lui-même s'il voulait la tirer de cette situation sans qu'elle en pâtît. Et, cependant, il n'avait qu'une idée en tête : écorcher vif Fitzwalter !

— Jetez vos armes à terre, cria ce dernier.

William se tourna vers Hugues et lui fit un signe de tête. Ils étaient contraints d'obtempérer, et pourtant ils n'avaient plus devant eux que Fitzwalter, Rolleston, le type vérolé et l'un des hommes d'armes. Les autres gardes avaient été mis hors de combat ou s'étaient éclipsés.

— Nous nous soumettons, dit William en jetant son épée à terre.

Il fut imité, aussitôt, par Hugues et ses hommes. Le vacarme du métal tombant sur les dalles succéda au silence qui s'était installé dans la chapelle après l'annonce de sa soumission par William.

— Laissez partir la damoiselle de Clancey ! ordonna-t-il.

— Je ne voulais rien d'autre que cela, répondit Fitzwalter entre deux respirations en désignant le reliquaire qu'il serrait, maintenant, sous son bras.

De son autre bras, il tenait Isabel par le cou et l'obligeait à reculer avec lui.

— Je veux votre parole d'honneur que je pourrai partir d'ici avec une monture, lança-t-il à l'adresse de William. Laissez-moi quitter le château avec mes hommes. Je ne vous rendrai votre putain que lorsque je serai assuré de pouvoir me retirer sans danger.

William remarqua qu'Isabel faisait la grimace, mais elle ne dit rien, sachant comme lui qu'il fallait parfois savoir tenir sa langue.

— Donnez-moi votre parole d'homme d'honneur, messire William, insista Fitzwalter.

— Vous avez ma parole, répondit William. À présent, libérez damoiselle de Clancey.

Un silence sépulcral tomba sur la chapelle, jusqu'au moment où Perdu se mit de nouveau à aboyer avec furie en sautant autour de Fitzwalter comme ce dernier forçait sa maîtresse dans une direction où elle ne voulait pas aller.

— Si ce chien ne se tait pas, je vais l'embrocher, dit Fitzwalter entre ses dents. Et maintenant, amenez-moi un cheval, que je puisse partir.

Perdu retroussa les babines, découvrant ses crocs, et ce qui devait arriver arriva. Les dents du chien pénétrèrent dans la cheville de Fitzwalter tandis qu'Isabel se penchait sur le côté avant de frapper violemment son agresseur dans ses parties intimes comme William le lui avait enseigné.

Fitzwalter la lâcha et elle en profita pour lui donner un coup de coude dans l'estomac.

William, aussitôt, se précipita pour la prendre dans ses bras alors que Hugues et ses hommes ramassaient leurs armes et les pointaient sur Fitzwalter, Rolleston et les derniers hommes valides à leur service.

Grâce à Dieu, tout était fini !

— Bien joué, damoiselle, fit Hugues en s'adressant à Isabel.

Puis, se tournant vers William, il reprit :

— J'ai l'impression que l'élue de ton cœur n'est pas moins extraordinaire que ma chère Éléonore !

Chapitre 23

Isabel regardait William et Hugues avec stupéfaction. On aurait dit deux frères. Après toutes les épreuves qu'il avait traversées au cours des dernières années, il était rassurant de voir que William jouissait de toute l'estime de son ami et que ce dernier l'acceptait pour ce qu'il était.

Hugues, qui souriait en permanence, sortit de la chapelle en compagnie de ses hommes et des prisonniers, laissant William et Isabel seuls.

La jeune femme, qui se sentait soudain timide et presque gênée, ne sachant que dire ni que faire, baissa les yeux sur ses mains qu'elle tordait nerveusement.

William releva une mèche de ses cheveux et la fit passer derrière son oreille, ses doigts lui caressant la joue et le cou.

— Il ne t'a pas blessée, n'est-ce pas ?

— Non… J'ai la peau du cou un peu irritée au niveau de la gorge, mais c'est tout.

William réprima un juron.

— Si jamais il avait osé, fit-il, je l'aurais tué sur-le-champ.

Elle posa la main sur son épaule dans un mouvement d'affection.

— Je vais bien. Oublie tout ça.

Il laissa échapper un long soupir en secouant la tête

d'un air incrédule comme si ce qu'ils venaient de vivre n'avait été qu'un cauchemar.

— Oui, tu as raison. En tout cas, tu as été merveilleuse.

Il se pencha vers elle pour ajouter à mi-voix :

— J'ai l'impression que tu maîtrises parfaitement cette technique de défense, mais promets-moi de n'y recourir qu'en cas de besoin absolu.

— Je te le promets, répondit-elle avec un petit sourire malicieux.

— Et ne dis jamais à personne qui te l'a apprise.

— Je sais être muette comme une carpe.

Il lui sourit à son tour, et ils restèrent un moment à se regarder sans parler.

Isabel fut la première à rompre le silence :

— Nous partons ?

— Après vous, ma dame, fit-il en désignant la sortie de la main.

— Non, répliqua-t-elle, pas par là. Nous allons emprunter la porte latérale. Elle est ouverte maintenant.

— Oui, vous avez raison.

Il devança la jeune femme et ouvrit la porte.

— Passez, je vous en prie, dit-il en laissant place à Isabel et Perdu qui sortaient de la chapelle.

Ils furent salués par les premiers rayons de soleil, qui enveloppaient l'édifice d'une teinte orangée.

Isabel respira avec délice le parfum des herbes que la rosée associée à la chaleur du soleil répandait dans le jardin.

Elle reconnut l'odeur de la sauge associée à la menthe, au fenouil, à la consoude et à l'hysope, avec sa longue tige hérissée de pointes et sa fleur d'un bleu violacé.

C'était cette même plante qu'elle avait employée pour soigner la blessure de William et dont elle avait semé les fleurs sur le sol de la chambre où ils avaient vécu leur première nuit d'amour à La Rochelle.

Une boule se forma dans sa gorge à l'évocation de ces moments à jamais gravés dans sa mémoire.

— Avec ta permission, Isabel, je serais heureux d'achever ce que nous avons commencé ce matin, dit William en se penchant pour cueillir la fleur bleue d'une hysope. J'accompagnerai Hugues et j'emporterai le reliquaire pour le remettre au régent du royaume, ainsi que les prisonniers. Nous le laisserons décider de leur sort, et transmettre le reliquaire à l'ordre du Temple.

— Merci, William. Je te suis très reconnaissante, pour tout...

Elle marqua une hésitation avant de reprendre :

— Quand penses-tu partir ?

— Aussitôt que possible.

— Oui, bien sûr...

Il semblait qu'il n'y eût plus rien à dire et, pourtant, elle avait tant de choses à lui confier...

Ils firent le tour de la chapelle à travers le jardin riche de tous ses parfums.

— Ne reviendras-tu pas ?

— Isabel...

Il ne termina pas sa phrase, laissant le nom de la jeune femme flotter dans l'air, avec un sentiment de tristesse et de nostalgie.

Seigneur ! Comme il était difficile de dire ce que l'on avait envie de dire !

— Reviens, William, fit enfin Isabel d'une voix étranglée par l'émotion. Quand tout sera fini, reviens auprès de moi.

Il la prit par le coude et s'arrêta avec elle.

— Je ne demande que cela, mais tu sais que ce n'est pas possible.

— Je commence à comprendre de moins en moins bien ton point de vue, déclara-t-elle en levant les yeux vers lui. Pourquoi ne pourrions-nous être réunis si nous le voulons tous les deux ?

— Ne me pose pas cette question, répondit-il en posant les mains contre le mur de la chapelle, de part et d'autre d'Isabel qui s'y était adossée. Ne comprends-tu pas qu'il n'y a aucune différence entre moi et tous les pauvres bâtards engendrés par ton père. Je suis indigne de toi.

— Tais-toi, William ! Je me moque que tu aies été conçu dans le lit conjugal ou ailleurs. Ne vois-tu pas ta propre valeur ? Autant que je puisse en juger, tu en as beaucoup plus que mon père, qui ne s'est jamais occupé que de lui-même.

— Isabel..., fit-il en lui prenant le visage entre les mains. Je ferais n'importe quoi pour toi, mais ça... même si je le désire de tout mon cœur... C'est impossible.

— Mon amour ne compte-t-il pour rien ?

— Si, il compte pour bien plus que tu ne pourrais imaginer et il m'habitera jusqu'à la mort, mais cela ne suffit pas, murmura-t-il en la regardant dans les yeux. Les exigences du cœur passent après celles des devoirs et des obligations. C'est ainsi qu'est fait le monde.

— Nous pouvons le changer.

— Non, ma chérie, répliqua-t-il en lui embrassant la main. J'aimerais être digne de toi, mais je ne le suis pas.

Isabel avait la gorge trop serrée pour prononcer le moindre mot. Elle était furieuse contre William. Comment pouvait-il penser de telles choses ? En quoi lui était-elle supérieure ?

— Tu es de noble naissance, Isabel. Tu es la dame de ce château. Tu en portes déjà toutes les clés à ta ceinture. Et, en outre, tu as toutes les qualités qu'un homme peut rêver de trouver chez une femme : la force et la douceur, la résistance devant les épreuves, la capacité à résoudre les problèmes et, surtout, un cœur immense. C'est un grand privilège de t'avoir connue et aimée. Et c'est justement en raison de l'amour que je te porte que je dois te laisser partir. C'est mon honneur qui l'exige.

Que répondre ? s'interrogea Isabel en son for intérieur. Fallait-il le supplier de rester ? Elle ne s'en sentait pas le droit. Sa conscience le lui interdisait. Et pourtant, elle avait envie de le secouer, de l'arracher à son étroitesse d'esprit.

Après tout ce qu'ils avaient vécu ensemble, n'avaient-ils pas droit au bonheur ? Qu'importe leur différence de classe sociale.

Elle, en tout cas, s'en moquait. N'avait-elle pas grandi auprès de gens simples ? Elle les comprenait ainsi que les problèmes auxquels ils devaient faire face. William, cependant, ne voyait pas les choses de la même manière, et peut-être cela ne changerait-il jamais.

Isabel prit conscience, à cet instant, d'un aspect de sa personne qu'elle avait négligé.

Elle n'avait pas besoin de William pour survivre. Elle avait largement prouvé qu'elle était capable de se débrouiller toute seule. Elle avait survécu au guet-apens quand elle n'était qu'une petite fille et avait continué à vivre alors qu'elle était abandonnée par sa famille. Elle s'était adaptée à la vie au couvent puis à celle des Meunier qui l'avaient recueillie à Saint-Jean-de-Côle.

Elle avait, en outre, survécu au voyage de retour vers l'Angleterre durant lequel, pourtant, sa vie avait été plusieurs fois menacée.

Alors, après toutes ces épreuves, elle apprendrait à survivre à sa séparation avec William. Cela, certes, prendrait du temps, et ne se ferait pas sans qu'elle eût le cœur brisé, mais elle savait comment endurer la douleur et triompher des épreuves.

Or, il semblait qu'elle allait devoir, encore une fois, subir le pire.

— Eh bien, fit-elle après un long silence en relevant la tête, il n'y a plus rien à ajouter.

— Tu n'as pas desserré les dents depuis notre départ, William, remarqua Hugues qui chevauchait à côté de son ami. Y a-t-il quelque chose qui te préoccupe et dont tu aimerais me parler ?

La moitié de la journée s'était écoulée déjà depuis qu'ils avaient quitté le château de Clancey, Isabel se tenant sur les marches du donjon à côté de sa mère.

Digne et gracieuse, le dos droit, le regard éteint, elle lui avait fait ses derniers adieux. Il savait qu'il ne la reverrait jamais et que cette scène le hanterait jusqu'au dernier jour de sa vie, ainsi que bien d'autres moments qu'il avait partagés avec elle et qu'il lui était trop douloureux d'évoquer.

— Non, répondit-il, mais la semaine a été fatigante. C'est tout.

— Ou tu es un menteur hors pair, William, ou tu te fais vieux.

— C'est possible.

— Allons, je t'en prie. Nous avons toujours tout partagé, même nos malheurs.

— Vraiment ?

William serrait tellement les mâchoires qu'il finissait par en souffrir.

— Pardonne-moi, mais je n'en ai aucun souvenir.

Il savait qu'il dépassait les limites de l'acceptable, d'autant plus que son ami était venu à son secours, mais il avait besoin de s'en prendre à quelqu'un et Hugues se trouvait être là au mauvais moment.

— Ne crois-tu pas, mon ami, que tu t'es assez puni comme ça ? fit Hugues dans un murmure.

Le changement de ton de son compagnon capta l'attention de William.

— Que veux-tu dire ? demanda-t-il en se tournant brusquement vers lui.

— Tu le sais parfaitement, William. Tu ne t'es, d'ailleurs,

pas puni tout seul après ce qui s'est passé à Portchester, mais tu as inclus tout ton entourage dans ce repentir. Moi, ta famille… Dis-moi, est-ce le tour d'Isabel de Clancey de souffrir ?

— Tu ne sais pas de quoi tu parles.

— Crois-tu ? J'ai des yeux et des oreilles, figure-toi, et ce qu'ils ont vu et entendu au château de Clancey proclame la profondeur des sentiments qui vous unissent toi et Isabel.

— Tu te trompes.

— Non, je ne me trompe pas. Ça fait plusieurs années que j'essaie de te comprendre et je commence à y voir un peu plus clair.

— Depuis ce qui s'est passé à Portchester ?

— Oui, William. Cela n'arrive qu'aux hommes de notre trempe. Et il faut vivre avec ce souvenir, aussi cuisant soit-il. Tu as été trahi et, pourtant, c'est toi qui portes la culpabilité de toute l'affaire. Tu dessers tes gens d'armes en endossant toute la responsabilité de la tragédie. Ils sont morts en hommes d'honneur, en combattant pour leur roi comme il était de leur devoir.

— C'est pour ça que le roi m'a banni, considérant que la faute reposait sur mes épaules ?

Hugues fit non de la tête.

— Que Dieu lui pardonne, mais Jean était prompt à jeter le blâme sur les autres. Il aurait mieux fait d'enquêter sur la moralité de ses soudards plutôt que de s'en prendre à toi. Tu sais qui sont les vrais coupables. Mais, de toute façon, même si tu avais été injustement condamné à l'exil, tu t'es largement racheté en transmettant des informations de premier ordre à Guillaume le Maréchal, qui a ainsi remporté la victoire de Lincoln sur le dauphin Louis de France. Sans ta contribution, le royaume aurait pu tomber entre les mains de Philippe-Auguste.

Hugues s'interrompit et, lançant un regard perçant à son ami, reprit :

— Mais, en vérité, ce qui nous intéresse, ce n'est pas cela et tu le sais très bien.

— La seule chose que je sache, répondit William en détournant le regard, c'est que je n'ai pas envie d'en parler.

— Peut-être, mais s'il s'agit de désirer quelque chose ou plutôt quelqu'un que tu crois ne pas mériter, je tiens tout de suite à te détromper.

— Tu ne peux pas comprendre. Ma mère…

— Elle m'a tout dit, William.

— Je te demande pardon, je l'ignorais. Eh bien, dans ce cas, tu saisis parfaitement la situation. Tu n'as pas besoin d'explication.

William, sur ces mots, concentra son attention sur son destrier qu'il fit passer du trot au galop. Hugues fit de même et, bientôt, le rejoignit.

— Nous ne pouvons pas être ensemble, Isabel et moi ! lança William à son ami en le voyant galoper à son côté. Il faut que tu le comprennes.

— Ce que je comprends, c'est que tu es malheureux depuis plusieurs années. D'ailleurs, si tu as donné ton cœur à Isabel et qu'elle t'a donné le sien, d'une certaine manière, vous vous appartenez déjà l'un à l'autre.

— Ce n'est pas aussi simple que ça.

Hugues tira sur les rênes du cheval de William tandis qu'il arrêtait simultanément le sien.

— La vie est pleine de dangers et de difficultés. Tu sais tout autant que moi à quel point la condition de chevalier, en particulier, est périlleuse. Un jour nous sommes en vie et, le lendemain, nous comptons au nombre des morts du dernier tournoi ou de la dernière bataille. Si tu as la chance que le bonheur te sourie, saisis-le des deux mains, mon ami, n'attends pas.

— Je ne déshonorerai jamais Isabel. Si je l'épousais, je ne vaudrais pas mieux que Geoffrey Fitzwalter, dont la convoitise était telle qu'il voulait s'emparer d'une relique qui n'aurait jamais dû lui revenir.

— En quoi la déshonorerais-tu si elle se donne librement à toi ?

— Est-ce que le devoir, les obligations familiales ne comptent pas pour toi ?

— Si, bien sûr, mais pourquoi me parles-tu de ça ? Là n'est pas la question…

Hugues secoua la tête en signe de dénégation avant de reprendre d'un air pensif :

— Je ne dirai cela qu'en cette occasion car je ne voudrais pas que ton ego grossisse au point de t'aveugler, mais il faut que tu saches que tu es aussi honorable que brave, William. Tu as toujours été loyal envers ton souverain ainsi que les hommes qui dépendaient de toi et de ta famille. Sache, en tout cas, que j'ai toujours été fier de me tenir en toutes circonstances à ton côté.

William était tellement surpris par ce que son ami lui déclarait qu'il resta un moment dans l'incapacité de parler, mais Hugues n'en avait pas fini.

— J'aimerais te dire qu'il ne faut jamais douter de ce que te dicte ton cœur. Certains prétendent que l'amour affaiblit l'homme, mais il n'en est rien. Je parle d'expérience quand je t'affirme qu'au contraire l'amour rend l'homme plus fort.

— Je ne me préoccupe pas de ce que les romans courtois racontent. D'ailleurs, je n'ai pas peur d'aimer.

— Mais alors qu'est-ce qui t'arrête ? Que redoutes-tu ?

William, qui ne savait que répondre, détourna le regard.

De quoi avait-il peur ? Il n'en avait pas la moindre idée. Était-ce seulement parce qu'il considérait qu'Isabel était hors de sa portée en raison de sa naissance qu'il n'osait pas lui demander sa main ?

Les paroles de la jeune femme lui revinrent, soudain, en mémoire :

« Ne peux-tu voir ta propre valeur ? D'où je suis, je vois bien qu'elle est très supérieure à celle de mon père. »

— Quelle que soit la raison qui t'empêche d'aller vers Isabel, tu devrais ne pas en tenir compte, William, reprit Hugues. Ne laisse pas tes vieux démons décider de ta vie à ta place.

Un petit sourire se dessina au coin des lèvres de William.

— Quand as-tu acquis cette sagesse ?

— Lorsque j'ai été aimé, en vérité, par une femme de cœur, répondit Hugues d'un air rêveur. Tu mérites Isabel, William, et je crois qu'elle te mérite.

Se pouvait-il que Hugues eût raison ? William ne savait même pas s'il avait une chance d'obtenir la main d'Isabel.

Il s'était montré si déterminé et inflexible avec elle qu'il ne pouvait être certain de ne pas avoir éteint la flamme de son amour. Mais il ne pouvait laisser passer cette chance. Même si elle était faible, il devait la tenter. Quand on rencontrait le bonheur, avait dit Hugues, il fallait le saisir à pleines mains.

Il devait trouver en lui le courage de combattre pour son bonheur et celui d'Isabel si elle lui était vraiment destinée.

Une lueur d'acier brilla dans son regard bleu tandis qu'il se tournait vers son ami en acquiesçant de la tête. Il retournerait vers Isabel et, s'il le fallait, il se battrait pour reconquérir son cœur.

William jeta un regard circulaire sur la salle de faible dimension et plutôt intime du château de Caversham, qui avait plus l'aspect d'un manoir familial que d'une forteresse. Il se trouvait pourtant dans les appartements de l'homme le plus puissant du royaume, Guillaume le Maréchal, régent d'Angleterre et comte de Pembroke.

William savait qu'il devait s'estimer privilégié d'avoir obtenu d'être reçu par celui-ci, mais il n'en éprouvait pas moins une certaine appréhension. Il n'ignorait pas, en effet, que le choix d'un mari pour Isabel de Clancey dépendait de l'acceptation du régent. Son avenir était donc suspendu à la conversation qui allait avoir lieu.

— Ah, très bien, vous êtes arrivé, fit le vieil homme en entrant dans la pièce. Je vous en prie, William Geraint, asseyez-vous.

Guillaume le Maréchal, qui boitait légèrement, traversa la salle, les mains dans le dos, jusqu'à un siège placé près d'un coffre.

— J'espère que votre retour s'est bien passé après que vous avez conduit les prisonniers à la tour de Londres, dit-il en s'asseyant.

— Oui, messire, très bien.

Le régent avait sur le visage l'expression d'un grand-père bienveillant, mais William ne se laissait pas si facilement duper. Il savait que le Maréchal était un homme politique accompli, aussi habile et rusé que n'importe quel personnage influent du royaume.

Et il avait en plus le mérite de la vaillance militaire. William ne connaissait aucun autre chevalier capable de livrer bataille à plus de soixante-dix ans comme Guillaume le Maréchal l'avait fait, l'année précédente, à la bataille de Lincoln. Vu ces circonstances, il n'était pas étonnant qu'il y eût peu d'hommes que William admirât et respectât autant. Mais ça ne signifiait pas, néanmoins, que leur rencontre se passerait bien.

— Si je ne me trompe, reprit le régent, tout est bien qui finit bien.

— Oui, messire, en effet, répondit William qui n'était pas aussi convaincu que son interlocuteur.

— Je suppose que vous êtes venu me parler de cette affaire…

Guillaume le Maréchal se dirigea vers une crédence où étaient disposés un broc d'étain, des coupes ainsi que deux plats de confiseries et de pâtisseries fines.

— Voudriez-vous prendre un en-cas avec moi ?

— Oui, avec grand plaisir.

— Dites-moi, messire William, votre visite inattendue est-elle liée à la somme d'argent que, ainsi que j'en ai été informé, les Templiers sont censés vous verser à vous ou à la dame de Clancey ?

— Merci, messire, fit William à mi-voix alors que le vieil homme lui donnait une coupe de vin. Pour ce qui est de l'argent, je n'ai personnellement rien reçu.

— Ah, je vois…

Le Maréchal s'assit en face de lui et but quelques gorgées de vin en l'observant avec insistance comme s'il voulait le faire réagir, mais William, qui pourtant avait sollicité cette entrevue, restait muré dans son silence.

Le régent finit par laisser échapper un soupir et entrer dans le vif du sujet :

— Je comprends mieux votre situation que vous ne l'imaginez, messire William. J'ai souvent pensé, d'ailleurs, qu'il est injuste que les enfants doivent payer pour les erreurs de leurs pères. Mon propre père m'avait abandonné au roi Étienne de Blois, qui m'avait menacé de mort alors que je n'étais qu'un petit garçon. J'ai appris que je ne pouvais compter sur un père qui se prétendait capable de forger des fils supérieurs à tous autres sur sa propre enclume et avec son propre marteau. J'ai donc compris très jeune que je devais me débrouiller tout seul sur cette terre. Je suis certain que c'est également votre cas, en particulier vu les circonstances de votre naissance.

Morbleu ! Comment le Maréchal pouvait-il en savoir autant sur lui ?

— Moi aussi, reprit le régent après un instant de silence, j'ai été comme vous un chevalier errant sans terres et sans attachements, mais débordant d'ambition.

Le tour qu'avait pris la conversation ne plaisait pas du tout à William, qui interrompit le Maréchal.

— Permettez-moi de m'expliquer, messire...

Le régent leva la main pour faire taire William, mais celui-ci voulait se faire entendre et rien n'aurait su le contraindre au silence.

— Si je pouvais seulement vous exposer ma situation...

— C'est inutile car j'ai déjà pris ma décision.

Était-ce possible ? Il ne lui laissait même pas la chance de s'expliquer ?

— Je ne serai plus très longtemps dans ce monde, reprit le Maréchal, et le jeune roi Henry n'est qu'un enfant. Une fois que je serai mort, il sera tiraillé dans tous les sens par des barons qui ne recherchent que leur intérêt. Je ne peux pas le permettre.

Il but une longue gorgée de vin avant de poursuivre :

— Surtout après les terribles heures par lesquelles est passé ce royaume, pour finir enfin par guérir de toutes ces cruelles blessures qu'il s'est infligé à lui-même. En raison de tout cela, je me dois d'entourer le jeune souverain d'hommes en qui j'ai une parfaite confiance et qui le serviront sans réserve.

William n'en croyait pas ses oreilles. Le régent avait-il vraiment sous-entendu qu'il appartenait à ce type d'hommes ?

Guillaume le Maréchal inclina la tête de côté en le regardant.

— Vous ne trahiriez jamais l'hommage au jeune roi, même si feu le roi son père ne s'est pas toujours montré loyal envers vous. Oui, je le crois, William, vous serviriez fidèlement l'Angleterre, comme d'ailleurs vous l'avez toujours fait.

William était sans voix. Après un instant, il réussit à demander :

— Voulez-vous dire, messire, que vous m'autorisez à courtiser Isabel de Clancey ?

— Vous avez ma bénédiction.

William ne pouvait rien désirer de plus, cependant il

ne voulait pas qu'Isabel fût contrainte de contracter un mariage dont, peut-être, elle n'avait pas envie. Elle avait connu assez d'épreuves dans la vie pour qu'on ne lui en infligeât pas une de plus. C'était à elle de décider en toute liberté si elle le voulait ou non pour époux. Peut-être souhaiterait-elle jouir plus longtemps de sa nouvelle position de châtelaine ou, même, tout simplement, repousser sa demande. Quelle que fût sa décision, il s'y conformerait.

En outre, William n'était pas dupe. On lui donnait la main d'Isabel contre sa fidélité au jeune roi, qu'il lui conservait et n'hésiterait pas à jurer de nouveau, mais il avait besoin de davantage de garanties au sujet des dispositions du cœur d'Isabel.

— Vous me faites beaucoup d'honneur, messire, dit-il, et je serais évidemment enchanté si damoiselle Isabel de Clancey daignait me prendre pour mari, mais elle a traversé tant d'épreuves que je voudrais que sa volonté en la matière fût pleine et totale.

— N'ayez aucune crainte à ce sujet, mon cher William.

Une flamme se mit à danser dans le regard clair du régent alors qu'il se levait.

— Je savais que je vous avais estimé à votre juste valeur, chevalier, reprit-il. Allez auprès de votre belle ! Elle devrait vous rendre heureux, à l'exemple de ma chère épouse qui m'a comblé tout au long de ma vie. Elle porte, savez-vous, le même prénom. Que Dieu vous garde !

— Merci, messire, fit William en s'inclinant.

Chapitre 24

Deux semaines s'étaient écoulées depuis que William avait quitté le château de Clancey, mais le temps avait paru bien plus long à Isabel. Pour le faire passer plus vite, néanmoins, elle avait fait en sorte d'être occupée au maximum par son nouveau rôle de châtelaine en se donnant à fond dans tout ce qui concernait la vie du château.

Elle s'était presque liée d'amitié avec l'intendant, avait rencontré le capitaine de la garnison et travaillé conjointement avec la domesticité pour s'assurer du bon fonctionnement des affaires ménagères de la maisonnée. Par ailleurs, elle s'était entretenue avec nombre de marchands et de villageois dans l'espoir d'en apprendre un peu plus sur ses gens.

Elle s'étonnait, d'ailleurs, de constater à quel point son expérience antérieure, d'une certaine manière, l'avait préparée pour ce rôle. William n'avait pas tort à ce sujet : elle avait plus de compétences qu'elle ne l'aurait jamais voulu reconnaître.

Au fond, sa nouvelle vie à Clancey se passait plutôt bien, à l'exception près qu'elle avait le cœur en cendres depuis le départ de William.

Elle avait beau faire tous les efforts possibles et imaginables pour chasser son souvenir, il lui revenait toujours en mémoire, et, certains jours, l'épreuve était plus douloureuse encore que d'autres.

Or, c'était justement l'un de ces jours où elle touchait le fond du précipice…

En sortant d'un bain bien chaud et parfumé, elle s'assit près de l'âtre dans sa chambre, avec Perdu à ses pieds, et coiffa ses longs cheveux.

Il était inutile de se faire belle, pensait-elle, un peigne en argent à la main, puisque William ne reviendrait pas. Tout cela était vain. Elle se forçait à vivre mais n'avait plus de goût pour rien.

On frappa, soudain, à la porte qui s'ouvrit lentement. Isabel sourit en voyant sa mère paraître sur le seuil.

— Entrez, mère, je vous en prie.

— J'espère que je ne te dérange pas.

— Pas du tout. Puis-je vous servir un rafraîchissement ? Voulez-vous du vin ?

— Non, merci, ma chérie. Assieds-toi. Je suis désolée de t'avoir interrompue.

Adélaïde de Clancey s'approcha de sa fille et lui prit le peigne de la main.

— Il m'a semblé, récemment, que tu prenais à peine part aux repas, dit-elle en se mettant à la coiffer. Est-ce que quelque chose ne va pas ?

— Non, ma mère. Je vais très bien et suis parfaitement heureuse.

— Tant mieux…

— Vous me paraissez anxieuse, mère.

— Vraiment ? fit cette dernière en glissant les doigts dans les cheveux d'Isabel. Non… Je voulais seulement te redire à quel point tu m'as rendue heureuse en revenant vivre ici. Je croyais ne jamais te revoir.

Entre tous ses devoirs, Isabel s'était imposé de passer autant de temps que possible en compagnie de sa mère afin d'apprendre à mieux la connaître après cette si longue séparation.

Elles avaient beaucoup à se dire, l'une racontant sa vie

en France, en particulier à Saint-Jean-de-Côle, et l'autre évoquant toutes les années où Isabel avait été absente, années essentiellement de malheur, qui avaient vu mourir son père et ses frères.

Adélaïde de Clancey passa affectueusement la main sur la joue de sa fille en reprenant :

— Nous avons toutes les deux trop souffert, mais j'ai l'espoir que nous trouverons ensemble le bonheur et que nous laisserons le passé derrière nous.

— Oui, murmura Isabel alors que sa mère lui déposait un baiser sur le front. Je ne désire rien d'autre que cela.

— Et j'espère qu'un jour tu prendras conscience de ce que cela représente pour moi d'être de nouveau réunie avec toi. Tu sauras quelle joie et quelle paix tu m'as apportées dans les dernières années de ma vie.

— Je m'en rends compte, mère, et je vous assure que c'est la même chose pour moi.

— J'aime te l'entendre dire… Il faut que tu saches que mon seul désir, Isabel, est que tu sois vraiment heureuse.

— Mais je le suis.

— Je l'espère…

La mère d'Isabel, un léger sourire au coin des lèvres, resta un instant silencieuse avant de reprendre sur un ton mystérieux :

— Il arrive que le bonheur soit tout près de nous, beaucoup plus près qu'on ne le pense, et il suffit d'ouvrir les yeux et de regarder à l'extérieur pour le trouver.

Le regard rieur, Adélaïde de Clancey se retira en ajoutant :

— Et quand on l'a devant soi, il faut savoir le saisir des deux mains.

Isabel, l'air perplexe, se dirigea lentement vers l'étroite fenêtre que, tout en parlant, sa mère avait désignée du menton, et elle en ouvrit les volets.

Qu'avait-elle voulu dire par là ? La jeune femme se

retourna pour l'interroger, mais Adélaïde de Clancey était déjà sortie de la chambre.

Étrange… Elle ne l'avait encore jamais vue se comporter ainsi.

Un air piquant entrait dans la pièce, lui rappelant que l'hiver n'était plus loin.

Le temps de l'Avent se rapprochait. La joie de Noël et de l'Épiphanie allait entrer dans cette maison. Elle s'en réjouissait d'avance. Il y avait si longtemps qu'elle n'avait pas vécu un Noël au château de Clancey. Des souvenirs de son enfance surgissaient du fond de sa mémoire.

La jeune femme respira à fond, savourant le parfum de l'herbe et des proches sous-bois. Le crépuscule ensevelissait la campagne sous son voile sombre, mais le jour ne s'était pas encore entièrement retiré.

C'était le moment mystérieux et subtil où la nuit et le jour s'effleuraient sans que l'on sût lequel triompherait de l'autre. Une atmosphère enchanteresse régnait sur les lieux, faisant naître dans le cœur d'Isabel le rêve d'une vie meilleure, une vie dont l'amour ne serait pas absent.

Elle frissonna et s'apprêta à fermer les volets, quand son regard fut attiré par la flamme vacillante d'une bougie dans la haute cour. Qui se présentait à cette heure au château ?

Elle scruta l'obscurité et vit s'allumer d'autres bougies dont la disposition formait une sorte de dessin sur le sol. Comme c'était étrange…

Qu'est-ce que ça pouvait bien être ?

Trop curieuse pour ne pas aller voir, elle prit le manteau de laine que William avait acheté pour elle à Southampton et se précipita hors de la pièce avec Perdu sur les talons. Elle se saisit d'une torche à l'entrée de l'escalier à vis qu'elle descendit jusqu'au rez-de-chaussée.

En sortant dans la haute cour, elle se dirigea vers les bougies disposées parallèlement dans des gobelets d'étain, si bien qu'elles avaient l'aspect d'un chemin. Comble du ravissement, Isabel s'aperçut que le sol était jonché de fleurs et de pétales de roses.

Elle se pencha pour ramasser une fleur, et reconnut de l'hysope ! Que voulait dire cette mise en scène ?

La jeune femme pressa le pas, foulant avec délice les pétales dont le parfum s'élevait jusqu'à elle. Plus elle marchait, plus elle s'étonnait du silence inhabituel qui régnait dans le château. Elle aurait pu s'en inquiéter, mais sa curiosité, à présent, était trop aiguisée.

Le cœur battant, elle se dépêchait alors qu'elle franchissait le pont conduisant à la basse-cour puis suivait le chemin lumineux qui la conduisit jusqu'à l'entrée de la chapelle.

À cet instant, un homme sortit de l'ombre créée par le porche. Aussitôt, il lui sembla le reconnaître.

Était-ce William ?

Elle se frotta les yeux, comme si elle craignait de rêver.

Son estomac, soudain, se noua. Il s'agissait bien de William, plus beau que jamais dans une tunique bleu nuit et des chausses sombres ainsi qu'un pourpoint de cuir.

Il souriait, le visage incliné vers elle tandis qu'elle franchissait en se précipitant les derniers pas les séparant.

— William ? fit-elle d'une voix tremblante. C'est toi, vraiment toi ? Tu es revenu ?

— Oui, c'est bien moi, Isabel.

Ses yeux avaient une expression si tendre et chaleureuse qu'elle retint son souffle quand il poursuivit :

— Il m'est venu à l'esprit, certes un peu tard, qu'en dépit de tes remarquables progrès dans l'art de te défendre il t'était encore possible de t'améliorer considérablement. Aussi suis-je revenu pour te proposer mes services.

— Je vois, fit-elle avec un petit pli amer au coin des lèvres.

— Mais je ne suis pas revenu seulement pour ça. J'ai autre chose à te demander…

Il se passa la main dans les cheveux d'un geste nerveux.

— Tu sais… Après t'avoir ramenée chez toi, je me suis senti un peu perdu…

Perdu ?

Était-ce un hasard si William venait d'évoquer un sentiment qu'elle ressentait quand il l'avait retrouvée à Saint-Jean-de-Côle ?

— J'en suis désolée pour toi, répondit-elle. As-tu trouvé une solution pour remédier à cette impression ?

— Non, pas encore… Mais c'est peut-être à cause de cela que j'ai éprouvé, soudain, l'envie désespérée de rentrer à la maison.

Le cœur d'Isabel, qui battait déjà très fort, accéléra encore ses battements.

Rentrer à la maison ?

— Auprès de toi, Isabel, ajouta-t-il dans un murmure en s'approchant d'elle. Je souhaite vivre là où tu es. Si, bien sûr, tu veux bien de moi.

Elle sentit ses jambes se dérober sous elle et dut poser sa main libre sur l'épaule de William pour ne pas tomber.

— Qu'est-ce qui t'a fait changer d'avis ?

— Une vision égoïste sans doute… Je le savais déjà mais, à mesure que je m'éloignais de toi en compagnie de Hugues, j'ai pris conscience plus profondément encore que ma vie sans toi ne vaudrait rien.

Il laissa échapper un profond soupir.

— Je suis las, Isabel, des interdits que je m'impose. Je ne supporte plus de renoncer à un bonheur qui pourrait si facilement être le nôtre si nous consentions seulement à le saisir.

Elle secoua la tête.

— Je n'arrive pas à le croire.

— C'est pourtant la vérité, chérie.

— Ah bon ? fit-elle, le poing serré sur sa torche dont elle éclairait le visage de William. La vérité ?

— Absolument, Isabel, répondit-il en lui prenant de

la main la torche qu'il déposa à terre avant de lui enlacer la taille. Il n'y a rien de plus vrai. Nous nous complétons, toi et moi. Enfin, du moins, toi, Isabel, tu me complètes. Sans toi, je suis bancal.

La jeune femme resta sans voix, alors qu'elle ne pouvait pas rester muette. Pas maintenant où la vérité, enfin, se disait.

— C'est pareil pour moi, murmura-t-elle enfin.

Un pli se creusa sur son front quand elle reprit :

— Mais cela suffit-il ?

— Il me semble que c'est une base suffisante pour construire un avenir commun, dit William d'une voix étranglée par l'émotion.

Il reprit sa respiration avant de poursuivre :

— Je veux passer le reste de ma vie avec toi, Isabel. Me feras-tu l'honneur de devenir ma femme ? Je veux me donner à toi corps et âme, et me montrer toujours digne de toi en te protégeant et t'aimant.

La déclaration de William avait quelque chose d'irréel. Isabel se serait crue dans un rêve.

Mais, justement, n'était-elle pas en train de dormir ?

Avant qu'elle ne pût lui répondre, Isabel entendit un bruit de voix à l'intérieur de la chapelle.

— Dis-moi, il y a du monde là-dedans ?

— C'est sans importance, mon amour. Tu es libre de faire ton choix. Si tu décides de décliner mon offre, nous rentrerons dans la chapelle et y assisterons à la messe comme tous les jours.

— Crois-tu sincèrement que je vais repousser ta demande ? demanda-t-elle en levant les yeux vers lui alors qu'un sourire angélique se dessinait sur ses lèvres.

— Je ne sais pas, Isabel, mais je veux que tu te sentes entièrement libre de ta réponse, insista William, visiblement bien plus anxieux que la jeune femme ne l'aurait pu imaginer. Si tu as besoin de temps pour réfléchir, j'attendrai.

Je prends conscience, maintenant, que je te force un peu la main, mais j'ai cru que la surprise serait bien accueillie. Ce n'est pas grave. Nous allons leur expliquer…

— Je n'ai pas besoin de temps pour réfléchir, dit-elle en lui scellant les lèvres avec l'index. D'ailleurs, si nos familles et nos amis sont réunis dans la chapelle, nous n'allons pas les faire attendre plus longtemps.

— Que veux-tu dire ? Faut-il comprendre que tu veux bien m'épouser ?

— Oui, fit-elle avec un tendre petit rire. Bien sûr.

Visiblement soulagé, William laissa retomber ses épaules.

— Dieu soit loué ! Car, comme tu l'as deviné, j'ai convié toute ma famille ainsi, bien évidemment, que Hugues, Éléonore et mon filleul, le petit William.

— Qu'aurais-tu fait si j'avais refusé ? demanda-t-elle en riant à gorge déployée.

— Je t'aurais convaincue de mille manières et, sans doute, pas comme tu l'imagines, répondit-il en la soulevant dans ses bras. Il me tarde de te le prouver.

— William, ça attendra après la cérémonie. Et pourtant, si tu crois que je suis moins impatiente que toi, tu te trompes.

Elle conclut en lui donnant un baiser sur les lèvres.

— Tiens, ma chérie, dit-il en présentant à Isabel un bouquet de fleurs. Tu ne peux pas entrer dans la chapelle sans cela.

— Merci. Il est ravissant.

En soulevant le bouquet, Isabel constata qu'un objet pendait du raphia servant à tenir ensemble les fleurs. En le regardant de plus près, elle vit qu'il s'agissait de la pierre d'ardoise oblongue joliment sculptée par William à laquelle elle avait ajouté quelques gravures maladroites.

— Tu me la donnes ?

— Oui. Tu m'as autrefois donné un bijou de famille

précieux pour t'avoir sauvé la vie et, maintenant, je ne fais que te retourner la faveur.

— Mais je ne t'ai jamais sauvé la vie.

— Crois-tu ? fit-il dans un murmure chaud et vibrant qui bouleversa Isabel.

Elle leva sur lui ses grands yeux brillants de larmes.

— Je t'aime, William, dit-elle.

— Moi aussi, je t'aime, Isabel.

Il la serra dans ses bras et l'embrassa avec une telle tendresse qu'elle en perdit presque ses esprits.

— Viens, ma chérie, dit-il en redressant la tête. On nous attend.

— Oui, mon amour. Je te suivrai partout. J'irai jusqu'au bout du monde avec toi.

Ils remontèrent l'allée de la nef jusqu'à l'autel où, au cours de l'office, ils échangèrent leurs vœux en présence de tous ceux qui les aimaient.

Un banquet suivit dans la grande salle à l'issue duquel on dansa au son de la musique d'une troupe de troubadours.

Après quelques danses, William et Isabel, à force de se rejoindre au gré de l'évolution des couples, devinrent de plus en plus impatients de se retrouver enfin seuls, et ils profitèrent d'une interruption de la musique pour s'échapper.

Ils gravirent en riant les marches de l'escalier à vis jusqu'à la chambre d'Isabel, où un grand feu dansait dans l'âtre.

Impatient de s'unir à elle, William souleva sa femme dans ses bras et l'étendit sur la courtepointe du lit à baldaquin.

S'asseyant près d'elle, il passa la main dans ses cheveux et, incliné sur son visage, se plongea dans ses beaux yeux à la couleur si particulière.

— J'aime ton regard, murmura-t-il. Jamais je n'aurais pu vivre sans toi. En chevauchant vers Londres avec Hugues, je l'ai compris mieux que jamais. Il est vrai que Hugues m'a ouvert les yeux. Il aime Éléonore de toute son âme et il sait reconnaître les couples amoureux. Pour lui, il ne faisait aucun doute que nous nous aimions. Il m'a donné confiance en moi-même.

— Il faudra que je le remercie, répondit Isabel en enlaçant William par le cou.

Elle l'attira vers elle et leurs lèvres se scellèrent dans un merveilleux baiser.

Leurs gestes, fébriles, s'enchaînèrent, et ils se dépouillèrent en quelques instants de leurs vêtements pour s'unir enfin avec une folle passion…

Plus tard dans la nuit, alors que les braises rougeoyantes dans l'âtre éclairaient la chambre d'une faible lumière, William s'éveilla et chercha de la main Isabel qui dormait près de lui.

Caressant son corps chaud et doux comme la soie, il murmura ces mots que la jeune femme entendit alors qu'elle sortait lentement du sommeil :

— Isabel… Si tu savais comme je t'aime… Jamais je n'aurais cru possible d'aimer autant. Tu fais de moi l'homme le plus heureux au monde…

Retrouvez prochainement, dans votre collection

Les Historiques

Un Viking pour geôlier, de Caitlin Crews - N°936

Angleterre, royaume de Wessex

La princesse Aelfwynn n'en revient pas. Après tant d'efforts pour s'enfuir du château familial de Mercie, loin de la politique royale, des guerres et d'une cour hypocrite, la voici de nouveau sous entrave. En effet, un redoutable guerrier viking se dresse face à elle, sommé par son roi de l'enlever. Thorbrand lui laisse le choix : tenter sa chance au milieu de la forêt inhospitalière qu'elle a entrepris de traverser et se retrouver traquée par les loups... ou partir avec lui. Livrée à elle-même, Aelfwynn accepte de le suivre, intensément troublée. Car, bien au-delà de la peur, c'est un désir dévorant qu'elle ressent déjà pour son geôlier...

L'Écossaise insoumise, de Terri Brisbin - N°937

Écosse, an de grâce 1377

« J'épouserai Sheena MacLerie. »

En prononçant ces mots, Robbie sent une fureur infinie le parcourir. Héritier du clan Cameron, il n'a d'autre choix que de se lier à la fille du puissant Connor MacLerie. Mais Sheena est bien la dernière demoiselle avec laquelle il souhaite s'unir, elle qui l'a trahi des années plus tôt. Depuis cette terrible querelle, Robbie lui voue une haine sans limites, et sa fiancée, visiblement résolue à rompre leur engagement, le lui rend bien ! Que lui cache-t-elle donc ? Après toutes ces années de mépris réciproque, Robbie s'en fait la promesse : il découvrira le secret de sa belle ennemie...

La renaissance d'un chevalier, de Melissa Oliver - N°938

SÉRIE : ILLUSTRES CHEVALIERS - TOME 3

Château de Pulverbatch, Angleterre, 1221

Il y a bien longtemps que Lady Gwenllian de Clwyd a renoncé à l'amour. Comment pourrait-elle encore y songer, et même y croire, alors que son cœur appartient toujours à Ralph de Kinnerton, l'homme qu'elle a dû repousser des années plus tôt ? Mais voici qu'après six années d'exil il est de retour en Angleterre, en chevalier accompli, marqué par les cicatrices d'une attaque meurtrière à Poitiers. Alors que Ralph participe à un tournoi royal afin de retrouver son rang ainsi que les terres de ses ancêtres, Gwenllian est gagnée par un fol espoir. Leur union, qu'ils avaient autrefois souhaitée avec tant d'ardeur, serait-elle de nouveau possible ?

Un comte en disgrâce, de Virginia Heath - N°939

SÉRIE : SCANDALEUSES LIAISONS - TOME 1

Manoir de Markham, Angleterre, décembre 1813

Lorsque Violet, riche héritière des Dunston, échappe à un enlèvement, elle tombe immédiatement sous le charme de son courageux sauveur. Jack est l'homme le plus séduisant qu'elle ait jamais vu, et elle accepte la protection qu'il lui offre dans son manoir. Tandis qu'elle s'attache à lui chaque jour davantage, Violet a l'impression qu'il lui cache quelque chose. Et c'est avec horreur qu'elle découvre bientôt qu'il est un Warriner, autrement dit un membre d'une des familles les plus controversées d'Angleterre ! Parce qu'elle se doit de garder son image intacte, il ne serait en aucun cas recommandable pour une jeune femme de son rang de fréquenter Jack. Encore moins d'en tomber amoureuse...

Le secret d'un guerrier, de Harper St. George - N°940

SÉRIE : GUERRIERS D'IRLANDE - TOME 1

Irlande, XIIe siècle

Raine tremble de rage. Si ses sœurs n'étaient pas retenues en otage par le roi d'Angleterre, il ne serait pas obligé de suivre les ordres de ce souverain odieux ! Pour les sauver d'un sort funeste, le voilà contraint d'assassiner le roi d'Irlande. Alors qu'il réfléchit à la meilleure stratégie à adopter, il croise la route de la belle Lady Carice, la fiancée de son ennemi. À bout de forces, elle lui demande de l'accompagner vers l'ouest, où elle espère fuir son mariage forcé. Raine tient là sa chance : il lui serait facile de se servir d'elle pour atteindre sa cible. Mais, contre toute attente, quelque chose chez cette jeune femme fragile et déterminée l'incite à vouloir la protéger...

La maîtresse du Highlander, de Suzanne Barclay - N°941

Allisun est sur le qui-vive. Depuis l'attaque des hommes de Jock Carmichael, elle a fait le serment de protéger le clan Murray, dont elle est la cheffe. Fuyant la forteresse familiale en flammes, elle trouve refuge avec les siens dans des grottes, en pleine montagne. Bien que Jock la traque sans relâche, Allisun refuse de céder à la peur. Courageuse et passionnée, elle est prête à se battre comme une lionne pour assurer l'avenir de ses vassaux et protéger sa petite sœur, Carina. Et ce n'est pas Hunter Carmichael, le séduisant neveu de Jock, qui l'empêchera de mener à bien sa vengeance...